U0032302

新世代的網路純愛戀曲
作者—煙波 繪者—重花
給我愛大神
Give Me Love
和大神一起打怪兼約會，
心跳怦怦，
她甜蜜啊甜蜜。
偏偏大神的女人不好當，
挑戰處處，
她悲憤啊悲憤。

出·版·緣·起

三百六十度全媒體出版

城邦原創創辦人　何飛鵬

當數位變革浪潮風起雲湧之際，做為一個紙本出版人，我就開始預想會不會有數位原生內容出版社出現？如果會的話，數位原生出版會以什麼樣貌出現？而我又將如何面對這種數位原生出版行為？

就在這個時候，我看到了大陸的起點網，這個線上創作平台，聚集了無數的寫手，形成數量龐大的創作內容，無數的素人作家在此找到了夢許之地，也成就了一個創作與閱讀的交流平台，而手機付費閱讀的習慣養成，更讓起點網成為全世界獨一無二、有生意模式的創作閱讀平台。

基於這樣的想像，我們決定在繁體中文世界打造另一個線上創作平台，這就是POPO原創網誕生的背景。

做為一個後進者，再加上我們源自紙本出版工作者，因此我們在POPO上增加了許多的新功能，除了必備的創作機制之外，專業編輯的協助必不可少，因此我們保留了實體出版的編輯角色，讓有心成為專業作家的人，能夠得到編輯的協助，我們會觀察寫作者的內容、進度，選擇有潛力的創作者，給予意見，並在正式收費出版之前，進行最終的包裝，並適當的加入行銷概念，讓讀者能快速認識作者與作品。

這就是POPO原創平台，一個集全素人創作、編輯、公開發行、閱讀、收費與互動的一條龍全數位的價值鏈。

經過這些年的實驗之後，POPO已成功的培養出一些線上原創作者，也擁有部分對新生事物好奇的讀者，不過我們也看到其中的不足—我們並未提供紙本出版服務。真實世界中，仍有許多作家用紙寫作，還有更多讀者習慣紙本閱讀，如果我們只提供線上服務，似乎仍有缺憾。

為此我們決定拼上最後一塊全媒體出版的拼圖，為創作者再提供紙本出版的服務，讓所有在線上創作的作家、作品，有機會用紙本媒介與讀者溝通，這是POPO原創紙本出版品的由來。

如果說線上創作是無門檻的出版行為，而紙本則有門檻的限制，線上世界寫作只要有心，就能上網、就可露出，就有人會閱讀，沒有印刷成本的門檻限制。可是回到紙本，門檻限制依舊在。因此，我們會針對POPO原創網上適合紙本出版的作品，提供紙本出版的服務，我們無法讓所有線上作品都有線下紙本出版品，但我們開啟一種可能，也讓POPO原創網完成了「三百六十度全媒體出版」的完整產業及閱讀鏈。

不過我們的紙本出版服務，與線下出版社仍有不同，我們提供了不同規格的紙本出版服務：（一）符合紙本出版規格的大眾出版品，門檻在三千本以上。（二）印刷規格在五百到二千本之間的試驗型出版品。（三）五百本以下，少量的限量出版品。

我們的宗旨是：「替作者圓夢，替讀者服務」，在作者與讀者之間搭起一座無障礙橋梁。

我們的信念是：「一日出版人，終生出版人」、「內容永有、書本不死、只是轉型、只是改變」。

我們更相信：知識是改變一個人、一個組織、一個社會、一個國家的起點。讓想像實現、讓創意露出、讓經驗傳承、讓知識留存。我手寫我思，我手寫我見，我手寫我知，我手寫我創，變成一本本的書，這是人類持續向前的動力。

我們永遠是「讀書花園的園丁」，不論實體或虛擬、線上或線下、紙本或數位，我們永遠在，城邦、POPO原創永遠是閱讀世界的一顆螺絲釘。

1

桃之夭夭的入口邊上，坐著一個穿著深色長衣的女子。

她身邊擺著一把大刀，刀身旁捲著火紅色的淺淺光圈，一看樣子就知道是火族的劍客。只是不知道她一人坐在這裡，是要等著進副本（注1）呢？還是單純賞花。

無眠遠遠地就看見這人影，進入副本之前，又看了一眼那名女劍客。垂目想了一會兒，就在其他夥伴的催促下進入副本。

不管是哪個，其實都跟他沒有關係。

正如其名，桃之夭夭，這副本的入口在一片開得盛烈的桃花林當中。

火族女劍客沒有被人在暗處注目的自覺，仍坐在原地望著花雨。美雖美矣，但她很不想說，這花瓣的模樣，還有落英紛飛的方式，其實，這是櫻花，不是桃花。

瀟湘看著那一片粉嫩的櫻花林忍不住腹誹。

其實她平常沒有這麼多牢騷的，或許是因為發生的事情太過讓人心悶了。她又停了一會兒，才站起身打算要出發，立刻有人喊住了她。

1副本：在遊戲裡的一個特別區域，每個隊伍都能進入副本，但進入之後就看不見除了隊友之外的其他玩家。

【鄰近】（注2）羽毛飛說：咦？瀟湘大姊，妳怎麼在這裡啊？打副本啊？要不跟我們一起？我們剛好差一個劍客。

【鄰近】清風起說：好啊好啊，瀟湘大姊跟我們一起，我們就安全啦。

【鄰近】瀟湘說：不好意思，我今天要單刷。

【鄰近】白雪落說：（冒愛心）不愧是瀟湘大姊，剽悍的啊！四十級副本也能單刷！

瀟湘在在伺服器排行榜裡也算是有點名氣，但對這種恭維的話語總是不知道要怎麼應對，她想了幾秒，還是沒想出要怎麼應對，索性置之不理，正打算進入副本，卻被下一個提問攔了下來。

【鄰近】羽毛飛說：瀟湘大姊為什麼要單刷啊？這個副本給的武器應該不能用到封頂（注3）吧？

這問題讓瀟湘停下了腳步，沉默了一會兒。

【鄰近】瀟湘說：離婚。

這次瀟湘在他們再度發出疑問之前，搶先進入了桃之夭夭的副本。

這副本的等級大約在四十級左右，瀟湘目前是封頂，也就是七十級，要單刷這個中度的副本，不是太難的一件事情。

桃之夭夭的最後大BOSS（注4）會掉好裝備，四十五級的護甲，防護數值直逼五十五級的商店貨，再用加強卷加強的話，數值會非常良好，算是這遊戲送給玩家的禮物。因此這片桃花林，終年都人滿為患。但很少人知道，若是單刷這副本成功，還會有另外一個功能。

【私語】瀟湘 說：青衣飄飄，我已經在副本裡面了，等到打完這場副本，我就可以解除跟萬年的婚約。

【私語】青衣飄飄 說：謝謝姊姊。

謝謝？瀟湘尷尬地笑了笑。

【私語】瀟湘 說：我不知道他現實生活已經有女朋友了，不然我絕對不會跟他成親的，是我要跟妳道歉才對。

【私語】青衣飄飄 說：我知道遊戲裡面什麼都不能當真的，所以姊姊也沒錯，只是我小心眼，不能忍受。也請姊姊幫我一把，不要告訴萬年我找過妳，不然他會對我發脾氣的。

瀟湘抿抿唇，想笑未笑。

沒想到她運氣這麼好，玩遊戲也能遇到現在最流行的渣男，也沒想過萬年平常跟她相處起來彬彬有禮，私底下卻是這麼霸道的人，這個青衣飄飄似乎很怕萬年的樣子……算了，那畢竟是人家的

2 鄰近：附近的玩家。
3 封頂：遊戲裡的最高等級。
4 BOSS：魔王，血量跟攻擊力都比普通妖怪強。

相處之道，她無權置喙。

【私語】瀟湘 說：那就這樣吧，我要去打最後的BOSS了。成功的話，等一下應該會公佈在世界（注5）上。

【私語】青衣飄飄 說：謝謝。

這次瀟湘沒有再多說什麼，放了幾個招式，像是要把所有的不滿跟不平都發洩在打BOSS上，只是，心裡那種揮之不去的鬱悶，一直到打完BOSS都沒辦法紓解。

【世界】火族劍客 瀟湘 與火族琴師 萬年，今日起兩人再無交集，從此男婚女嫁，各不相干。

瀟湘確定了這條訊息公布在世界頻道上之後，下個行動就是把世界頻道的訊息關了。青衣飄飄那頭又跟她道謝了幾聲，但她沒回，她只是站在桃花林裡，看著緋紅的花瓣不停從天降下，美的很淒涼。

世界上大概炸鍋了吧？她想。

萬年大概也炸了吧？不過，那已經不算是她的事了。

【鄰近】無眠 說：一個人單刷這副本，不容易啊。姑娘真有本事，如果姑娘沒事，我倒有一事想拜託姑娘。

見到這人口氣十分客氣，用字也全都沒有錯字，瀟湘想了一會兒，手指在鍵盤上打下了字串。

【鄰近】瀟湘說：有什麼事？

【鄰近】無眠說：如姑娘所見，我是一個琴師，想去山上弄點紫杉木下來做樂器，希望姑娘能充當我的護衛，做好的樂器收入，我們七三分帳。

這事瀟湘清楚，以前她若有空也會陪萬年去，採集紫杉木不難，但卻非得兩個人不可，原因是紫杉木附近的怪強得很，而採集的過程又不容打斷，這時就非得要有人護衛才可以。更重要的是，琴師的身子骨衣不勝風，就算已經封頂，給那裡的猛獸摸一下，也是立刻趴地。

短時間內她真不想跟其他樂師有什麼糾纏，只是這人這麼有禮貌的請求，也願意跟她三七分帳，可見不是什麼想佔人便宜的傢伙。她思考了一會兒，實在沒辦法拒絕這要求。

【鄰近】瀟湘說：好，不過我只有一小時。

【鄰近】無眠說：很足夠了，感謝姑娘仗義，那我組妳吧。

這人有點有趣，螢幕前的瀟湘看著那文質彬彬的用詞，她心裡好像也沒那麼鬱悶了。

見到下方的組隊邀請，瀟湘點了同意。

5 世界頻道、國頻、公頻：世界頻道，所有在遊戲中的玩家都能看到的頻道。國頻，只有同一個國家的玩家才能看見的頻道。公頻，只有公會成員才能看見的頻道

【隊伍】瀟湘說：你跟隨我，我知道地點，御劍飛過去快很多。
【隊伍】無眠說：好，謝謝姑娘。

桃花林，仍是那般燦爛。

不一會兒，原地閃了一道銀光，深色長衣的火族劍客跟淡色儒衣的水族琴師，朝著東北飛去。

風聲從耳邊呼呼吹過，兩人衣袍翻飛，深淺交錯，在白雲之上煞是好看。

「我倒是第一次御劍飛行。」四周景象變換迅速，無眠讚嘆：「原來九天之上，竟有如此景致。」

御劍飛行，是劍客封頂之後的最後一個任務，也只有劍客能做，雖然過程非常繁複，但既然都封頂了，瀟湘也沒有公會（注6）要忙，乾脆就花了一周的時間好好地解了。但這任務不是非解不可的任務，一般來說幾個比較主要的大城都能傳送，要是不能傳送的地方，也可以用坐騎馱著人跑，更別說御劍的任務麻煩，以至於會御劍的劍客不太多。

很快就到了紫杉林，兩人踩著飛劍緩緩降落。樹林裡安祥寧靜，日光從頭頂灑落，紫山上頭盤旋著淺淺靈光。

「那就麻煩姑娘了。」淺衣樂師朝她微微拱手，然後轉過身去開始鋸木頭。

瀟湘環顧四周，瞄見了幾隻探頭探腦的猛獸，恐怕顧此失彼，因此乾脆把一串猛獸拉成一圈，放了幾個毀天滅地的範圍攻擊，算是清過第一輪。

閒著沒事，瀟湘看著螢幕上的小人鋸木頭，第一次注意到這遊戲還真細緻，鋸木頭還會冒汗。

「世界上都炸鍋了，姑娘知道嗎？」

「知道。」瀟湘答。

而後兩人都一同安靜了下來，等了一會兒，瀟湘又問：「你沒有什麼想問我的嗎？」

正常來說，都會問的吧？

「沒有。」無眠停了幾秒之後又說，「姑娘單刷桃之夭夭的副本，肯定有不能說的理由。」

瀟湘有些詫異：「你也知道那副本的事情？」

這功能沒有什麼人知道，她也是翻了好久的攻略跟論壇才找到的。

那副本的名字取自《詩經》中：「桃之夭夭，灼灼其華，之子于歸，宜其室家。」

瀟湘真覺得想出這名字的人非常有趣，明明是讚嘆女子是個適合娶回家的好姑娘，卻把單方面解除婚約這功能藏在這裡，她不知道應該覺得諷刺、有趣，還是實用。

「倒是姑娘妳知道那功能，只有女子能刷嗎？」他指的自然是單方面宣佈離婚的功能。

瀟湘咦了一聲：「這個我不知道欸。」真妙，這遊戲的設計者很貼心啊。

淺衣樂師沒有答腔，轉頭又回去認真地鋸著木頭。看著那仍然在鋸木頭的樂師，她托腮坐在電腦前，不知道為什麼，總覺得那人似乎在笑。

順手又清掉旁邊幾頭小獸，距離她下線的時間，還有半小時。明天一早有課，今天要早點睡才不會沒精神。

點開了論壇，瀟湘隨便瀏覽了幾篇熱門的帖子，同時分神看著遊戲畫面，她死了倒是無妨，不

---

6 公會：在遊戲裡由玩家自己組成的社團，隨著各個遊戲不同，公會也有不同的功能，最常見的就是公會成員共同享有公會倉庫跟公會任務。

過要是連累這樂師就不好了。

剩下十分鐘，無眠停下了動作，喊了她幾聲。

「怎麼不繼續？裝不下了，需要扔給我一些嗎？」瀟湘查看了一下包袱的欄位，「我還能放下兩組紫杉木。」

「不是，只是這時間回城，才不會拖了姑娘的時間。」

哦？瀟湘淺淺笑了，這人真細心。

「你能給我一組木頭嗎？」她問。

無眠沒有多問什麼，立刻就給了她一組紫杉木。

「你稍等我一會兒。」瀟湘點開技能欄，戳開了飾品製作，選了一個樂師能用的裝備，拿著這組紫杉木，做了一個文雅的髮簪給他。

這技能是她跟萬年一起的時候練的。

《舉世無雙》這遊戲的自由度很高，只要玩家達到四十級之後，不管原本是什麼職業，都能再選一個副職，但妙的是採集木頭這個動作，只有樂師跟工匠可以做，有些能做高級樂器的木材，甚至還限制只有樂師能鋸，藉此來維持遊戲的巧妙平衡跟職業優勢。

意思就是即便如她身為一名劍客，也可以學習工匠的技能，但是卻必須花錢買材料，或是拜託相熟的玩家採集木材才能製作飾品。

瀟湘認識萬年很長一段時間，想了想，既然身邊有個樂師能夠鋸木頭，索性就把副職業選成工匠，之後萬年鋸木頭的時候，她就順便做做飾品，拿去城裡擺攤，賺賺外快。

就這樣練了好一陣子，也讓瀟湘練成了飾品大師。

做飾品的時間很短，不一會兒成品就好了，看了看那數值，她今日人品不錯（注7），這髮簪竟然還能抗毒。拿去擺攤，這四十八級的樂師飾品，還能抗毒，起碼能賣個幾十來金吧。

她想著，然後對無眠點了交易。

「這髮簪是……？」無眠維持著交易的欄位，「妳是劍客工匠？」很少人這樣練，但也不是沒有。只是更多人會副職業會選藥師，到後期劍客喝水也是喝的很兇，能省一點錢也不錯。

「送你吧，數值不錯，木頭還是你採的。」

「那就謝謝姑娘。」他點下同意交易。

「沒什麼，就當我練練經驗。你要是好了，那就跟隨我吧，這裡不能傳送，我送你回城。」瀟湘手指飛快在鍵盤上頭打字。

「姑娘，從此之後，天寬地廣，都任君遨遊了。」

瀟湘怔了怔，這是什麼意思？無眠又道：「姑娘，妳要不要加入我的公會『龍吟天下』？」

龍吟天下?!

瀟湘傻了好一會兒，虧得那淺衣樂師有耐性，一句話都沒催她。回過神來，她立刻點了無眠的角色資料出來看。

果然是那個龍吟天下！

摀著額，感覺胸中心臟跳得特別猛烈，瀟湘坐在螢幕前都想大叫了，媽啊，今天的運氣走得是先苦後甘啊！

竟然讓她撞到大神了！這是個了不起的精英公會啊！

有的公會很大，是因為人數很多，雜魚爛蝦一堆，採取積少成多的氣勢，一人跑個幾次公會任

7 人品：對岸用語，用來指運氣。

務，也能把積分給衝上去。另外一種公會，是採取精英制度，人非常少，要加入也非常困難，但裡頭臥虎藏龍一人能抵十人用，封頂，只是最低的加入條件而已。

而龍吟天下，就是這精英公會裡的精英。

若是拼積分，這公會的成績非常普通，甚至完全不起眼。

但若是公會PK……那結果就會完全不同了。

「我可以嗎？」她一個星期前才封頂，副職業工匠雖然練得不錯，離封頂卻也還有段距離，但據她所知，這公會裡的每個人都是主職業封頂，副職業也水準超高……

「可以啊，為什麼不行？」淺衣樂師語氣溫和，「啊，姑娘肯定是誤把傳言當實話了，其實我們公會的人都非常普通，也沒有什麼入會的規矩，只是我們都不太喜歡陌生人而已。」

原來是自然而然的精英團體啊，不知道為什麼這讓她更有種仰之彌高的感覺了。

「那我就不客氣了喔。」她想了想，封頂了之後，應該來找些新的功能來玩玩。恰好有這個機會，又是一個風評很好的公會，完全沒有拒絕的理由。

無眠發給她一封邀請函，她點下了同意加入公會之後，立刻點開公會成員名單的頁面，果然跟她想的一樣，只有少少十三人，但每個人的等級數字都是七十。

「瀟湘，妳是不是要回城下線？」加入了公會，無眠就不再繼續叫她姑娘，這樣倒也讓人覺得更親近了一些。

被這樣一問，瀟湘才回過了神：「對對，我要回城裡，你要跟我一起嗎？」

「要。」

她盯著螢幕，忽然想起剛剛他說的那句話，他要回城，幹嘛又東拉西扯了什麼東西？想了想，瀟湘忍不住問了。

無眠沉默了一會兒，緩緩地道：「我本來是想說：『天涯何處無芳草』，但覺得犯人隱私，於是換了一句話來。」

明明就完全不一樣。

瀟湘在桌前抹了一把臉，能硬拗成這樣，會長你了不起，是腦子裡裝了太多東西，還是反應太快？但她似乎能理解他為什麼這麼說，是變相地安慰她，希望她不要因為別人的來去而難受吧。

她想說些什麼，但手機卻忽然響了，她用肩膀夾著手機，飛快在鍵盤上打下：「等等」然後走出了房間。

《舉世無雙》這遊戲有著兩個特色。

第一個特色是：萬物皆有陰陽。

前三個職業是陽，以攻擊為主，分別是劍客、法師跟術士。

後三個職業是陰，以輔助為主，依序是樂師、藥師跟工匠。

極陽自然配極陰，所以傷害輸出最大的劍客，就要跟宛如廢材、身上只有一連串輔助技能的樂師合作；而法師就要跟能補血能製藥的藥師合作；擅長迷惑敵人、利用法陣的術士就要跟能做出攻擊性器械的工匠配合。

一為陽，一為陰，兩人一組才能領悟更多的雙人技能，也才能使出比其他玩家更高的攻擊。

第二個特色則是：雖然配有技能點數，但是每個職業一開始擁有的技能數量跟等級都是固定的，並不會因為配點而有機率開出新的招式。那些技能點數是提供玩家學習副職業，若玩家不想另外學職業，那這些系統配給的技能點數就完全無用了。

這兩個特色也不算少見，但若組合在一起，卻又會發展出另外一項最重要的關鍵。這關鍵是同樣職業等級的玩家強弱，決勝點在於誰領悟的雙人技能更多。例如瀟湘跟萬年，就是為了要領悟「劍膽琴心」這個技能，兩人才跑去NPC（注8）那兒登記結婚。

基本上，大多數的劍客跟樂師，都領悟過這個技能。沒有對象，沒關係嘛，世界頻道上喊一喊就好啦，要找個單身的角色沒有這麼困難。至於成了親後，要繼續當夥伴，或是兩人各自散去，完全都可以討論，遊戲倒不至於變態到收回玩家領悟過的技能。

官方前期的任務跟資料中釋出不少領悟技能的方式，但據說還有很多未知的方式等著玩家開發。

瀟湘握著手機靠著牆，打來的是她的好朋友，艾艾。瀟湘對她抱怨了遊戲裡發生的事，兩人又聊了一下子，十分鐘後才收線，回到螢幕前面。

然後瀟湘就看到悲悽的一幕了。

那個封頂的樂師，竟然趴地了！

而自己的角色只剩下稀薄的血皮，沒想過自己竟會粗心到這種程度，身上根本沒帶能大量補血的胖紅，藥水CD（注9）的時間跟不上那一大群怪砍她的速度，就算她操作再怎麼強，三分鐘後，瀟湘也悲催地趴地了。

【隊伍】瀟湘說：……

【隊伍】無眠說：我讓人來復活我們。

【隊伍】瀟湘說：對不起……

【隊伍】無眠說：沒關係，二〇%的經驗值而已，練個幾天就回來了。

說得真容易……這封頂前的經驗值最難賺，她可是練了一個多月才從六十九級八〇%升到七十級，光用想的瀟湘都忍不住流淚了。這下倒好，她死還拖了一個墊背的。

【公會】無眠說：誰有空來紫杉林復活我？

【公會】攻無不克說：老大，你這是？誰這麼狠心竟然對一個樂師下手！我去幫你，反正殺個人，紅三小時而已……

【公會】無眠說：我只是去鋸個木頭，沒注意讓怪摸了一把。

【公會】呦呦說：我現在就過去。不過老大你鋸木頭怎麼不叫我們？

對不起，都是我不好！

瀟湘悲憤地在螢幕前用頭撞書桌，我還是給大家磕頭謝罪好了！

【公會】瀟湘說：（跪地）……都是我不好，是我沒有保護好老大！

螢幕上瞬間像是讓風雪給凍住，沉默了好幾十秒。

8 NPC：非玩家角色，或非操控角色，是指角色扮演遊戲中非玩家控制的角色，簡稱NPC（英文：Non-Player Character）。

9 CD：技能距離下一次能使用的時間，又稱冷卻時間。

【公會】無眠說：呦呦，帶兩瓶復活水來，瀟湘也死了。

公會頻道還在沉默。

【公會】小玫瑰說：老大……你第一次收的新人居然是瀟湘……

【公會】攻無不克說：剛剛世界頻道上還在討論，男主角哭天搶地地指控……瀟湘一言不發就拋棄他……真的假的……

【公會】橘子工房說：莫非有八卦？

【公會】子不語說：這有戲。

她關世界頻道果然是對的，眼不見為淨啊。瀟湘默默地想，又看了一眼螢幕右下角的數字，默默哀悼了一下她的睡眠時間。

【公會】無眠說：我現在才知道，你們廢話真多。

【公會】呦呦說：老大，我到了，你們在哪？

無眠報了座標出來，呦呦很快就找到他們。

呦呦把淺綠色的液體撒在角色身上，淡淡的雲氣環繞，不久，無眠跟瀟湘都站起來了。

看著呦呦在她身邊繞了幾圈，對自己很有興趣的模樣，又想到自己第一天入公會就害死大家的老大，瀟湘嘆了口氣。

【公會】瀟湘說：萬年說我一言不發就拋棄他，也不算說錯，但這是有原因的。

她正想解釋，卻看見無眠說話。

【公會】無眠說：一個女孩子單刷副本，就是要單方面解除婚約，當然會有原因。瀟湘妳若不想說，就不用管他們。

【公會】攻無不克說：話不是這麼說的，群眾有知情權！

【公會】橘子工房說：對啊！老大你不能欺瞞大眾啊。

瀟湘因為無眠的發言傻了一會兒，看著公會頻道上一大堆刷屏的抗議，其實事情也沒有到不能說的程度，就是有點丟臉而已。摸摸自己的臉皮，嗯，還可以吧。

【公會】瀟湘說：沒關係，進了公會大家就是一家人了嘛，說清楚也好。別人不知道沒關係，不要讓自己人也誤會了。

她很快地把事情交代清楚。

對話欄裡，又是一會兒的安靜。

【公會】小玫瑰說：那瀟湘，妳喜歡他嗎？

這話問得直接，瀟湘一愣，沉默了一會兒。

【公會】瀟湘 說：也沒有什麼喜不喜歡，與其說是被拋棄，不如說是發現真相，覺得有點失望。大家朋友一場，其實也不用騙我……他說清楚，我也不會纏著他不放。

【公會】小玫瑰 說：那種想劈腿的爛男人，他可沒把妳當朋友，還好妳沒喜歡他！

【公會】攻無不克 說：小玫瑰說得對！他下次再詆毀妳，老子就去殺了他，反正殺個人，紅三小時而已，這人簡直是我們男性的恥辱。

攻無不克的口頭禪應該就是「反正殺個人，紅三小時而已」，瀟湘覺得有趣，又有點感動。明明才認識不到一小時，他們真相信她。

【公會】瀟湘 說：沒關係，流言終日，不攻自破，鬧騰幾天事情就過去了。

她連讓人想成小三都能忍了，這種事情她有什麼不能忍的？

【公會】呦呦 說：瀟湘，妳真能忍，哪天妳忍不住了，記得通知我，我衝第一個替妳打萬年！爛人！

【公會】小玫瑰 說：到時候我們就組團專門滅他，見一次殺一次，殺到他媽媽都不認得他！

瀟湘鼻子有點酸，這群人……真好，真好！雖然手段還真有點……不大友善就是了。

【公會】瀟湘說：謝謝大家！不過今天真的太晚了，我明天有課，先去睡覺。大家晚安。

明天她就去把工匠的技能都點滿，然後練起來，替大家做飾品跟裝備。

✿

瀟湘六十級之後的副本不是每個都跑過，因為沒有公會的關係，要湊齊出團的人數實在太難，所以基本上她都是跟野團，也就是沒有固定的隊友，只要世界頻道上有人喊缺劍客，剛好那個副本她也想刷的時候她就會去。

不過幸好她練的是劍客，基本上是個受歡迎的職業，所以還是跑過不少副本。

但是跟野團是一件很麻煩的事，因為隊友彼此沒有默契，因此很容易發生摩擦，或是打怪的時候傷害輸出不夠平衡，要是再加上一個沒有經驗的隊長，這團就差不多要滅了。

基於以上種種原因，瀟湘愈來愈少參加野團，這對心臟的壓力實在太大了。遇到白痴她真怕忍不住就罵出來，但是語音還開著，而她從不傷害殘障者的，不管是手殘的操作不良，或是智障的看不懂情況導致OT（注10），她都不想傷害他們。

---

10 OT：仇恨失控（Over taunted）。傷害輸出愈高的玩家，會引來怪物愈高的仇恨，而被攻擊的怪物會反擊一個團隊中仇恨值最高的玩家，通常都是由傷害輸出跟血量最高的職業去擔任。但若攻擊時間沒有分配好，導致血薄的職業仇恨值反而為整個團隊之中最高的，如此便稱為仇恨失控。此狀況會導致出團打怪的團隊滅團。

所以她寧願到蠻荒險癘之地單練，雖然刷不出副本才會有的那些好裝備，但是利用從怪身上剝下來的皮毛做些縫紉，還有偶爾做些飾品，也足夠支付日常開銷，還能存點小錢，去城裡的玩家鋪子看看有沒有適合的裝備能換。再利用一些加強券跟寶石衝上去，數值雖然跟副本刷出來的頂級裝備沒得比，但既然她不跑副本，這些裝備用來單練也很夠了。

隔天瀟湘登入，整理了一下身上的裝備，正在想著要去哪裡把經驗衝上來，卻看見公會頻道上熱鬧非凡地正在討論她，不管怎樣似乎都要打個招呼。

【公會】瀟湘說：大家晚安。

【公會】小玫瑰說：嗨，瀟湘，我們正在討論要怎麼排副本呢？

【公會】瀟湘說：為什麼要排副本？

【公會】呦呦說：好久沒這麼熱鬧了，好開心啊。

【公會】攻無不克說：多了瀟湘，我們就有十四人了，應該也可以推滿級副本了吧？據說要出新的滿級副本了啊。

原來為了瀟湘跟無眠，這兩個公會裡面唯一沒封頂的人，大家興致勃勃地排定了副本，打算每天都去不同的副本推王，公會裡的十來人都想跟著跑，說了幾個超大副本，聽得瀟湘滿頭斜線。

這群人真的太強悍了，那都是二十五人的大副本啊，她沒打過，但也都聽過。就算全公會的人都算上去，也不過只有十四人。討論得興起，一夥人就想立刻出團。選定了一個六十五級的副本——「關關雎鳩」，線上有空的人都想要去，加上瀟湘跟無眠，總共有八人。

瀟湘立刻開網頁查了「關關雎鳩」的資料，然後臉上又囧了。

這是要二十個人的副本啊！

他們只有八個！八個人！連一半都不到……但大家說走就走，好像這點小事不是討論的範圍。瀟湘不知道要出什麼意見，當然也只好跟著走。

大家都開了語音，站在副本門口，瀟湘不明白大家怎麼還不動，也不說話，這時耳機裡忽然傳出一個低沉略帶磁性的聲音，害瀟湘從背脊直麻了上來。

「瀟湘，妳的裝備怎麼這麼慘？」

她一愣，不知道要怎麼回答，也不知道這人是誰。

耳機裡又出現一個輕靈的女聲：「瀟湘，我是呦呦，剛剛說話的是老大。我們習慣進副本前讓老大查看一下大家的裝備。」

「喔……」原來這聲老大真的不是叫假的，跑副本前還要先讓無眠查看過裝備啊。

「現在來不及回去拿裝備了，瀟湘妳等一下站遠一點，料理小妖就好。」無眠說，「大家看著點，別讓怪爆衝到後方。」

「沒問題！」這聲音開朗又有朝氣，她想若不是攻無不克，就是橘子工房吧。

「喔。」她想也是，這破爛裝備，要上前推BOSS是難了點，做人呢，最好是有自知之明。

一團人浩浩蕩蕩地進了這個需要二十人的副本。

大致上按照設定的分配，攻無不克身邊站著小玫瑰，這組是男劍客配女樂師；橘子工房身邊有呦呦，這組是男術士配上女藥師；一葉知秋是女術士，當然就是跟男工匠子不語一隊。

大團體裡面分小隊，讓他們跑這副本的時候顯得更輕鬆。

看樣子這幾組人都是合作了無數次的團隊，跑位靈敏、下手狠毒，藥師補血的時間抓得很準，仇恨值（注11）控制得非常好，完全沒有瀕臨OT的情況。

瀟湘自然是跟在無眠身邊，一邊聽他調度指揮，一邊順手清掉幾隻路邊的小怪。基本上無眠不攻擊（他一個樂師也不能攻擊，總不能叫他拿笛子普攻），只是熟練地找出沒有小怪出沒的制高點綜觀全局，然後指揮大家走位。

瀟湘不用顧著無眠，就很專心地看著眼前的戰鬥。

幾組人都領悟了不少技能，其中有不少絕學，一放出來，搭配著華麗的動畫，是瀟湘連看都沒看過的絢爛場景。

原來真有官方沒釋出的特殊絕學，她還一直以為只是傳言而已，畢竟這是她第一次看見呢。

瀟湘不禁深深地讚歎，果然這種重視組隊的遊戲，其中的精彩度，不是她這種單槍匹馬的玩家可以體會的！

倒是無眠很奇怪，他似乎也沒有常用隊友，大家都是一組一組，只有他是一個人。不過無眠全心全意都放在指揮大家走位上頭，他若跟其他劍客一組，八成也沒空施放技能，可能很容易就讓別人覺得無趣吧。

瀟湘在腦子裡胡亂想著，沒多久，就到了要推倒大BOSS的橋邊。

趁著還有點時間，大家紛紛調整了一下裝備，也休息了一會兒。雖然開了語音，這時候卻沒什麼人說話，耳邊除了遊戲的背景音樂，忽然響起了一陣悠揚笛聲。

瀟湘在螢幕上找了一會兒才發現這個技能是無眠施放的。

「老大，」她既然入了公會，當然也跟大家一起叫老大，「這個技能是什麼？」

笛聲悠悠，襯得無眠的聲音更顯低沉：「是絕學『高山流水』。全體體力精神全滿，十分鐘內增加物理防禦二〇%。」

「很難領悟嗎？」這技能的數值聽起來滿強悍的，但她跟過幾個野團，見過不少樂師，卻沒有聽過這絕學。

呦呦這時候笑嘻嘻地插嘴：「不難不難，只要樂師創角色三百天都沒跟其他玩家成親過就能領悟。」

「老大你沒有……」瀟湘脫口而出，又硬生生轉了話，「……常用劍客啊？」

這話逗得大家紛紛大笑。

「老大何止沒有常用劍客，老大連熟悉的劍客都沒有！」攻無不克不客氣地吐槽。

「走吧。」無眠非常冷靜地打斷他們，「時間差不多了。」

眾人嘻笑的聲音安靜下來，忽然不知是誰，又忍俊不禁地笑出了聲，笑聲會傳染，一聽這聲音，一夥人又都忍不住噴笑了。

無眠眼看阻止不了他們，索性由得他們去笑，趁這機會又多放了好幾個全體的輔助法術。樂師這職業有個特點，就是所有的技能都搭配著一小段音樂，霎時間，這小橋邊、深林裡充滿著樂音，一群人嘻嘻笑笑，不像是打副本，卻像是來郊遊踏青。

放完技能，無眠催促大家出發：「走了，技能有時間限制的。」

大家嘻笑夠了，也都站起來依序過橋。

關關雎鳩，在河之洲。窈窕淑女，君子好逑。

這副本的最後BOSS就是一位美豔女子，帶著一隻大鳥兒，站在河中央的沙洲上。

過了橋，就身在沙洲上了，四周河流放肆地奔騰，水花驚起，在空中揚起一陣一陣的光彩。

11 仇恨值：攻擊怪物就會有一定的仇恨值，怪物會鎖定仇恨值最高的玩家攻擊。

這時候，子不語拿出了製作精良的人形護衛，讓它跟在一葉知秋身邊。

接著耳機裡傳出了一個女聲：「我是一葉知秋，請大家聽我的指示站定位。」

那聲音有些低沉，卻不失女性的嬌柔，語氣堅定，感覺得出來一葉知秋應該是個很堅強的女子。她先是報出了座標，再請某個人站到那個座標上頭。

這陣仗瀟湘看過，但上次看見時，只是路過，而且那次也沒施放成功，只是因為那些人站的形式很怪，所以她才記住了。後來她才知道這是術士的絕學「北斗七星」，不計職業，無關種族，只要扣掉術士本人，七個設定好的座標上都有隊友站著，術士就能施行這個技能。

但一般來講，這技能非常不好用。因為怪不會等到大家都站好，還等術士詠唱完才開始攻擊。但這個團隊是個什麼團？是傳說中的精英團啊！這一點點小事情怎麼可能難倒他們？

等一葉知秋說完話，子不語就放出了十八銅人，這十八個銅人打人不太痛，但血厚得很，趁他們擋著BOSS的時候，大家按照一葉知秋的指揮，站到了應該站的地方，她立刻開始詠唱。

十八銅人果然耐打，撐到一葉知秋施放完絕學，都還有兩三隻存活。技能一施放完，無眠立刻接著開口：「瀟湘，退到後面。」

看著BOSS瞬間減少一半的血量，她微一恍神，隨即就要退到後方。無眠慢她一步，本來兩人都要退到安全區內，但那隻大藍鳥BOSS忽然朝四周放射出七彩羽毛。瀟湘什麼也沒想，她只是保護樂師成了習慣，加上操作太強，一瞬間就站到無眠身前，替他擋下了朝他而來的五根羽毛。

【系統】玩家瀟湘領悟絕學「捨身為人」。

世界頻道安靜了非常久。

瀟湘躺在地上，仰望著藍天，身邊奔流的河水，濺濕了她半身。她心裡想著，現在應該全伺服器的人都在查這個絕學有什麼用吧？

語音這邊也非常安靜，靜到她耳邊只傳來眾多的、紛亂的、劇烈的呼吸。

「發什麼呆，繼續打！」無眠帶著一點惱怒，出聲提醒眾人，大家這才恍如夢醒。沒有人應聲，但大家都開始動作了。

「瀟湘妳……」話沒說完，無眠先嘆了口氣，然後又被瀟湘打斷。

「我不是故意的，我就是……不小心習慣成自然，自然成杜然。」枉費大家特地帶她來跑副本，結果她還是一個大意，就躺著看藍天了。

「算了，反正妳那裝備也不值得修，壞了就壞了，等會兒去公會倉庫裡看看有沒有妳能用的，有的話就直接拿走吧。」無眠在她身上撒下復活水，看著她又嘆氣，「妳……做什麼呢？」

那聲音聽起來又無奈又不解。

瀟湘乾乾地笑了幾聲，她也不知道她幹什麼啊，坐在一旁等著只有一〇%的血量慢慢回復。唉，看這速度跟血量，等他們打完，她大概只回了一半的血吧。

躲到安全的地方，瀟湘看著世界頻道上討論這絕學討論得如火如荼，好不熱鬧，差點她都想下去聊天了。

【世界】江水滔滔 說：釋出的資料沒有這個技能，論壇上也沒有，麻煩瀟湘大姊測試完之後，記得來回報大家結果啊！

【世界】大紅大綠 說：這遊戲絕學真多，怎麼都輪不到我領悟呢？

那是因為你不夠愚蠢。

瀟湘看著對話窗默默地心想。唉，多想三秒鐘，她可以不用死！瀟湘摀著臉，看著螢幕上頭光彩逼人的各種技能，瀟湘忽然興致一來，很想試試看剛剛那絕學有什麼特別的。

這可是她第一個領悟的絕學，也是史上第一人領悟的。看著技能視窗裡剛剛才出現的技能，下方的解釋區打著一連串的問號，她想應該是要實地試過才會知道絕學的功用。

「大家，我想試試看這個絕學的功用，可以嗎？」瀟湘對著麥克風問。

語音沉默了一會兒，還是無眠先答：「好，那妳等等。」他在瀟湘身上放出了一連串的輔助法術，還用上了一個樂師的專有技能「痛心泣血」，犧牲自己五〇％的血量，把瀟湘的血條補滿。

無奈他剛剛已經先用了復活水，仇恨值已經岌岌可危，瀕臨崩毀。這個技能一施放出來，無眠馬上就OT了。

看著飛撲而來的大藍鳥BOSS，身為劍客的自然反應讓瀟湘立刻舉劍而上，擋住了比她頭還大的鳥嘴，然後戳下了絕學——捨身為人。

一陣炫目的白光過去。

鳥死了，她又死了。

眾人沉默。

瀟湘憤怒了，這叫什麼「捨身為人」，這分明就是人肉炸彈！

另外一個美女BOSS在三秒後也被眾人推倒。

大家慢慢地圍在瀟湘身邊。

「呦呦，妳來復活瀟湘吧。」無眠平靜地說：「我沒料到有這種情況，只帶了一瓶水。」

「……我用技能吧。」這技能CD的時間要三十分鐘，不過她半小時內，應該用不到第二次吧……等到呦呦詠唱結束，一陣綠色光芒慢慢匯聚在瀟湘身上。

「這遊戲太變態了！不該這麼虐人的啊！」瀟湘壓不住心裡的激動，喊了出來。「有絕學這麼悽慘的嗎？我是劍客，又不是人肉炸彈……叫什麼捨身為人，應該要叫同歸於盡啊！」

她激動的語氣，戳到了大家的笑穴，一笑出來，眾人就停不了，這其中還混著一個低沉的淺淺笑聲，若有似無地搔著瀟湘的耳朵。

這遊戲的設計者實在太惡質了！

有機會見到，她一定把那人吊起來，鞭數十，驅之別院！

2

跟高手中的高手，精英中的精英出團，感覺就是不同凡響，就是行雲流水，吃過絕對會上癮的那種爽度。

扣掉第一次的烏龍事件，在大家的幫忙下，瀟湘很快就換上了屬於高手應該穿的裝備，距離重回封頂，也只剩下五%。

瀟湘能以那種程度的裝備，衝到高手排行榜上，是因為操作良好，反應又快，也就是用後天的操作彌補先天的不足，現在換上了跟等級相稱的裝備，她的傷害輸出數字又往上跳了幾番，跟龍吟天下的大家也培養出了默契，特別是無眠。

不過也僅只於出團的時候，其他時間，仍是各人忙各人的，說到底，瀟湘跟小玫瑰她們還比較熟，甚至還做了幾個高等級的飾品給她們。

男人工匠多半都嫌這東西用處不大，很少有人花點數在這上頭，更少有人跟瀟湘一樣，練到能做封頂飾品，大多數的人都是到商店買原裝貨，然後再自己用加強券精練，勉強用用就行了，反正飾品再怎麼好，影響也不大。但是飾品之所以是飾品，就是除了功能性之外，還有美觀度，在這一點上，女人肯定是比男人更有體會。

這日跑完團，大家分配完戰利品，無眠問她：「瀟湘，妳今日還有事嗎？如果沒有，願意陪我去鋸木頭嗎？」

瀟湘拿開耳機，摸了摸耳朵，她現在聽無眠的聲音已經習慣了，就是偶爾耳朵還是有點麻，然後才道：「好啊。那我先回城裡把東西弄一弄，等一下我們西城門見，我帶你過去。」

大家還在嘰嘰喳喳地說話，瀟湘手上已經戳下了回城，螢幕一黑，再亮起時她已在蘭皋城了。

瀟湘跟無眠的設定點都在蘭皋城裡，這是高地上的一個城市，是全伺服器第二大的主城，雖然比不上樹蕙城（二十級以下的人物都要在這兒解任務），但好就好在人少了點，瀟湘比較不會一步一頓地卡著進城，所以就把鋪子設立在蘭皋城，大部分的玩家，有時也用二城來稱呼它。

把店鋪設立在這城裡也有好處，蘭皋城附近有很多副本的入口，很多高級裝備的需求量大，貨品的流動率快，加上瀟湘只做封頂的飾品（拿紫杉木這種頂級木頭做低等飾品會天打雷劈的），所以將鋪子設立在蘭皋城比較妥當。

回到城裡，她把剛剛打到的東西一股腦先塞進倉庫，瀟湘以前只會留下做飾品的材料，用不到的就丟店鋪，或者是賤賣給NPC，但既然她現在想要把工匠這個副技能練上來，自然就要多留點東西，免得要做什麼飾品的時候，還要到處去收。

看了看倉庫，瀟湘放了五瓶胖紅在身上，上次的慘劇她還印象深刻，是她出了新手村之後最丟臉的一次，帶著樂師雙雙死在紫杉林，簡直羞愧到無臉見人。把店鋪的價錢調整好之後，瀟湘走到了西城門，遠遠就看見無眠的身影。

【私語】瀟湘說：無眠，我們組隊開語音吧？
【私語】無眠說：好。

瀟湘邀請無眠進了隊伍，然後又設定了一下子，語音也弄好了。
平時兩人開語音都是跟著大家一起出團，語音系統裡有很多人在說話，彼此不會尷尬，但這次只有他們兩人，瀟湘默默地覺得有點彆扭，但開語音是自己提出來的，這時候也不好反悔。
「那你跟隨我吧。」瀟湘開口。
只是不知道無眠那頭怎麼了，也是沉默了很久之後才淺淺地應了聲「嗯」。
那聲音，又沉又穩又輕，沒有其他人的干擾，乾淨的嗓音透過全罩式耳機，彷彿這一聲是在瀟湘耳邊說的一樣，讓她抖了又抖，一路從肩膀到臉頰都失去知覺地麻了起來。
太過分了，這聲音，好聽得讓人髮指！
她用力拍了拍自己的臉頰。美好的東西大多有毒，不可沉迷，千萬不可啊！
聽見另一頭傳來不正常的拍擊聲，無眠困惑地喊：「瀟湘？」
她抹了把臉，悶悶地說：「沒事，有蚊子而已……我們走吧。」
瀟湘手上立刻熟練地操作，帶著無眠站上了劍。從蘭皋城飛到紫杉林，不需要多少時間。
瀟湘不是個多話的人，無眠大概這時候也不知該跟瀟湘說些什麼，兩人一路竟沒多說半句話。
瀟湘看著螢幕上頭的銀白雲海，左手托著沒有麥克風的臉頰，忽然間錚錚琴聲從耳機裡流瀉而出。
「這是《廣陵散》，我前幾天解任務拿到的琴譜，沒有什麼用處，就是曲子好聽。」無眠的聲音在樂音漸弱的時候，適時插入解說。

有些人的聲音就是有這特質，單聽覺得非常有特色，搭配上音樂又跟音樂是如此協調。

「無眠，你的聲音真好聽！」她讚歎。

「謝謝。」他答，像是已經被人這樣說過太多次，所以答得十分平靜。

這時目的地也到了，兩人一劍緩緩下降，景致悄悄變換，瀟湘一在地上站穩，就有些傻住了。

這裡有人了啊，而且還是認識的，這就叫天涯何處不相逢？瀟湘抹了一把臉，拍了拍自己的臉頰，都什麼時候了，她還想這有的沒的。

看著前方那熟悉的樂師名字跟劍客，瀟湘沉默了一會兒。

「如果妳不自在，那我們換個地方吧？」無眠開口問她。

「唔……也好。」瀟湘又想了一會兒，「雖然有些遠……」話未說完，那水色衣裳的劍客，青衣飄飄，走到了她的面前。

【鄰近】青衣飄飄 說：好久不見。

說真的，瀟湘並不討厭這個女生，捍衛自己的愛情沒有錯，何況，她並沒有對自己做出不禮貌的行為。若是易地而處，瀟湘未必能處理得比她更好，所以她有些遲疑，不知道應該說些什麼。

她還在想，無眠卻先說話了。

【鄰近】無眠 說：既然有人了，那點給你們，我們去別的地方採。

【鄰近】萬年 說：瀟湘，這真的是妳的原因？

萬年也走到他們身邊，四人對立，倒有點像要組隊PK的樣子。

瀟湘很想轉身就走，但這樣就等於把這件事情賴到無眠頭上，讓他吃了一記悶虧。沒有的事情，別賴人家比較好。

【鄰近】瀟湘說：我不知道什麼真的假的，但這人是我的公會會長。

【鄰近】無眠說：謝謝你先前對我家瀟湘的照顧。

這句話一說，眾人相繼沉默。

瀟湘心裡雖然知道無眠的意思只不過是指公會，但不知道為什麼這話一說，就是讓人頭歪歪、眼歪歪，心裡也會想歪歪……

而且顯然萬年跟青衣飄飄也歪了，否則螢幕上不會沉默這麼久。

【鄰近】萬年說：原來妳一句話都不交代，就是攀上了這會長。

瀟湘嘆了口氣，認識了這麼些天，她還真是不知道萬年原來這麼幼稚，雖說自己一言不發就走，也沒好到哪裡去就是了。

【鄰近】瀟湘說：沒有什麼好說的，這件事情跟無眠沒有關係，你不要賴他，我跟無眠沒有什麼關係。青衣飄飄，妳打算作壁上觀嗎？

她這是在提醒青衣飄飄，別忘記當初兩人的約定，否則再這樣下去，她很難保證，會不會真的說出些什麼來，到時候大家都難看。

【鄰近】青衣飄飄 說：點給你們，我跟萬年也差不多該走了。

這女子比萬年識趣多了，看著螢幕上的字串，瀟湘想著。

【鄰近】瀟湘 說：那我不客氣了。

然後瀟湘就關了所有的頻道，對著麥克風道：「無眠，真抱歉，我沒想到會遇見他們，我把鄰近頻道跟私語都關掉了，你也關了吧。眼不見為淨，當沒看見就好。」

「好。」

無眠的角色移動到樹下，瀟湘看著開始在跑的採集條，又看了停在原地好一會兒的萬年一眼，想來他一定不知道說了多少難聽話，但既然自己都打算息事寧人了，這事情還是就這樣揭過吧。

忍一時風平浪靜，退一步海闊天空。

雖然這風浪有點洶湧，天空也有點陰暗……

瀟湘一開始實在沒有心思跟無眠聊天，只是一個勁地殺怪剝皮，弄了一大堆皮毛出來，然後在等怪重生時，交代無眠如果有怪，就立刻告訴她，便上論壇查了工匠的技能。

選定了幾個製作飾品的技能，計算了一下點數，確定夠用後，就跳回遊戲介面把計算好的技能選項全點上去，瀟湘完全沒有選能製作出像子不語的十八銅人那種能打的工具，第一個原因是，她本來就是輸出很高的劍客，靠自己就能自保。副職業配給的點數只有一半，不需要浪費點數選這個。第二個原因是，瀟湘個性溫和中庸，不太跟人爭強鬥狠，倒是做些小飾品她更有興趣。點好了技能之後，她跟無眠要了幾組紫杉木，想試試看能做出什麼來。後來轉念一想，又放棄了，閒著沒事，瀟湘索性原地坐下等著回血。

「怎麼不做了？」無眠好奇地問。

「拿紫杉木來刷熟練度，會遭天雷的。」瀟湘答得極快，話裡頭還隱隱帶著一點笑意，像是把不久前的那股鬱悶全都拋到腦後了。

「妳心情聽起來不錯。」他一頓，有些謹慎地問，「妳想對付萬年嗎？」

遊戲裡頭要對付一個人有很多方法，像是發追緝令，讓所有玩家見一次殺一次，或是高金聘請紅人殺他，這都是很常見的方式。

瀟湘淺淺地笑了聲：「不想，玩遊戲罷了。事情過了就過了，還自己把它找回來就不對了。」

她本就是這樣的人，事情忍一忍，沒多久就會拋到身後。

「妳這個性倒不錯。」他醇厚的嗓音裡有著笑意。

「會嗎？我外婆都說我根本就沒心沒肺，在意的事情太少，有時候顯得無情。」她想了想，又道，「我也不是都不在意啊，你遇見我的那天，我也為了萬年的事情覺得生氣。」

「可見妳還是個人。」無眠淺笑，「哪天妳要羽化登仙，再也不登入遊戲時，記得要通知我。」

這聲音真的好聽得很啊，他淡淡地笑著，像杯溫暖的抹茶牛奶，熱熱地滑入身體裡，好像胸中的煩悶都一掃而空了。

瀟湘也笑答：「不會有那天的。」

兩人又安靜下來，瀟湘偶爾起身殺怪，剝了一堆皮毛，安靜地坐在樹下縫紉。一時之間靜謐的林子裡，男人伐木，女人縫紉，寧靜得讓人從心裡泛出滿足。

等無眠把木頭都收集完，兩人回到城裡，瀟湘把剛做好的縫紉品扔進店鋪，然後就下線了。

基本上，今天雖然有些曲折，不過還算是個平安喜樂的一天吧。她睡前腦海裡還忽然響起無眠那個誘人的嗓音，滿足地嘆口氣，這輩子能認識聲音這麼好聽的人，那真是挺令人開心的。

隔天，瀟湘依著原本的時間上線。

習慣性地看了看世界頻道，才發現全都亂哄哄的，她還沒理解，公會裡的人就全跑出來了。

【公會】攻無不克說：瀟湘，妳什麼時候跟老大跑到一塊，怎麼都不告訴我們！

【公會】小玫瑰說：妳看了論壇了嗎？

【公會】呦呦說：恭喜瀟湘，賀喜瀟湘，推倒老大不費吹灰之力啊！

【公會】一葉知秋說：瀟湘妳先去看論壇的帖子。

【公會】攻無不克說：不用看啦，老大說的那句話可是活生生、鐵錚錚的。

【公會】小玫瑰說：攻無不克你是外國人嗎？有好好上中文課嗎？亂用成語的啊……

【公會】橘子工房說：是說你們太沒道義，竟然連我們都不說？

【公會】子不語說：難道是怕見光死？

瀟湘腦子都糊掉了，她只是去上課，怎麼回來變成這樣？

【公會】瀟湘 說：大家，等等，我先去看看論壇，我根本不知道你們在說什麼……

她迅速開啟論壇網頁，然後就看見那驚人的一幕了。

擷圖的人什麼不好擷，擷了一幕無眠剛好說出：「謝謝你先前對我家瀟湘的照顧」這句話的圖。

她扶了扶額，這是誤會一場啊！滑鼠的滾輪繼續往下滾，瀟湘愈看愈覺得錯愕，那故事真是纏綿悱惻、狗血淋淋、結合時事、激勵人心，但為何她就非得當這故事裡禍國殃民的女人不可？

她不是！她也是無辜的啊！

嘆了口氣，抹了把臉，瀟湘回到遊戲裡。

【公會】瀟湘 說：大家，這是誤會……天大的誤會……

瀟湘還沒解釋清楚，世界頻道又炸掉了。

【系統】玩家 萬年 對玩家 無眠 發出演武場死鬥邀請。

全伺服器的人都沸騰了，演武場死鬥，不但過程不能用補品，鬥死了還會掉經驗值，一掉就少了三〇%，裝備的毀損率也是一般時候的兩倍，雖然打贏了會有高額獎金，但是拿來修高級裝備，那錢也不過是恰好打平而已。因此幾乎沒人要打死鬥，除了這種爭面子的之外。

【世界】香香香水說：接受了啊！這事關男人的尊嚴，不能逃避！

【世界】咖啡貓沒有咖啡說：原來論壇上說的事情是真的？

【世界】沉默是經說：我就說瀟湘大姊很搶手的嘛，誰叫萬年同學這麼傻呼呼的……

【世界】大紅大綠說：走啊走啊，大家快跟我去買門票，十個人便宜五金欸……

【世界】再過來我要叫了說：大紅大綠，你昨天才黑了我五千金，你有差那五金嗎?!

【世界】大紅大綠說：我是商人，就算只有一銀我也要黑！

【世界】萬年說：無眠，你是龍吟天下的會長，難道要拒絕嗎？

世界頻道沉默了。

瀟湘囧了。

龍吟天下很有名，非常有名，但是無眠很低調，非常低調，基本上他的資料都是永遠保密的。於是所有伺服器的人聽見這消息都傻了，根本沒什麼人知道，龍吟天下的會長是個樂師。

【世界】無眠說：好，我接受。但是我有條件，第一：我贏了，你不准繼續糾纏瀟湘。第二：這件事情是我跟你的私人恩怨，與公會其他成員無關。

【系統】玩家 無眠 接受玩家 萬年 的演武場死鬥邀約，兩人簽訂生死狀，比武將於一刻鐘後開始。

世界頻道繼續安靜，本來有點吵的公會，也安靜了。

不如就這樣死寂下去吧……

瀟湘淚了，她做錯了什麼事情啊……她有閉月羞花的容貌嗎？沒有！她是傾國傾城的佳人嗎？不是！那為什麼是她來擔這紅顏禍水的名號啊？

【世界】大紅大綠 說：要買門票的加我組隊，湊滿十人，一人便宜五十銀，湊足一百人，每人便宜一金！

這突如其來的發展，讓公會的每個人都興奮得不得了。

【公會】橘子工房 說：哇，打了打了打了，大家快跟我組隊，我速速去演武場買票啊，晚了沒票買的！老大出馬，肯定好看！

【公會】攻無不克 說：老大，記得換上最好的裝備啊，打壞了沒關係，再刷就有了，千萬不能輸！

【公會】子不語 說：我把鐵衛跟十八銅人都放進倉庫了，老大你帶著，不能用輔助品，說不定能放道具。

【公會】瀟湘 說：老大……不要去！

【公會】小玫瑰 說：瀟湘妳心疼老大，我們都明白，不過這事關重大，不去不行！

【公會】瀟湘 說：就說是個誤會了啊！

【公會】呦呦 說：反正不管是不是誤會，老大現在要為妳PK總是不爭的事實，至於妳要不要認帳，那是另一回事了。現在我們要砲口一致對外，然後再來解決自家事。

【公會】攻無不克說：呦呦說的對，白目都打到門前了，其他什麼都不重要了！

對個屁……就說不是這回事了……

瀟湘急得滿臉通紅，手指卻無法敲出辯解的句子，敲了一串字出來，又急急地消掉。

【公會】瀟湘說：無眠，你不要去，經驗值很難練的！

說完這句話，瀟湘淚了，低下頭猛磕桌子。她這笨腦袋，說這什麼爛埋由！

【公會】無眠說：瀟湘妳不相信我啊？

不是這個問題，他就是個皮薄餡少沒湯汁的乾癟小籠包，是個要靠劍客保護的樂師啊！

【公會】攻無不克說：老大，嫂子把你瞧扁了耶！

【公會】瀟湘說：不是嫂子！

【公會】子不語說：還不是。老大你就去展展威風，讓大家知道我們龍吟天下隨便出個樂師都很強！

【公會】小玫瑰說：老大是隨便一個樂師嗎？

【公會】攻無不克說：子不語，你啥意思，等會兒我們也來打一場！

【公會】子不語說：我不要，跟劍客打，我傻了嗎？

看著大家根本不當一回事，嘻嘻哈哈地聊了起來，瀟湘心裡真的有些急了。她從小就不是受人注目的角色，這還是第一次有人要為她出頭，雖然是在虛擬世界，但一來就是死鬥，讓她驚恐比驚喜多。

【私語】無眠說：不用擔心，我不會輸。

【私語】瀟湘說：不能不去嗎？忍一忍也就過了。

【私語】無眠說：我不是不能忍，但我今天若不去，以後會讓別人騎到我們公會頭上，這樣不行。

【私語】瀟湘說：所以跟我沒關係吧？

【私語】無眠說：當然無關，這是我個人的決定。時間差不多了，妳跟大家一起去演武場，沒看過死鬥吧？好好玩玩也不錯。

【私語】瀟湘說：……如果你不小心輸了，我帶你練，裝備我帶你刷。

【私語】無眠說：好，去吧。

說都說到這份上了，瀟湘也不知道要再說些什麼，就算她滿心悲憤，但也已經沒辦法了，只好跟著大家到了演武場門口，跟橘子工房拿了入場券，進去演武場觀戰。

公會的大家還在熱鬧不絕討論這場死鬥，還說要是好玩的話，大家也來鬥鬥看，反正裝備沒了，就一起再去刷。

瀟湘在旁邊聽得冷汗涔涔，這就是真大神跟偽大神的差距。她心裡為了這死鬥七上八下，為了經驗值跟裝備提心吊膽，而這些人竟然想來玩玩看……

片刻之後，演武場的空地上出現了兩個人的身影，萬年的背上背著一把琵琶，而無眠卻兩手空空地負在身後。

明明知道這是系統設定好的模樣，瀟湘卻覺得無眠看起來真的非常從容不迫，彷彿有極大的自信一定可以獲勝。

螢幕上出現了大大的倒數數字，瀟湘的心也像是被提得高高般揪著。

數到零時，數字消失了，她還沒看清楚，場上立刻瀰漫起五彩繽紛的霧氣，等到上頭的霧氣散去，她才看見萬年不但被迷惑，頭上的血條也正以每秒三百滴的速度，迅速且穩定地減少。而無眠仍是那負手的模樣，悠悠哉哉地站在一旁看著。

這一幕看得瀟湘目瞪口呆，連呼吸都忘了要喘。

公會上熱鬧非凡，同聲慶賀。演武場眾人嘩然。

不用想也知道，世界頻道現在一定是沸騰狀態。

【演武場】萬年 說：系統BUG！不是不能用輔助品嗎？

這問題也是在場所有人的疑惑。

無眠又扔了一瓶定身藥水在萬年身上，粉色的雲霧接續在就要消失的迷惑紫氣之後，慢慢地填滿空虛。

【演武場】無眠 說：不是BUG，這些不是輔助品，而是攻擊品。只要上官網查就知道，輔助品是用在自己跟隊友身上，而攻擊品是用在敵人身上。

【演武場】萬年 說：……你的副職業竟然是藥師?!

【演武場】無眠 說：沒錯。

沒有人這樣練的，都已經選了一個無攻擊力的樂師了，副職業不選個劍客，至少也要選工匠，可以做出具有殺傷力的東西彌補一下這哀愁的傷害輸出。這人卻選了廢材樂師配上無能藥師……這組合簡直是弱到令人錯愕。

看著那幾乎消失的血條，無眠想了想，幽幽地吹起了簫。霎時間，整個演武場上充滿著祥和的樂音，只要不看那個已經轟然倒地的人，還真讓人以為這是極樂世界。

樂音飄揚，而五色祥雲圍繞。

簫聲方歇，萬年的血量，也被消耗殆盡。

這場歷時三十秒的死鬥，半個小時後就被上傳到論壇上頭，點擊率馬上破千，還引起了一股練樂師的風潮。大神者應如是！把如此廢的兩個職業傷害輸出練得這麼高，這才是真大神！真強人！

兩個星期之後，又有人製作出一支影片，角度跟攝影技術都非常的好，經過剪輯，請了其他樂師隱去身分來當替身，補充了前言，再選了一首帶著憂傷的曲子，加上PK的那段影片，做成一部兩分鐘的短片。

紫杉林下的劍客跟樂師，男耕（鋸樹）女織（剝皮），情真意切好不動人，忽然畫面一跳，女劍客消失了，只剩下兩名樂師在演武場上對立站著，所有的對話都被消去，哀愁的樂音讓氣氛更加沉重。最後，站在一片五色祥雲之中的無眠，衣袂飄然，神色怡然，宛如天上謫仙那樣的寧定，視線望著遠方，一語不發卻像是相思無以憑藉的惆悵。影片末了用了論壇上那張四人對立的擷圖，突然畫面一黑，緩緩出現了那句話：

謝謝你照顧我家瀟湘。

看完之後，瀟湘傻在螢幕前好久，而後搥桌痛哭，誤會這輩子都解不開了！

瀟湘非常憂鬱，憂鬱非常。

憂鬱到接到遊戲公司請她封測全息（注12）版《舉世無雙》的電話時，她一口就答應了，也不管安不安全、要不要錢。

約好了工程師到家裡來裝感應艙的時間，說是詳細細節到時候再談，瀟湘連聲道好，掛掉了手機之後，坐在書店的某個角落發呆。

全息啊……聽起來真是令人期待，這可是第一家全息呢。

想著想著她也沒興趣看什麼書了，乾脆背起包包走出書店。天氣甚佳，夕陽的餘暉灑在人行道上，地板上頭有些晶亮，她隨步慢走，春末的微風涼爽，吹來時帶著一點清新的味道。

回到租來的小套房裡，她先登入遊戲，然後跑去煮碗麵，端著晚餐回到電腦前面時，卻被亂成一團的世界給嚇住了。

【世界】萬年 說：瀟湘妳寧可沒有名分也要跟著無眠？我真的喜歡妳，妳回來吧！

這句話刷了一大面，最後是被GM（注13）禁言才停止。這遊戲裡面玩家的婚姻狀態大家都能查，絕對禁止重婚。但是她沒想到，也不知道萬年為什麼要對她這麼執著。

【世界】小玫瑰說：萬年，你無恥！明明就答應了無眠的條件，現在卻言而無信！

捧著麵，瀟湘頭有點大，世界上、公會上早就亂成一團了，再加上一大堆私語她的人，整個對話視窗繽紛得很。她看了也不知道該說什麼，乾脆裝死，盯著跑個不停的對話窗，慢慢地吃麵，在腦子裡統整事情的發展，但忽然察覺一個很大的疑點，青衣飄飄到底在幹麼啊？發生這麼大的事情也不出來阻止？不是說好她的男朋友她自己搞定的嗎？

【私語】無眠說：瀟湘，妳在的話應我一聲。

不為別的，就說兩人同為這件事情的無辜受害者，她自然是要回他的。瀟湘放下碗，雙手靈巧地在鍵盤上敲打。

【私語】瀟湘說：我在，怎麼了？

---

12 全息：相對於鍵盤網遊，指玩家可以利用器具進入遊戲中，身歷其境。
13 GM：遊戲主持者（Game Master）簡稱。

【私語】無眠說：這件事情妳想要怎麼解決？

【私語】瀟湘說：我還不知道，本來我跟青衣飄飄說好，萬年的事情由她解決，可是現在事情又鬧得這麼大……

【私語】無眠說：這件事情暫且按下，瀟湘，萬年說的也有道理，妳打算怎麼辦？

【私語】瀟湘說：你是指沒名沒分這件事情？讓他去說吧，我不在乎。

【私語】無眠說：不如妳跟我成親吧？

一看到這句話，瀟湘震撼了。

【私語】瀟湘說：你知道你在說什麼嗎？本來就是莫須有的事情，何必為了他們真的跑去成親？你不要這樣委屈自己！

如果無眠是這麼隨便的人，也不會輪到他領悟「高山流水」這個技能。

【私語】無眠說：妳不願意跟我成親？

【私語】瀟湘說：（抹臉）不是！是我不想因為他們胡鬧，我就要妥協，說不通，我走還不行嗎？從今以後我再也不上線好了。

【私語】無眠說：……我明白了。瀟湘，妳等我一會兒。這件事情我來解決，妳相信我！

【私語】瀟湘說：你要怎麼做？

無眠沒有回應她的問題。世界上還在繼續吵雜，瀟湘坐立不安地等著。

【私語】無眠說：瀟湘，妳到伏羲像前面。

【私語】瀟湘說：好。

她不知道無眠幹麼要她去伏羲像前，那是結拜用的NPC，同族的可以成為手足，不同族的可以義結金蘭。她御劍而起，不一會兒就看到了伏羲像。

【私語】無眠說：跟我組隊，我們義結金蘭。

不同於成為夫妻需要解任務，義結金蘭只需要兩人組隊，然後跟伏羲像對話就可以了。瀟湘不懂結成義兄妹有什麼用，但也沒有反對的理由，所以就同意了。

【私語】瀟湘說：接下來呢？

【私語】無眠說：既然萬年毀約在先，那我們也不用替他留臉面了。

【私語】瀟湘說：你想怎麼做？

【私語】無眠說：我們開語音，等一下妳記得開世界頻道。

瀟湘很快地戴好耳機，開了語音，也順手戳開了世界頻道的對話窗。

「瀟湘，妳個性中決絕的那面，我今日算是見識了。」無眠輕吁了一口氣，「妳必定是那種遇著了討厭的人，轉身就走，絕不肯多說一句話的個性。」

「對討厭的人還要多說些什麼？」她沒氣，只是很困惑。

「妳對敵人太仁慈，卻對親近之人太狠心。」

瀟湘知道無眠指的是什麼，所以也無法辯解。事情弄得這麼大，如果她再也不上線，讓公會的人怎麼辦？到時候人家還不知道要怎麼說他們。或許等個一陣子，風頭就過了，但等著平息的時間，卻是她造成的。

她安靜地思考。

【世界】無眠說：瀟湘從今以後是我義妹，從此她選夫婿都要經過我同意。

此話一出，亂七八糟的世界頻道，寂靜了。

【世界】無眠說：上次她錯嫁，良人已經有妻，這才不得不單方面的離緣，心裡受到創傷，這次，我絕不允許別人再欺負她！

【世界】無眠說：萬年，你被禁言，若覺得這段話我有哪裡污衊你，儘管請青衣飄飄來為你澄清。她既然是你現實世界的女朋友，為你說話、為你澄清，絕對是合情合理。

【世界】無眠說：或者，青衣飄飄，妳有什麼要說的？說得清清楚楚，大家作證。

看見這發言，瀟湘真是傻眼了，好半天連句話都說不出來，只得喃喃地道：「我心裡有創傷？我怎麼不知道……」

「妳心裡要是沒有創傷，為什麼不肯跟我成親？」無眠聲音裡淺淺含笑，「放心吧，我沒有女朋友。」

瀟湘囧了囧，她忘了自己的語音沒關。但近來怪事太多，她覺得自己的心臟真是愈來愈堅強，像這種話，她完全可以當成沒聽見。

【世界】無眠說：青衣飄飄，妳若無話要說，我要對天下人都說清楚了。

【世界】咖啡貓沒有咖啡說：青衣飄飄，妳還不出來？妳不出來，大家沒戲看啊！

【世界】大紅大綠說：這寫成小說絕對有觀眾！絕對有銷路！

【世界】全家就是你家說：你們別吵，無眠大哥，你要說什麼啊？

【世界】無眠說：從此之後，我們不會再回應有關萬年跟青衣飄飄的叫囂，他們分合也跟我們完全無關，論壇上的故事都是假的。請大家當個證人，今日無眠在這裡將一切的事情都說清楚了，而萬年跟青衣飄飄沒有做出回應，自然就是默認。

【世界】無眠說：他日，若其中兩人又重提此事，那便是他們個人的精神問題，與我們無關。謝謝大家關心，但這件事情到此為止。

【世界】攻無不克說：老大你這招厲害啊！我支持你！

犯不著說人家是神經病吧……

瀟湘看著那話，笑了出來：「哥哥，你這話說得真絕。」

「只要他們不重提往事，那就不絕。妹妹，這樣妳可以安心了吧？不要再說什麼要走不走的話了。」

「謝謝你，無眠。不過我還是會走的。」瀟湘故意一頓，卻沒聽見無眠追問，只好沒趣地自己又說，「遊戲公司找我去測試全息，所以……」

瀟湘的話沒說完，無眠開口了：「我知道，我也是……我們也是。公會裡的人都收到通知了。」

你也是？那你今天幹麼又搞這一齣啊？橫豎都是要走的啊！

她真的覺得，這個世界真是太複雜了，而且什麼樣子的人都有。每一個人還都是她想不通的……

3

瀟湘赤著腳在樹林裡奔跑。

這全息的版本，太逼真了。地上的落葉，在她的腳下碎開，輕輕地綻裂，搔過柔嫩的腳底板，略略刺人卻不痛。同時耳邊響起沙沙的聲音，這一切，都是她經歷過，卻離得太遠的世界。

全息遊戲沒有操作介面，一切都是運用意志力操控，瀟湘試了半天，才終於習慣用想的，想出她想要的所有功能，還對著讓新手練等級的小妖試了技能，這才有了點底氣往遠一點的地方走。

遊戲公司同意讓玩家攜號過來測試，唯一的條件是必須測試過所有副本。

可能就是因為這個原因，所以才挑中她，或許更正確一點來說，是挑中這個公會，她剛好是這個公會的成員之一而已。因為太大的副本還是需要眾人合作才能推倒，只有一個人是辦不到的。

登入遊戲的時候，並不是出現在蘭皋城，而是在樹蕙城中出現，瀟湘猜測，可能是為了玩家的生命安全著想，因為蘭皋城附近可沒有這麼親切可人的小妖怪能拿來練技能。

汗從額間沁出，跑得久了，瀟湘輕輕地喘了起來。

停下腳步想了想，瀟湘召喚出御劍，打算飛到空中去一覽這美麗的世界，但沒想到，全息的御劍比原本的御劍難上這麼多，劍身離地不到一尺，瀟湘就從劍上跌了下來。

看著在她頭上盤旋的飛劍，又看了看自己一身沾了塵土的髒污，臀部有從高處跌下來的隱隱痛楚，瀟湘終於忍不住輕聲笑了起來，聲音迴盪在空曠的樹林間，顯得更加清澈。

「跌得不疼嗎？」

熟悉的聲音從不遠處傳來，瀟湘緊張地回頭一看，原來是無眠。她鬆口氣，隨意拍了拍，把塵土拍掉之後，慢慢地喚回飛劍，不是擺譜，而是不能也。飛劍像是有自己意志一樣，在瀟湘的頭上左繞右旋，怎麼樣都不肯聽瀟湘的話，試了幾次都沒辦法成功，瀟湘最後乾脆跳起來把飛劍握在手中，鍛鍊腦力的活動果然是個技術活兒。

握著劍柄，她燦笑著道：「不會，怎麼會痛，飛得不很高，地上又有這麼多落葉墊著。只是暫時沒辦法帶你御劍飛去紫杉林了。」轉了轉手中沉重的鐵劍，「這技術我要好好練練。」

無眠含笑望著她。

「你笑什麼？」

無眠困惑地摸了摸嘴角：「啊，抱歉抱歉。我忘了全息遊戲會反應臉上的表情。」

「……這表示你之前肯定很常嘲笑我。」所以才養成了這個習慣！

瀟湘扁嘴表示不滿，卻堅持不了三秒鐘，自己噗哧一聲也笑了出來。

「我忽然想起我們第一次打『關關雎鳩』那個副本，我簡直是傻了，那時你也是這樣笑我吧？」

聽她提起了那件意外，無眠面上的笑意漸大，又笑又嘆地搖頭：「不，我沒笑妳，只是很錯愕而已。」

「沒關係，你笑吧。」瀟湘負著手，背過無眠，略略壓低了嗓音，「我絕對敢作敢當。」

落葉紛紛，沾上了瀟湘的肩。無眠微笑著，取下了她肩上的葉子：「沒有，我如果笑妳，等會兒比試我會輸妳。」

一聽此話，瀟湘猛然轉過身，眼裡帶著期待的燦亮：「我們要比試嗎？」

「比啊，都拿了這感應艙了，不好好幫忙測試遊戲怎麼可以？」

無眠的聲音因為壓著笑，又更低了一些。瀟湘下意識地抬頭望著無眠的眼眸，卻差點撞上他的下顎。男人的體溫高，頸間微微散發的熱氣，烘得瀟湘臉上驀地一紅。她悄悄退了一步，好逼真，太逼真了，她甚至可以感覺自己心臟噗通噗通地狂跳。

這是遊戲，這只是遊戲，千萬別當真。

「無眠你真高。」她隨意找了個話題，「是改過的嗎？」

全息版本目前是參考真實數據的本人形象，不過系統會自動細微調整。瀟湘就覺得自己目前這張臉，恐怕是她這輩子好看的極致了，長得還是她的樣子，但就像是極美麗版本的她。

當然，不只有系統微調，玩家也可以手動調整。她可以想像，等到遊戲公開之後，滿街上都是好看得宛如妖物的人類了。

裝成沒有注意到她的退開，無眠神色自若地反問：「我沒有改，妳有改嗎？」

瀟湘搖頭，笑道：「這樣很好看了，再改下去，恐怕有詐欺的嫌疑。」

無眠彎起嘴角：「這倒像妳會說的話。」

「什麼意思？」莫非覺得她這樣不夠好看？可是系統已經改得很超過了，她看了都有點良心不安。

「沒有什麼意思。」無眠從腰間拿出白玉笛子在指尖轉著，「走吧，我們去演武場比試一場。」

「好啊，不過你那白玉笛子能不能借我摸摸？看起來真好看啊。」她兩眼直盯著在無眠手指之間的那只白玉笛。

「好啊，不過妹妹妳還是先把鞋穿上吧？」他溫聲問，「赤著腳進城太引人注目了。」

她這才想起自己還是赤腳這件事情，看著一雙髒兮兮的腳丫，瀟湘臉上又紅了起來，急著想要召喚出包袱，卻怎麼樣都「想」不出來。

看著她窘迫得滿頭大汗的模樣，無眠徐徐地蹲在她面前，讓她的腳踩在自己的膝上，而後拿出汗巾，握著她細細的足踝，慢慢地擦著她的腳背。「別急，我不看妳，妳緩著來。」

一番折騰之後，瀟湘從於從腦子裡找到了她的包袱，從包袱裡拿出了鞋子，然後羞愧地背著無眠穿上鞋子，穿好了之後才忽然想起，「無眠，你從什麼時候就知道我沒穿鞋？」她瞇著眼，盯著眼前這人。

白衣飄飄的樂師想了想：「約莫從妳剛出城開始。」

「……你跟了我一路？」

樂師更正：「不，我追了妳一路。妳腳力真快，這也是劍客的特色嗎？」

劍客一愣，跺腳：「你幹麼不叫我？」

他摸著臉，似笑非笑：「我叫了，妳沒聽見。」

她惱羞地叫：「你私語我啊……」

他正經八百地答：「那個功能我還沒試出來，妳會了記得教我。」

風急天高猿嘯哀，渚清沙白鳥飛回。無邊落木蕭蕭下，不盡長江滾滾來。

樹蕙城外，風不急、猿不嘯、鳥不飛，就是落木不停，長江不見。

「無眠，我覺得我之前誤會你了。」

「怎麼說？」

「還沒測試全息遊戲之前，我總覺得你有點難接近，有點拒人於千里之外。」瀟湘臉色很嚴肅。

「那現在呢？」

「我錯了。」她搖了搖頭，「原來你本人竟是這樣的無賴！」

樂師抿著唇忍笑：「姑娘何出此言？」

「你的表情洩了你的底。」她素手纖纖，哀傷地指著他的臉。

「我沒笑啊。」他摸過嘴角，保證沒上揚的。

「可是你的眼睛笑了！」瀟湘扁嘴，帶著哭腔，「你就不能忍忍嗎？」

太假了，這人太假了！說什麼沒笑，眼裡都是笑意啊！

「好吧好吧，我不笑了。」咳了幾聲，無眠又是那個正常的無眠了。他把白玉笛遞給瀟湘，「走吧，妳邊看我們邊回城裡。」

樹蕙城外是終年的秋季，高聳入天的樹林像是有掉不完的落葉，白玉笛上還有著無眠的溫度，握在瀟湘手中有些炙人。

「你會吹笛子嗎？現實生活中。」走了一段路，瀟湘順口問著。

「略懂。」

她瞅了他一眼，噗哧一聲：「你可別說你也會替馬接生啊！」

明知她指的是電影裡那個什麼都會的諸葛亮，無眠卻認真地答道：「這個就有點難了。」

這故作正經的模樣，讓瀟湘笑了出來。

他們鬥著嘴，白玉笛在瀟湘手上轉呀轉，像是開出了一朵白色的花。

進入城裡，兩人隱去掛在頭上的ID，這時候城中已經有不少玩家了。

早在安裝時，瀟湘就問過工程師，有多少玩家受邀封測，這才知道，遊戲公司邀請了約有三百個排行都在前頭的玩家，因此這時一進城就看見滿大街上晃著的都是排行榜上有名的人物。

這時候大家都還在摸索，她看見不少人頭上都還掛著名字，在鍵盤時代的時候不覺得如何，一旦進入全息遊戲，看著就覺得有些有趣，因此瀟湘不住地張望著。

「我們先去公會的屋子，屋子裡有倉庫，以後妳想做什麼飾品就自己去拿材料，藥品也有，都別客氣。」無眠交代。

瀟湘隨口應了幾聲，跟著無眠進了公會的屋子，才收回心神。

「公會成員每個人都有一間房，妳隨意挑一間吧，大家好像都還沒上線，就讓妳先選。」

「哪間都可以，我不挑的。」

「那就天字一號房吧？」不知何時無眠手上出現一本簿子，他提筆在上頭勾了勾，一號房下方的欄位就出現了瀟湘的名字，一眨眼，簿子又消失了。

看著無眠流利的動作，瀟湘說：「感覺你很順手了。」

「漸漸就可以抓到訣竅了。」他淺笑，「我們先去看看妳的房間，然後再去演武場。」

「好啊，聽你的。」瀟湘隨意答道，同時試著從包袱裡拿出各式各樣她想要的東西，練練腦袋，等走到房門前時，瀟湘已經很熟練了。

無眠伸手推開了房門：「房間裡面也有一些儲存空間，但若超過三個月沒動，就會消失，所以有什麼重要的東西還是放在身上，或是倉庫裡比較好。」

「這樣啊，我明白了。」走了這麼一會兒，瀟湘也渴了，走到桌前逕自倒了杯水仰頭喝乾，再看著無眠問，「你要嗎？」

「好啊。」他走到桌邊，接過瀟湘替他倒的茶水。「每日只要上線，房間就會自動清掃乾淨，也會備妥茶水。等到公會分數上來，廚房裡還會備妥吃的。公會分數愈高，能吃的東西就愈多。」

「你好了解這個遊戲。」瀟湘帶著一些疑惑。像這種細節，應該都是寫在設定說明書裡的一個小角落上，沒人閒來無事會跑去看這種東西的。

無眠笑答：「我從小個性就老成保守，父母早亡，底下又有五個弟妹，於是養成了什麼事情都要先做好準備的習慣，否則真無法應付所有情況。」

「早亡還有五個弟妹？」瀟湘驚呼，「你爸媽真會生啊。」

「這事情說來話長了。」無眠但笑不語，轉而說，「瀟湘，妳的個性也跟我想的不太一樣，妳對外人冷淡，我第一次見妳的時候還以為妳是冰山那一類型的人。一個人孤零零地坐在桃花林中，世界頻道上為了妳鬧成一團，妳也不管。」

瀟湘沿桌而坐，托著臉頰，眼神裡淺淺含笑：「然後？」

「後來發現，妳只是忍功練得到家，不願搭理陌生人，對熟悉的人很熱絡，甚至還有點孩子氣。」

「喔？」忽然想起第一次見面時，無眠那句天外飛來一筆的功力，瀟湘忍不住打岔，「你到底想要跟我說什麼？」

「沒什麼，只是禮尚往來。既然妳發表了對我的看法，我當然也要回禮。」

瀟湘怔了一下，決定不要理會這人的怪人怪語。「走吧，不是要比試比試，我覺得我不會輸的，雖然你很強。」

「瀟湘，妳的個性很好，不過，跟我約定一件事情吧？」他徐徐起身，收起了笑意，「以後若是遇見什麼事情，妳心裡對我有了什麼懷疑的時候，至少先來問我一聲。我們是同個公會的，有什麼事情至少先跟我商量，不要再把自己當成一個人。」

看著他十分認真的表情，瀟湘偏了偏頭，雖不解他為何突發此言，沉思片刻便道：「好，我答應你，至少我會先問過你然後再走。不過我不懂你為什麼突然說起這件事情？」

「就是忽然想起而已。」他眼神有著融融暖意，嘴上卻轉了個話題，「瀟湘，妳雖然操作很強，不過真的比試起來，我會贏妳的。」

她睜圓了眼睛：「你這樂師……大言不慚啊。別說廢話了，我們立刻就去演武場。」

「妳要是輸了，可別哭。」無眠語氣和煦地挑釁她。

「……你才是！你要是輸了，就叫你替我採一百組紫杉木回來！」

「好啊，一言為定。」

瀟湘重重地朝著無眠伸出的手拍了下去：「擊掌盟約，一言為定。」

到了演武場，兩人把疼痛感覺關到最低，大刀砍在身上像是被刀片劃過一樣，麻麻癢癢的，不過那種沒力的感覺卻是非常明顯。兩人過招，只是點到為止，沒人狠下殺招，只是打了一場之後，兩個人都累得躺在地上，喘了好半天的氣，沒想到這體力也是要練的！

「無眠……認真說起來，還是我輸了，我是個劍客，跟你打得不相上下，沒面子啊。」

天空很真實，還有白雲飄過。石板也很真實，涼意沁骨啊。唉，她好想起身，但是起不來……

「不，其實還是妳贏了，劍客有幾個絕學妳都沒放，我血薄，妳真使出來，不死我半條命也去了。」

「改天我們真要認真地打過一場，」她還在喘，原來脫力是這種感覺，「這樣才知道究竟誰比較強。」

「好啊，改天。」他撐起上身，甩了甩頭，朝瀟湘伸出手，「別躺地上了，冷。」無眠伸手將她拉了起來，兩人背靠著背休息。「妳明天什麼時候上線？我們去打碩鼠那個副本吧。」那是個十五級的小副本，就算他們操作還不太熟練，但以他們兩個封頂玩家，一起去打也是綽綽有餘了。

「晚上八點之後吧，明天要去打工，不知道什麼時候到家。」劍客回血快，瀟湘坐起身後，又休息了一會兒，很快就擺脫了無力的感覺。動了動手腳，她起身，從脅下架起了無眠，「我先帶你回屋裡，你能走嗎？」

「我還要再休息一下。」他尷尬地道，剛剛勉強撐起身，已經用完剩下的力氣了。「妳把我放在這兒就可以了。」

「要休息也別在這裡，也不知道躺久了會不會感冒。你靠著我，我帶你回屋裡。」瀟湘一手攬著他的腰，一手拉著無眠的手臂，架在自己肩上，笑道：「小樂師，別逞強，從了我吧！」

無眠瞠目看了她一眼，嘴角勾起了一抹弧度：「好吧，那就麻煩妳了。」

瀟湘攙著無眠走過了大半個樹蕙城，回到公會的屋子裡，無眠還是軟綿綿的使不出力。把無眠放上床，瀟湘氣喘吁吁地盯著他：「還好我有帶你回來，不然你不是要在演武場躺到天黑了？」

「唉，謝謝姑娘。」無眠嘴角露出十分尷尬的笑，躺在床上朝著瀟湘拱手。

看著臉色還是一片白裡發青的無眠，瀟湘搖頭嘆氣：「你這樣不行，以後每天都要出去練身體……」

無眠眼角帶笑地望著她，好似在看什麼有趣東西一樣。瀟湘猛然停下，深思了之後才知道她哪裡錯了。這不是身體好不好的問題，而是樂師就是這麼弱不禁風，手是拿來彈琴吹簫，不是拿來打架的。

都怪這什麼全息遊戲啦！弄得這麼真實，讓人分不清楚真假了！瀟湘的小臉爆紅：「……我、我去廚房幫你拿、拿點吃的來。」

「好啊，那就麻煩妳了。」無眠沒有調侃她，語氣裡卻有著濃濃笑意。望著她離去的背影，眼光落在漸漸暗起的天幕上。

等了好久，無眠都要以為瀟湘迷路了，她才捧著幾個饅頭回來，放在無眠手邊，她又去倒了一杯茶來，然後在床沿坐下。「從明天開始，我一定努力做公會任務。」她一頓，眼神裡流露出悲痛，「廚房裡只有饅頭跟鍋巴。」

無眠失笑：「好啊，那就麻煩妳了。我發個公會通知，讓大家都跑，很快廚房裡就會有滿漢全席了。」

當窗外天色全暗之時，院子裡的燭火就自動燃起，非常古典的設計。長長的石板小路邊上，有著石頭刻成的燭台，迴廊上也點起了一盞盞的紅燈籠。

「我們出去看看這裡的星空吧。」吃了點東西，無眠也恢復了體力。他整整衣袍，站起身來，從懷裡拿出玉簫，「月下、美人、簫聲，這三者就非得在一起。」

瀟湘笑出聲：「你若回到古代肯定是個文人，只可惜我沒有這麼雅致的情懷，不過我可以在院子裡練御劍，你儘管吹吧，我陪你。」

「好啊！」無眠負著手，率先走了出去。看著那單薄的背影，瀟湘本想拿件衣服給他，後來還是阻止了自己的多此一舉，跟在他身後走了出去。

兩人走出廊下，仰頭便是繁星點點，雖然有燈，但天上的星子熠熠，絲毫不受影響。夜風清送，劍客的紅衣翻飛，讓銀白色的樂師長衫一襯，在燭光下更顯燦亮。

無眠坐上走廊邊上的欄杆，倚著柱子，沉靜地望著星空。雖不知在想些什麼，但眼角唇畔都是那麼悠閒。

瀟湘站在一旁，看無眠的時間倒比看天空多。唉，他才是美人啊！看看人家跟這景色，多搭啊。這遊戲雖有美化效果，但無眠的氣質這麼好，跟如此典雅的風景擺在一起，相當賞心悅目，相得益彰。他是天上謫仙人，她呢，只是個小小劍客。

瀟湘摸摸鼻子，不好意思玷污這美人美景，輕手輕腳地溜到一邊去，繼續練習她的御劍大業。院子裡的草地柔軟，她把疼痛指數關到最低，摔了好幾十次後，瀟湘終於可以穩穩站在劍上，不會再讓飛劍摔到地上。

她正有些開心，低鳴的簫聲傳來，很熟悉的曲調，思索了好一會兒，她御劍低空飛到無眠面前：「〈滄海一聲笑〉？」

簫聲驟止，樂師淺笑：「對。」

「沒想到這遊戲的曲目這麼完備。」她還站在劍上，在空中飄上飄下，好不快活。

「不是，這是我自己吹的，妳不覺得聽起來有些怪？原曲是用笛子。」無眠握著玉簫，交給了她。

「這是簫，比笛子粗些，也長些。」

瀟湘接過，把玩了一會兒：「喔，這我不懂。不過剛剛那曲子很好聽，不怪。」

無眠唇角輕揚，搖了搖頭，不打算在這件事情上頭做文章：「妳練會御劍了嗎？」

「應該會了吧？」瀟湘飛得高了點，又再飛下來，停在他眼前，「看起來……滿穩的。」

他笑：「是嗎？恭喜妳，妳大概會是這遊戲中第一個練會御劍的人。」

瀟湘也笑了：「你這是變相取笑我很閒嗎？有時間不練技能，光練御劍。」說著招了招手，「你若不怕摔，我帶你在這院子裡飛一圈吧。」

玉簫在無眠指間轉了一圈，消失在空中，他負手站起身便道：「好啊。」

瀟湘讓劍身緊貼著地面：「你站我身後，抓緊……」抓哪？肩？還是腰？她縮了縮肩膀，「扶著我的肩，保持平衡。」

沒有察覺她倏忽即逝的小女兒心意，無眠按照她的指示，站在飛劍上，一手握著她的肩頭，一手在身側保持平衡，但他仍不經意地看向兩人碰著的地方。

好小，這肩骨，他幾乎一手就可以握住整個關節。

好大，這手。同時間瀟湘也注意到放在她肩上，那手的模樣。手指很長，掌面很寬，熱……熱了點。

想到這裡，她的耳珠子悄悄泛紅，連忙收斂起心神：「走嘍？」

「好。」他答。

氣息吐在瀟湘臉邊，她一顫，眨了好幾下眼睛，才壓下那渾身發麻的感覺。

劍身緩緩上升，一開始，瀟湘不敢飛遠，也不敢飛高，只是在公會屋子的廣人院落裡飛，不多久，她膽子也漸漸大了，飛得高點、快點，笑聲如銀鈴灑落在星月下，在夜空中。

「無眠，抓緊！」她忽然出聲叮嚀，無眠尚未回過神來，劍身已在空中翻滾了幾圈。感覺到身後男人抓著她肩頭的手忽然用力，瀟湘回頭要問他是否還好，一轉頭，唇瓣卻從他的臉頰擦過。

無眠一訝，瀟湘卻是一驚。瞬間，心神渙散，原本還老實的飛劍，趁這時機一口氣甩落兩人。

全憑著身體本能，無眠抓住瀟湘緊護在懷裡，然後墜地。

沉重的落地聲響起，瀟湘緊張地從無眠懷裡彈開，又緊張地問：「無眠，你有沒有事？」

無眠咳了幾聲，瀟湘連忙拍著他的胸順氣，好一會兒之後，他才緩慢道：「沒事，就是又摔掉了一身的血量。」

「……走吧，我帶你回房。」她熟練地從脅下撐起他的身子，「都是我不好。」

想起剛剛那意外，無眠從眼角含笑，悄悄打量著這女子：「不會。」

走了好半天，就算瀟湘是個劍客，也都快要扛不動無眠，只好要求休息一會兒，兩人坐在走廊的欄杆上，無眠還是像株虛弱的病秧子靠在柱子上，瀟湘卻忽然想起了一件事情。

「無眠，你有帶補藥嗎？」

無眠花了一會兒時間查看了包袱：「有。」

「喝喝看……」他從懷中拿出兩瓶大紅，「別客氣，我是藥師。」

「我滿血，不用。」她擺手。「你快喝。」

「好吧。」那聲音不無遺憾。

瀟湘沒心思注意這細節，只是看著無眠把大紅喝得一滴不剩，「如何？身體比較有力氣了嗎？」

「有。」他動了動手腳，「舒暢了一些。」

緊張的小臉頓時笑開：「唉，原來我剛剛都在做白工啊。早知道喝藥有用，就叫你早點喝了嘛！」

「也是啊，我都沒想到呢。」把空瓶子收進懷中，這可以再利用，扔地上就浪費了。

「你這大神怎麼愈來愈不靈光了？」她笑問。

「我跟妳一樣第一天玩，總需要時間上手。」他走下欄杆，朝她伸出手，「走吧，我送妳回房，在公會房間裡下線，會有特殊經驗值。」

看著那手，瀟湘遲疑了幾秒鐘的時間，想來想去還是把左手搭上去，但下了欄杆之後，又立刻把手收回。

「我們走吧。」手還熱熱燙燙的，有些麻呢。抿了抿唇，她還是忍不住用右手握著剛剛搭在無眠掌中的左手指尖。

「好，我們走吧。」他走在她身側，低眼望著她那動作，笑了。

「蕭襄，妳好了沒？」一位身材姣好、雙腿修長的女孩站在大街上喊著。幸好時間尚早，來往的行人還少，所以沒有引起太大的騷動，但仍是引來了早起運動的老人家注目。

「艾艾！」門前建築的二樓窗戶猛然拉開，窗子後頭探出一張素顏白淨的女孩臉龐，她拚命指著手上的手機。

艾艾見狀，才發現包包裡的手機震個不停，她接起：「喂？」

「妳等我一下，我馬上就好了。」二樓的窗子被迅速地關上。

艾艾還想說話，卻發現手機那頭的人已經掛掉了電話，她只好把手機塞進牛仔褲的口袋裡，斜靠在一旁的牆上，抬頭看著藍天白雲等著。

不一會兒，蕭襄從門口出來了，她臉上有著細汗：「不好意思，手機沒電了，鬧鐘沒響，所以睡過頭了。我才剛裝好電池，正要打電話給妳，就聽見妳喊我的名字。」

「沒關係啦，我也沒有等很久。還好時間約早了一點，不至於遲到。」艾艾笑著，「倒是妳要不要綁頭髮啊？披頭散髮會很難工作喔。」

蕭襄就是瀟湘，跟艾艾是C大的同學，蕭襄念的是室內設計，但因為對園藝很有興趣，所以跑去旁聽，才認識了念園藝系的艾艾。艾艾個性爽利，跟蕭襄悶不吭聲的性子有些互補，兩人很快就成為好朋友。

到了大四，艾艾找了個在園藝造景公司打工的工作，恰好還缺一個人，就順道帶蕭襄一起過去。劉大哥是個不錯的老闆，又是兩人的學長，個性沉穩敦厚，想想兩個女孩子一起也有伴，就直接錄取了蕭襄。

「要啊。」蕭襄從包包裡翻出黑色的橡皮筋，三兩下就把一頭又黑又直的長髮束成了馬尾，「今天我們有工作嗎？」

春末的空氣微涼，迎面撲來，讓蕭襄下意識地搓了搓手臂：「是喔，艾艾，還有半年就要畢業了，妳有什麼打算嗎？」

艾艾想了想：「好像要去某家公司造景。」

「沒打算。」艾艾雙手一攤，「我大哥叫我進他的公司工作，可是我還在想，搞不好再去念個研究所，可是又不知道為什麼要繼續念。」

艾艾家境不錯，她是老么，上頭兩個哥哥又創業成功，因此在經濟上沒有問題。

「這樣啊。」蕭襄偏著頭想了想，「我還想繼續留在這裡工作，可能去問問劉大哥，如果不行的話，應該還是往相關的方向發展。」

兩人邊走邊聊，經過了早餐店。空氣裡滿是香熱的食物氣味，撲面而來，艾艾跟蕭襄的肚子不約而同都叫了幾聲。兩個女生相視一眼，同聲笑了起來，然後一齊轉身進入了早餐店。

不管有什麼重要的事情，也得等吃飽了再說。

點了一份鮪魚蛋餅跟冰奶茶，蕭襄先找個位子坐了下來，腦子裡卻忽然想起昨天晚上跟無眠的對話，嘴角不自覺地彎起了弧度。

她竟然跟大神說：從了我吧。

她到底是哪裡有問題？簡直就是口無遮攔。

「妳在笑什麼？」艾艾點好了餐點，走到蕭襄對面坐下，一抬頭就看見她的笑容。「什麼事情這麼開心？」

「我看起來很開心嗎？」蕭襄有點錯愕地反問。

艾艾觀察了一下子：「嗯……比平常開心一點的模樣。」

蕭襄噗哧一聲笑了出來：「艾艾，妳在說廢話。」

聽見這話，艾艾也笑了出來，果然是廢話一句，蕭襄都笑了，當然比平常開心。她擺著手又說：「哎唷，我不會說啦，就是看起來有點幸福的樣子。」

幸福？這又是哪來的形容詞？蕭襄不解地看著她。

「妳是不是談戀愛了？」艾艾瞇著眼睛，把臉湊到蕭襄面前盯著她追問，「快說，不說不給妳吃飯！」

舉起雙手，蕭襄大喊無辜：「我哪有，我閒著沒事都跟妳在一起啊，而且我課這麼多，要是真的談戀愛了，妳哪有可能不知道？」

說得有理，艾艾只好坐回原位：「好吧，放妳一馬，妳最近那個全息的遊戲玩得怎麼樣？」

說起遊戲蕭襄眼睛就亮了，臉上都是興奮的表情，開始發表玩了一晚上的心得。

「……然後，我就跟無眠跑到演武場去……」蕭襄的話，忽然被艾艾的手勢打斷。「怎麼了？」

「蕭襄，妳該不會……」艾艾皺著眉頭，「跟那個無眠有一腿吧？」

她瞪大了眼睛：「我沒有！妳怎麼這麼問？」

「因為妳從一開始到現在已經講了不下二十次的無眠了……」艾艾語重心長地拍了拍蕭襄的手

背，「網路上都是假的，千萬不要當真啊。尤其是網戀，他現在說愛妳，誰知道他轉頭會不會也跟別人說？妳如果真的要見他，記得一定要跟我說。如果出事的話，我好幫妳報警。根據統計，約會強姦的比例……」

蕭襄失笑：「艾艾，妳在說什麼啊？好啦，我保證，如果我要見他，我一定會告訴妳。」

艾艾立刻笑著答應：「好啊，說好了喔！」

這人變臉變得太快，蕭襄一愣：「……咦？」

「這就是我的目的啊，那個無眠被妳說得這麼大神，我不看看怎麼可以啊！」艾艾摀著嘴偷笑，「蕭襄，妳好好騙。」

「艾艾！」蕭襄臉上有著惱羞的淡淡緋色，抗議道，「妳又拐我！」

「別生氣嘛！」艾艾一臉笑意，「妳這麼好騙，我當然要去替妳把關才行啊，如果那個無眠是個人面獸心的混蛋，妳一定看不出來。」

「艾艾，無眠不會……」

「妳好急著幫他辯解喔。」艾艾意有所指地調侃她，「別急嘛，還不是時候。」

蕭襄張口欲言，卻發現不知道該說什麼。

唉，碰上艾艾真是有理都說不清。她雖然早就知道自己口齒不夠伶俐，但是艾艾東拉西扯的功力也不是常人可敵的，蕭襄無奈只得投降，認命地吃著眼前的食物，放棄辯解。待蕭襄吃完餐點，再抬起頭時，艾艾還是維持一樣的動作，眼前的早餐竟然一口也沒動。

「艾艾，妳不吃？」蕭襄的手在她的眼前晃了幾下，「在想什麼？」

「喔……不小心發了個呆。」艾艾看著蕭襄已經朝天的盤子，才驚呼：「妳也吃太快了，小心消化不良！」

「不是我吃太快，是妳發呆太久了！」蕭襄指了指牆上的鐘，「快點，我們要來不及了。」

艾艾望向時鐘，明亮的眼睛忽然睜大：「真的欸，我只剩下五分鐘可以吃早餐了！」

兩個女生一路上嘻嘻哈哈的，聊著聊著很快就到了公司。

與其說是公司，不如說是一家大花店，只是不光賣花，店面一旁蓋成溫室的院子裡，擺著各式各樣的室內植栽，生機盎然的模樣，讓早起爬山的人走過都不住地投以目光。劉大哥沒有選擇寸土寸金的市中心地段，而是在半山腰上弄了一間房，襯著美麗的視野，有些像近來流行的咖啡館。

早晨帶著濕氣的溫度仍低，一下公車，蕭襄就忍不住打了好幾個噴嚏。

「妳還好嗎？」艾艾略略回頭看著她問，「感冒了？」

「不是，過敏而已。」揉著鼻子，蕭襄從包包裡掏出衛生紙擦了擦，「好了，走吧。」

踩著小石磚進入店裡，清亮的風鈴聲在她們身後落下，也讓正在櫃台後整理帳務的劉大哥抬起頭來。「早安，真不好意思，星期六還讓妳們來上班。」他站起來，帶著一臉憨厚的笑，「吃過東西了嗎？」

「吃過了。」艾艾笑答。「沒關係，反正我跟蕭襄也沒事。」

「那好，」劉大哥從櫃台裡拿出一份資料，「麻煩妳們先去後頭把要用的盆栽清點出來，搬到門口，等會兒我讓小林開車去，他到現在還沒來，八成是又睡過頭了。我等一下再打個電話給他，這次非扣他薪水不可。」

聽了這話兩人笑了起來，艾艾從劉大哥手裡接下單子，兩人才往一旁的溫室走去。

溫室裡種滿了室內裝潢會用到的植物，大部分的盆栽都不大，就算是女生也搬得動。何況艾艾跟蕭襄並不是風吹就倒的柔弱女子，念園藝的，必要時候挑磚扛土、耕地拔草也是常有的，幾盆小小植栽又怎麼會難倒她們。

在小林開車到門口之前，兩個女生早就打點好一切，艾艾坐不住，甚至拿著單子繞來繞去地清點第三次，還沒數完，喇叭的聲音在門口響起。

「小姐們，好了嗎？」小林熄了火，從駕駛座上躍下，走到後頭拉開小貨車的遮雨布，「有沒有搬不動的啊？」

「你來得這麼晚，就算有，我跟蕭襄也搞定啦。」艾艾挽起袖子，跟蕭襄手接手地把盆栽運給站在車邊的小林。

小林一邊擺放好盆栽，一邊道：「嗨，蕭襄，早安。」

「早安，林大哥。」她點點頭，繼續工作。

隨著時間流逝，溫度也升高不少，搬完盆栽，蕭襄坐進車裡，用袖口擦了擦汗。「艾艾，我們今天要去哪裡啊？」

「我看看。」翻看著手上的資料，艾艾找了一會兒才答，「一家廣播公司。」

「喔。」

「小姐們，」因為聽見小林的聲音，蕭襄轉過臉望著坐上駕駛座的小林，「我們出發嘍。」

蕭襄沒應聲，只是把眼光撇向窗外，托著腮望著飛逝的窗外景色。沒仔細算過了多久，只知道眼前的景色從山光水色變成都市叢林，一會兒後，小貨車駛進某棟大樓的地下室，蕭襄收回心神，知道差不多要上工了。

等到車停好，蕭襄跳下車後先伸了伸懶腰，坐了好久，一身骨頭都痠了，然後手腳勤快地到車子後頭拿出推車。其實這工作就是這樣，雖然聽起來不錯，室內園藝設計，不過還是個靠體力的粗活。工作完成時很有成就感，看著自己把一方小天地弄得美侖美奐，但在那之前的準備工作，可是很折磨人的。

她推著推車進入電梯裡，雖然重，不過有輪子，推起來輕鬆。看看一旁的小林，那才是真的辛苦，又是扛木頭又是背磚塊的。今天的工作不難，只剩一些收尾的工作，估計大概頂多四五個小時，快一點的話，或許三小時就能結束。

出了電梯，艾艾率先跑到他們的接應人那頭去，像這種與人交際的工作，通常都是艾艾在做。等她回來之前，蕭襄無事可做，就走到一旁的書報區，翻了翻雜誌，又四處看了看。走廊盡頭有個房間的上頭亮著紅燈，踱步到那門前，她還沒來得及仔細去看上頭寫什麼，那燈就忽然滅了。

蕭襄退了一步，還沒反應過來，門開了，無眠從裡頭走了出來。

……無眠?!

她瞪大了眼睛，差點叫出聲來，又退了一步，摀著嘴傻傻地望著他。是他嗎？無眠說他沒有改自己的外表數值，可是，怎麼跟遊戲裡的模樣這麼像？遊戲裡的不都是美化過的人嗎？

他長得這麼好看嗎？

那麼驚訝又熱烈的目光在看著自己，任誰都會感受得到。手上拿著資料的男人眉心輕擰，轉頭望向蕭襄的方向，也露出了驚訝的神情。

兩人對望，誰也不知道該先說什麼。

「蕭襄、蕭襄……妳在這兒啊！」艾艾跑了過來，拉著她的手，「走啦，工作了。」

「呃……」她看了看無眠，又看了看艾艾。

「怎麼了？」艾艾回望著她，順著她的目光看上了無眠。「你們認識？」

眨了眨眼睛，蕭襄很困惑，不知道該如何回答這個問題。認識，還是不認識啊？他應該認出她了吧？

「瀟湘？」他唇邊盪出了淡淡的笑意，霎時間，聲音裡的暖意逼人。這小女生竟然直接用自己的名字當遊戲ID？

無眠這一聲喊得蕭襄背麻了、腳也軟了。

下意識地摸了摸耳朵。早知道他聲音很好聽，但沒想到……真人……真人的攻擊力，竟然這麼大……她從來沒想過她會對某人的聲音過敏啊！

「蕭襄？」艾艾疑惑地摸上她的臉，「妳臉怎麼紅了？」

聽見這話，蕭襄一愣，臉上紅暈更盛，她只好低下頭：「沒事，我、我們走吧。」

「嗯……」艾艾不解，蹙眉看著她，又看了無眠一眼。「好吧。」她根本沒有搭理無眠的意思，就拉著蕭襄的手離開。

蕭襄不敢再回頭，怕自己臉上還是那樣紅通通的，讓他看見實在不好意思，所以沒注意到，那身形頎長的男人，站在原地用淺淺微笑的神情，一直看著她。

廣播公司門口的造景工程，已經做到最後，只剩一些圍籬跟植栽散落在一邊，只要按照設計圖排放好，這工程就差不多了。

三人蹲在造景前，蕭襄這裡剩最後幾塊木磚要敲緊，她忽然想起方才見著無眠的情況，她從來沒想過會在這種場合遇見他。

蕭襄心不在焉地一手扶著木磚，一手拿起木槌，正要敲下，卻被艾艾從旁握住了手腕。

「蕭襄，妳想敲爛妳的手嗎？」艾艾沒好氣地罵，對她翻了白眼，蕭襄明顯地魂不在身上。

「妳今天怎麼不太專心？跟剛剛那人有關係嗎？」

「嗯……」她也不知道該怎麼說，她還沒確定剛剛那人到底是不是無眠呢！雖然長相很像，聲音也很像，但是沒有問過，說不定也有可能認錯。

看她這猶豫的模樣，艾艾擺擺手：「算啦，我等一下再問妳。現在只剩一些收尾的工作，我跟林大哥弄就好了，妳去外頭晃晃，別待在這裡礙事了。」

「喔……」她知道自己現在這狀態留下只是礙事，所以也不推辭，回頭再請他們喝個飲料道歉吧。真的沒辦法，剛剛匆匆見了疑似無眠的人一面，心裡還很震撼啊！

走到門外，蕭襄拿出隨身攜帶的濕紙巾擦了擦手，站在公司外頭，看著他們的廣告打發時間。

「瀟湘。」

一道熟悉的男聲從門口傳來，蕭襄下意識地回過頭，但早在回頭之前，她就知道是誰在喊她了。「無眠。你應該是無眠，對吧？」

他雖笑而不答，但筆直地朝她走來，若說他不是無眠，那這動作就太不合理了。

很高，果然很高。

她看著他慢慢走到自己面前。

乾淨的白襯衫、牛仔褲，他穿得很隨性，但氣質還是那樣奪人眼目。好像有一種人就是這樣，一旦出現在眼前，很難說出他哪裡好，但就是覺得他什麼都好。要說是他的五官好看，又覺得這種形容太膚淺，他只是站著不動，都能吸引人注意。

「妳……」無眠伸出手，比畫了一個高度，「嗯？好像不太對？」遊戲裡面，她還有到他的下顎，現實中……嗯……這落差不少，大概有十五公分吧。

蕭襄先是錯愕，然後噗嗤一聲笑了。「我一直很想知道名模的世界長得怎麼樣嘛。臉我沒改，不過看到身高的數字，我就忍不住了。」

「那感想是？」他很有興趣地問。

「嗯……」盯著他，蕭襄偏著頭想了想，笑道：「現在我可能扛不動你。」

看看她現在這高度，想從他的脅下把他撐起來，那根本是癡人說夢。

「那沒關係，我現在不需要人扛。」無眠嘴角輕揚，朝她伸出手，「妳好，我是墨白，也叫無眠。」

「啊，我是蕭襄……」開口之後又覺得這樣介紹實在太模糊，蕭襄抓過他的手掌，在他掌心寫上不同於遊戲中的兩個字。寫完後，她縮回手藏在身後，「那個，我手髒……」

墨白笑了笑，從口袋掏出手帕，遞到她面前：「手髒就擦一擦吧。」

她伸手要拿，卻被墨白握住了手，而後仔細地擦著。

她的眼眸爆睜，看著墨白把她的手指一根一根擦乾淨，感覺心臟一點都不爭氣地跳得太凶猛，臉上滿是熱氣，她覺得手指都不是自己的了，全都在發麻。

他……他說，他有很多弟妹，這應該是……照顧弟妹養成的習慣吧。她盯著他的手，對，一定是這樣，不然誰會隨身攜帶手帕呢？

「好了。」他握上她泛涼又發麻的小手，「很高興認識妳，蕭襄。」

嚥了一口唾液，蕭襄這才注意到原來她一直都屏息著，偷偷喘了口氣：「很、很高興認識你，無……墨白。」

墨白輕輕放開她的手：「妳今天怎麼會來這裡？」

蕭襄眼神還膠著在手上，下意識地答：「來工作。」

「工作？」他身為廣播主持人，卻不知道公司最近新聘了工讀生啊？「是廣播相關嗎？」

墨白的問句拉回了她的注意力；「不是，我是在園藝造景公司實習，今天來這裡工作的。」

「原來如此，真巧。」

她點點頭，想起今天看見他從那房間裡走出來，好奇地問：「那你是廣播主持人嗎？」

「對。」

難怪聲音這麼好聽。

「我很少聽廣播……」她搔搔頭，帶著歉意解釋，「所以不知道……」

「沒關係。」這聲音跟口氣讓蕭襄覺得熟悉，她仰頭一望，墨白的唇邊無笑，但眼角卻彎了。

「你又笑我！」她惱，「你……遮一下嘛！」忍不住，總可以遮吧！

墨白正想開口辯解，他不是笑她，只是覺得她這樣道歉很有趣，但話還沒說出口，剛剛那名女孩又走過來了。

「蕭襄！我們好……」望著剛剛才見過的男子，艾艾料定這人必定是蕭襄認識的人，否則不會連著兩次都剛好看見他跟蕭襄在一起。艾艾走到她身邊問：「這位是？」

「呃……」她看了看墨白，又看了看艾艾，「他是無眠。」

「無眠？」艾艾明亮的眼眸轉了一轉，低聲地問：「妳是說……那個大神？」

「呃，對。」蕭襄眼珠溜到眼角偷偷看了他一眼，又急急地收了回來，有點不好意思，讓他聽見她跟朋友這樣介紹他。

「妳好，我是無眠，就是那個大神。」他神色自若，不過蕭襄站在一邊卻羞愧得想鑽地。有人這樣介紹自己的嗎？擺明是說給她聽的嘛。

「喔，我是艾艾，是蕭襄的朋友。」艾艾的手在褲子上抹了抹，大方地伸出去。「髒了點，你別介意。」

蕭襄站在一邊，心裡想著不知道他會怎麼做，也跟剛剛一樣，拿出手帕替艾艾擦乾淨嗎？

抬起臉，目光跟墨白接到一塊兒，只見他微微笑，禮貌地握了握艾艾的手，然後收回。

咦？這麼冷淡？

她的眼眸睜大，又有些困惑地低下頭。那剛剛是怎麼回事？

「蕭襄，我們走吧。」扯了扯蕭襄的手臂，艾艾喊著她。

「好。」點點頭，她轉頭對墨白揮手，「那我先走了。」

「嗯，晚上我在線上等妳，再見。」他頷首淺道。

「好，我沒事的話，回家就上線了。」她急答，然後被艾艾拉著走了。

5

瀟湘慢慢睜開眼睛，這裡是公會房間的床上。她盯著床板，發呆了好一會兒，才徐徐地坐起身子。從懷裡掏出記事本，先翻到公會那一頁，上頭的通知已經改成要大家有空多去跑跑公會任務。又往後翻了幾頁，沒有什麼其他的事項，瀟湘這才收起本子。

走出了房門，又是深夜。今天的風，比昨日略大一些，她抬頭看著細細的月兒，私語了無眠。

「你在哪兒？有空了嗎？」她沒忘記今天兩人約了打副本，剛剛查看了一下，他已經上線了。

無眠很快就回了她：「我在後院九曲橋上的涼亭裡，妳過來吧？我彈首曲子給妳聽。」

「好。」瀟湘翻出腦海裡的地圖，確定了方向之後，就往前走去。

今日風大，顯得夜來香的氣味更濃，瀟湘揉了揉鼻子。這遊戲的製作團隊真的很認真，連氣候、風向、香味都考慮進去了，大紅色的衣袍隨著她走動的時候，輕輕地甩出了小圓弧。

公會後院有個湖，水光粼粼，映著月牙兒般的月光，瀟湘趴在橋邊的石欄杆上望著水面，宛如真的一樣，她甚至覺得有微涼水氣撲面而來，月色熒熒，明明是新月，卻照得她睜不開眼睛。直起身，她撢了撢衣袍，繼續走著這九曲橋。

手上摸著粗糙的石橋欄杆，很短的路程，卻弄個彎彎曲曲走起來要花三倍時間的橋面，她是沒有這種閒情，不過幸好這裡溫度宜人，夜風輕送，襯著湖光，映著月色，倒也有一番典雅情致。

涼亭在九曲橋的中心，四方柱上有著粉色的薄紗，風一起，灌飽了束繩上的薄紗，也惹得束繩下的粉色薄紗蕩漾出了一層層的海浪。無眠就坐在中央的石桌邊，面前擺著一架古琴，他微微低著頭，雙眸輕斂，看不出來是醒著還是睡著了。

放輕了步伐，瀟湘才踩入涼亭，無眠便抬起頭來，眼眸裡帶著溫暖地望著她：「妳來啦。」

「是，我來了。」見他沒睡，瀟湘也就沒那麼注意腳步。

「妳真是一個老實的姑娘。」

「你指的是？」瀟湘在他身邊的空位坐下。

「長相，還有名字，都跟真實的妳相差無幾。」

瀟湘淺笑：「你不如說我是個無趣的人。」

「很好啊，在涅貴不緇，曖曖內含光。」

「你別誇我，我會習慣的。」原本只是打趣，瀟湘卻忽然想起了今天的事情。問呢？還是不問？

微微垂首，她正思索著，琴聲卻悠悠響起，瀟湘轉頭望去，無眠的側臉很好看，撫琴時，手指很優雅，也不知道是系統設定，或是無眠原本也就懂琴，她只覺得那琴聲裡頭情意真摯，讓她有些失神，想起了很多事情。

「妳在想什麼？有煩惱的話，不妨說出來，大哥替妳分憂。」無眠好聽的嗓音響起，原來琴曲早已經結束，是她想得太過專心，一時回不了神。

她下意識抬頭看著他，只覺得他的眼眸非常好看，像是會勾人魂魄似的，卻沒注意到自己這樣太過失禮，吶吶地問：「你……為什麼要替我擦手？」

他微微一笑：「不是妳說妳手髒了嗎？」彷彿如此非常理所當然。

「可是，艾艾也是，為什麼你……」猛然回過神，瀟湘甩了甩頭，「你還是當我沒問好了。」她臉上又泛起紅潤，轉過頭去不敢繼續看著無眠，不是說好不問了嘛！

無眠淺淺笑著，望著瀟湘，臉上似有所訴，卻又什麼話也不說。好半會兒之後，看見瀟湘耳根的粉紅退去，他才開口答：「我跟艾艾第一次見面，做這舉動不合宜。」

瀟湘轉過頭，困惑的眼睛裡寫著：那跟我就不是第一次見面，就很合宜嗎？

無眠彷彿知道她心裡在想什麼，接著道：「當然啦，我們都這麼熟了，雖然那舉動仍是不妥當，不過妹妹，妳就當我照顧孩子成了習慣，別跟我計較可好？」

他都這麼說了，她當然要順著台階下才對，只是不知道為什麼，心裡有一點點不太舒坦。

「大哥都這麼說了，我也、自然不會計較。」她實在不太會掩飾自己的想法，說起話來掩不住的坑坑巴巴。

無眠只瞄了她一眼，沒有多在這件事情上琢磨。「剛剛那曲子好聽嗎？」

瀟湘正在心裡大罵自己嘴笨，這時聽見無眠轉開話題，便開心地接下了話：「好聽，是系統的曲子嗎？」當個樂師真風雅，早知道她也練個樂師了，現實生活不太懂，遊戲裡面懂也夠了。

「不是，那是我自己譜的曲，比起其他樂器，我最擅長的還是琴。只可惜，古琴的數值太低，比不上笛子玉簫，扛著跑完全沒有用武之地，只能放在屋子裡擺著好看。」他淺笑，唇畔帶著些文人不卑不亢的氣勢。「我再彈一曲，我們就去打碩鼠。」

「好啊！」她很喜歡聽他彈琴，以前遊戲還是鍵盤時代的時候，只覺得無眠像個古人，很有距離。現在玩全息，才知道他是一個暖融融的人。他不說話，多半都是等人說，或是眼眸含笑地看著那人，並不是不願意搭理別人，只是舊時隔著一個螢幕看不出來。

瀟湘走到柱子旁倚欄而坐，手托臉頰，微微笑著望向水面。跟無眠相處真的很舒服，她個性有些自閉，很不喜歡跟別人解釋些什麼，但朋友相交，一開始總是有些不明白，她懶得解釋，若遇上對方也不想花心思理解，那這段友誼多半就到此為止，但她知道自己這個性不好，所以也不強求。

唯一的例外是艾艾。能跟艾艾成為好朋友，是因為艾艾聰明爽朗，就算她解釋得很少，艾艾還是可以跟她相處得很好。

第二個例外是無眠。

她不太懂他，各方面都不明白。或許最不明白的是，她覺得他根本就不應該出現在線上遊戲裡。他明明是個古人，跟人家玩什麼遊戲？可他現在卻又跟這個遊戲這麼契合。略略轉過頭去，無眠專心撫琴的樣子，如詩如畫，就算她沒有什麼文人情懷，也能感受那高雅。

他像是天生就屬於這遊戲的人。

想到這裡，瀟湘忍不住輕輕笑了。

「妳在笑什麼？」琴音戛然而止，他溫聲問。

「若不是我今天才見過你本人，現在應該是在懷疑你是不是NPC吧。」瀟湘的笑，在月光之下，蕩漾著銀光。

「……妳的意思是……」無眠淺淺皺眉，十分困惑，「我長得像NPC嗎？」

碩鼠碩鼠，無食我黍！三歲貫女，莫我肯顧。

這碩鼠的副本就是要打一隻藏在穀倉裡的大老鼠。

瀟湘跟無眠各自整理過自己的包袱跟武器後，天地交會的盡頭已經帶著一點靛色的明亮，走在大街上，他們並肩往穀倉走去。

主街旁的店鋪圍著不少人，買東西吃的、逛武器的、挑飾品的，應有盡有。瀟湘跟無眠安靜地並肩從人群中穿過，沒有多做交談。等到兩人站在穀倉苦臉老闆前的時候，天色早已大亮。

身為一個敬業的NPC，老闆非常仔細地抱怨這大老鼠吃光了所有糧食，有多麼可惡，叨叨絮絮念了一大串。瀟湘曾經認真看完整篇對話，才發現一點用都沒有，這些對話根本就可以不用看。

兩人組隊，隊長是無眠，只要由他去跟老闆對話即可，所以瀟湘只是站在一邊發呆等著。

遊戲裡的時間非常快，不一會兒，就已經日正當中。

「瀟湘，我們走吧。」他喊著她。

「喔，好。」瀟湘把大刀背在背上，「走吧。」

這個副本對初心者是有意義的，它是遊戲裡最低等級的副本，打過了這副本，一來算是通過了考驗，二來可以從穀倉老闆手上拿到十五級的好裝備，穿上之後練等也比較輕鬆，不過她跟無眠只是要測試遊戲有沒有BUG，那個什麼意義不意義的，其實也沒什麼關係。

瀟湘原本心情十分輕鬆，但在無眠推開了那扇門之後，才知道全息遊戲的恐怖在哪兒。

空無一物的穀倉裡，又黑又悶，迎面撲來一陣霉味，到處都有著老鼠吱吱叫的聲音，瀟湘渾身的寒毛都豎了起來，伸手不見五指的黑暗，讓她緊緊皺著眉頭，從背上抽出大刀，握在手上，正在思索應該怎麼辦才好，身後卻亮起了光芒。

無眠手上握著點燃的火把：「剛剛老闆給我們的。」

「那麻煩你替我照路吧，那些小老鼠什麼的，交給我就好。」鬆了口氣，她還以為真的要摸黑打呢。她揮了幾下大刀，順手清掉了幾隻衝上來的小黑老鼠，完全不費吹灰之力，就是很煩，她想放範圍技能，但是老鼠散得太遠，就算放範圍技，也只能清掉四、五隻小老鼠，完全不划算。

「瀟湘，反正我們不急，慢慢打吧。」他道，「那些太遠的乾脆算了吧。」

「好。」瀟湘很豪爽地把刀扛在肩上，原本想打，是因為習慣。她還沒有進公會之前，都習慣替樂師賺經驗。如果沒有劍客擋在前頭均分經驗值，樂師要升級就太難了，不過既然無眠不在意，那她也無所謂。而且事實上，這個副本的經驗對現在的他們而言也是九牛一毛。

「我好像有點太緊張了。」走了一會兒，瀟湘摸了摸發涼的手臂，她每次一緊張身體就發涼。

舉著火把，無眠低頭看她，溫聲道：「嗯？別緊張，就算很逼真，我們也會贏的。」

「理智上明白，不過……」她扁嘴，指了指自己的手臂，「這個不聽話。」

無眠不解，但空著的那隻手，順著她的指示撫上她如粉藕的手臂。「好涼。妳冷嗎？」

「不是，我每次一緊張手就發冷。」她解釋著，困惑地接過無眠遞來的火把，卻看見他把身上的外袍脫下，披在她肩上。

「雖然不會感冒，不過冷可是貨真價實的。」他把外袍在她胸前扣上，拿過了火把，「暫且披著，等會兒打BOSS再還我吧。在這之前，只能仰賴姑娘保護我了。」沒穿裝備，他也沒把握能挨上BOSS三、五個爪子。

她不知道應該說什麼，想說他無須如此，她不冷，但心裡卻覺得感動。想了好一會兒，乾脆模糊其詞，不正面回答，「我、我們走吧。」

「好。」

兩人安靜又往前走了一段，看起來很平靜，其實瀟湘把全副心力都拿去打老鼠了，大刀揮得又快又準，確實把無眠保護得密不透風，但倒像是老鼠跟她有仇似的。

「行了行了，收收手，老鼠都要哭了。」停在最後的門前，他微微笑，「要進去了，外袍。」

他幫她穿，還算溫馨，他幫她脫，那就……

瀟湘臉上浮出運動過後的紅潤，趕忙把身上的外袍脫下來，遞給無眠。他接下袍子的時候，有意無意地用手背碰了碰瀟湘的臂膀，嗯，溫的。

很快就穿戴整齊，他高舉火把，瀟湘在前頭，用力往左右兩邊推開了厚重的大門。木門的輪軸在推動下，發出了咕嚕咕嚕的聲音。穀倉上頭的屋頂早已殘破，也不知道照進來的是日光或是月色，只知眼前光線明亮，瀟湘眨了眨眼睛，被自己看見的景象嚇住。

最後的BOSS竟然是隻比人還大上好多倍的……天竺鼠？

看著牠身上那明顯的色塊，瀟湘回頭看了無眠一眼，又困惑地偏著腦袋。

天竺鼠不是吃葵花子的嗎？跑來人家糧倉做什麼？而且一點也不怕人的樣子，睜著兩隻圓圓的眼睛，一邊梳毛，一邊還盯著他們瞧。

瀟湘頓時有種跑錯棚的奇異感受，總覺得剛剛一路過來，那些黑乎乎的老鼠都比眼前這隻具有攻擊性。而在她遲疑的時候，無眠已經揚手就扔了好幾瓶高級毒藥出去，空氣裡又瀰漫著五彩的霧氣，瀟湘一愣，扛起大刀往前才普攻了一下，大天竺鼠就轟然倒地了。

這一切結束得太快，讓瀟湘半天回不了神。

天竺鼠的屍體在無眠撿完牠身上的裝備之後就消失在他們眼前，他側臉問著好久沒動的瀟湘：「怎麼了？覺得牠很可憐？」

如今兩人站在穀倉的正中央，從頭上灑下了光芒，神聖無比地照在他們兩人身上，彷彿兩人完成了什麼偉大的志業。

搔搔頭，瀟湘答：「不，就是有點……不知道自己來這裡幹麼。」

這BOSS太弱，而這樂師又太強了，剛才根本不用她出手，無眠一個人單刷也能搞定。

「別想這麼多了，我們還要刷過所有副本呢。」拍拍她的腦袋。「每個副本都想，不是想破頭了嗎？」

咦？什麼時候決定的？「我們每個副本都要刷？」她追在無眠身後跑了出去。

站在穀倉後門，無眠停住了腳，望出去，一片煙雨濛濛。

「下雨了。」他道。

「嗯。」雨絲夾帶著涼意撲面。

從包袱裡拿出一把傘，無眠淺聲含笑問：「只有一把，與我共撐可好？」

「好。」她走到傘下，「你為什麼要帶傘？」這傘又沒有特別功能，擺在包袱裡頭還占格子。

「為了這種時刻呀。」他柔聲答，「先去回報任務？」

「嗯。」

兩人背影逐漸消失在霪霪細雨之中。

「所以，我們真的要把所有的副本都打過嗎？」

雨還在下著，石板路上偶有積水，卻不會沾了他們的衣角。

只有情致，沒有煩事。

瀟湘跟無眠在同一把傘下，慢悠悠地往公會屋子走。

「當然，都拿了人家的感應艙了，當然要好好幫忙。」他拉了瀟湘一把，轉進公會大門的屋簷下。

「先回大廳再說吧，免得弄了一身水氣。」

推開大門，他仍是與瀟湘並肩，走過一小段的院落，進入了大廳。

瀟湘撣了撣身上的衣袍，衣角雖然沒有被路上的積水沾濕，不過身上卻有點潮。屋裡溫暖，沒多久身上的潮氣就沒那麼重了。她站在窗前，從木格子窗裡往外望出去，這雨顯得格外典雅。或許日後設計的時候也可以把這中國素材融入設計圖中。

無眠悄悄走到她身邊，隨著她的眼光看出去，問：「想不想喝點熱湯，我去廚房替妳做。」

瀟湘眼畔帶著淺淺笑意，側首仰望著他：「你也會做飯嗎？」

他用看著有趣東西的眼神看她：「我有點廚藝，這是生活技能，妳沒學嗎？」

眨了眨眼，對喔，她都忘了。

拍了拍自己腦袋，瀟湘不好意思地道：「我到現在還有點分不清楚這是遊戲還是現實。第一次玩全息遊戲，真的很容易搞混。」

「慢慢來吧，久了就明白了。」

她摸了摸窗櫺，像是忽然想起了什麼事情，猛然回頭：「可是我昨天去廚房的時候，那裡什麼食材都沒有。」

「我今天上線的時候已經先補了一些城裡買得到的食材進去了。」他一頓，轉了別的話題，「與其站在這裡聊天，不如邊走邊說。」

她一時接不上他飛快的思緒，傻愣愣地問：「去哪？」

無眠見她這模樣，忍不住又微微彎起眼角：「廚房啊。」

瀟湘見到他那個眼笑嘴不笑的表情，就知道他又在心裡笑她了。她偏過臉，臉上緋紅。她最討厭自己這種體質了，一緊張就發冷，還動不動就臉紅！

她是很想忍，可是忍不住，哪像這人！

「還是妳要在這裡等我？」無眠已經收起那彎彎的眼角，此時臉上表情正經莫名，莫名正經，正經到一看就知道是假的。

「……」算了，是她錯了，她果然不應該期待別人的，「我跟你去，簡單的廚藝我也會。」

她走在前頭出了大廳，說不過，轉個話題還不行嗎？

無眠跟在她身後，看著她一身長衣，在她走動之時，衣角翻起浪花，若無其事地問：「瀟湘，妳這麼隱忍的性子，到底是從哪裡練來的？」

他這次光明正大的笑意暖暖，絲毫沒有戳破別人面具的自覺，可口氣裡十足的調侃，任誰也聽得明白。

猛然止步，她回頭一瞪，還不就你！

「看我做什麼？我非常肯定，妳這性子絕對是在認識我之前就這樣了。」

這人！「我才想問你這麼表裡不一的無賴性子是怎麼來的呢！」

「妳可是頭一個說我無賴的人，所以我很難回答妳這問題。」他淺笑，語氣轉溫和，「別生氣了，逗逗妳而已。」

瀟湘微怔，急忙辯解：「我沒有生氣。」

「是，妳沒有對我生氣。妳只是辯不贏、氣不過，打算隱忍在心了。」

她有點手足無措，但腦子裡一片空白，最後還是只能說：「我沒有生氣。」

「我知道。」他笑吟吟地望著她。「那現在，我們可以繼續往廚房前進了嗎？」

看著瀟湘圓圓的眼眸無辜地轉來轉去，真的有點像四妹小時候養的那隻小白兔，每次看牠，都不知道小兔子腦袋裡在想什麼。

「妳剛剛是不是要問我什麼副本的事情？」他起步往廚房走，狀若無意地問了她。

副本？喔，對啊。瀟湘跟上他的腳步：「只有我們兩個怎麼打得完所有副本？低階的還可以，高階的要兩個人打，那就太困難了吧？」

「我沒說要兩個人打啊，過幾天，攻無不克他們也應該會上來，到時候先跟他們去練練中型的，然後再去推高階副本。」

走進廚房，無眠從一旁架子上挑了幾樣食材下來，又繼續道：「到時候我們兩個比較熟練，也比較有默契，要是他們出了什麼錯，應該也彌補得起來。」

瀟湘也從琳瑯滿目的架上選了幾項調味料跟香草，雖然是中國風的遊戲，不過飲食卻口味豐富，但是非中式的食譜都算罕見食譜，一本要好幾千兩，要學可不便宜。因此比較西方口味的香草葉子，像是薄荷、迷迭香之類的，架上也都有。

「看起來你都有計畫。」瀟湘順手拿了幾條魚，灑上香料，「我來做清蒸鱸魚。」

「好，那就麻煩妳了。」無眠朝著瀟湘點頭微笑，「那是因為我不喜歡做沒有計畫的事情，準備得愈周全，有意外的時候才能應變得愈從容。」瞄了一眼瀟湘進行中的動作，「妳的手勢挺熟練的，現實生活妳應該也會做菜？」

「嗯，我會，不過你看我動作就知道，所以你也會吧？」

「我會，要養五個弟妹，不會做菜不行，總不能叫他們天天吃外食。」他雲淡風輕地笑答。

用手腕抹掉額角的汗，廚房真熱。瀟湘繞過他，把魚擺進蒸籠裡，好奇問道：「我一直很想問你，你的思緒怎麼這麼跳躍式？」她真的跟不上他。

無眠手上的動作停了下來，認真地想了想，才答：「大概是因為我有五個弟妹吧。小時候他們一起說話的時候，我也沒有五張嘴，只好先記下來，一個一個輪流回答。」

瀟湘本來想問他父母的事情，但又覺得這樣有些冒犯，索性就不問了，走到一邊去用清水把手洗乾淨。在遊戲裡做菜就是好，魚腥味清水一沖就沒了。

「瀟湘來，替我包燒賣吧。」

咦？「燒賣？可是我沒做過欸。」他剛剛喊她的口氣，就像是在喊小孩子一樣。真的把她當妹妹啊？「要是包得像水餃怎麼辦？」

「那妳就改吃蒸餃吧。」無眠完全不介意，「反正妳吃妳做的，我吃我做的，完全不相干。」

當然，經過系統的調整，不管是怎樣醜陋的外表，出了蒸籠之後，都是一顆顆皮薄餡多的小燒賣，引人食指大動的好吃模樣。

端著熱騰騰的吃食，兩人回到大廳。圓桌上擺著三菜一湯，清蒸鱸魚、蝦仁燒賣、竹筍滷排骨，還有菠菜蛋花湯。

雖然他們壓根可以不用吃飯，在遊戲裡面根本就沒有餓感，但是當瀟湘坐在桌邊時，肚子還是很不爭氣地叫了。

「這是系統設定。」為免她尷尬，無眠很貼心地特地解釋給她聽。

「喔，這遊戲的製作團隊真是……細心啊。」只是這種小地方不用這麼擬真的，瀟湘立刻決定今天只要吃八分飽就好，免得吃得太飽還會打嗝。

無眠拿起公筷，夾了一些竹筍到她碗裡：「經過遊戲設定，這些東西絕對好吃。」

「我吃吃看。」挾了一點放進嘴裡，嚼了嚼，「唔喔，真的是好味道。」全息遊戲真是太了不起了，簡直就像是可以永遠住在遊戲裡面一樣。

無眠也跟著吃了幾口，笑道：「嗯，味道是真不錯，就是不知道，如果沒有練廚藝的人，做出來的東西會不會變成一場災難？」

「我覺得依照這團隊的擬真度，不用懷疑肯定是一場災難。」她點頭，又扒了幾口飯。飯前肚子都會咕嚕咕嚕叫了，沒道理不擅廚藝的人，能夠做出滿漢全席。

「妳這樣說也是。」

兩人邊用餐邊閒聊，無眠不愧是個廣播主持人，扯話題聊天的功力非常高竿，既不會讓人覺得吵，有時還逗得她差點噴飯。兩人用了一頓愉快的晚餐，又坐在桌邊聊了一會兒天，等到兩人起身，才一離開桌邊，那些剩下的廚餘、餐具立刻就消失了。

「現在我們要幹麼？」肚子飽飽的，她有些昏昏欲睡了。

「我們去解公會任務如何？」看她那愛睏的樣子，無眠不自覺地心底發軟，柔聲問：「還是妳休息一下？」

完全是生理影響心理，她一吃飽就懶洋洋的提不起勁。

「我看我們休息一下好了。」看她這樣子，他搖搖頭，「去吧，妳去椅子上坐一下。讓我整理一下公會的內容，我們再出發。」

「呵……」瀟湘打著呵欠，「好啊，那我等你。」語畢，她走到主位坐在軟墊上頭，撐著頭，就閉上了眼睛。

無眠靠在窗邊，打開了公會內容的頁面。整理了公會倉庫，還有一大堆事項，最後開了身上的包袱，稍微整理過後，月已西沉，恰好斜照進屋子裡頭，輕輕灑在瀟湘身上。

無眠負手走到她面前，眼光透過月色細碎地落在她臉上。說睡就睡，這孩子命不錯啊！他打量了好一會兒，瀟湘像是察覺到了他的目光，長長的眼睫毛顫了顫，慢慢睜開了眼睛。

在那睫毛輕顫的時刻，無眠早已經退開，站在一旁等著瀟湘清醒。

她的美眸一時之間無法聚焦，只是愣愣地看著前方，眨了好幾下眼睛才慢慢回過神來，眼角餘光看見無眠站在一邊，帶著一些慵懶地問：「嗯？你等很久了嗎？怎麼不叫我？」

「我正想要叫妳，妳就醒了。」

唉，這遊戲真的設定得非常逼真，那散落在臉上的鬢髮真的像剛睡醒一般，無眠目光灼灼地盯著那髮絲，慢慢伸出手將她的髮絲順到耳後。

「亂了。」

「喔，謝謝。」摸了摸熱呼呼的臉頰，她心裡有點困惑，不過只是幾根髮絲而已，無眠為什麼要用這種眼神看她，但還是道了謝。

他收回了目光，那陡然升高的溫度又變回了好相處的暖意融融。無眠淺笑道：「那我們去跑公會任務吧？採十株芷草，妳護衛我，一次就有兩人份。」

「嗯，芷草，白燕溪那兒嗎？」瀟湘站起身，理了理衣上的縐褶，那溪在樹蕙城後方沒多遠處，「那我們用走的？還是御劍？」

「騎馬吧，妳還沒見過我的小紅馬吧？」他往門外走去，「反正不遠，騎馬也慢不了多少。」

「好啊，我無所謂。」她聳聳肩，反正本來就是要跑公會任務的，白燕溪也不遠，就算要走過去都沒關係。

出了公會，無眠拉著小紅馬的韁繩站在一邊：「妳先上去。」無眠扶著她上馬，然後縱身一躍坐在她身後。拉了拉韁繩，小紅馬頓時撒開蹄往前奔去。

城裡路面平坦，兩人還能維持一些禮貌性的距離，雖然說話的時候仍然不離耳鬢廝磨的範圍，但身子沒有碰在一起，便覺得還好。

一旦出了城，這路上便坑坑凹凹，小紅馬幾次躍起，瀟湘都毫無防備地撞上身後樂師的胸膛。搗著已經撞了三次的腦袋，瀟湘悶著聲問：「你還好嗎？這樣會不會把你撞成內傷啊？」

「還好，我沒妳這麼疼。」

馬身一顛，她又狠狠撞了他一下，下意識地脫口而出：「好痛！」

瀟湘非常認真地考慮是不是往前抱住馬脖子算了，她正要動作，剛剛坐正的身子，卻被一隻大手橫過胸口環住肩頭，然後壓在懷中。

「別動，否則又要撞痛了。」靠在他胸前，無眠的聲音聽起來分外清晰。「快要到了，雖然有些失禮，不過還請姑娘不要計較。」

瀟湘臉上酡紅一片，幸好無眠看不見她的臉，否則她真是無地自容了。但無眠這招顯然非常有用，她已經不再撞來撞去的了。

認真想一想，其實也沒必要不好意思，不過是個遊戲嘛，這也不是她真的身體，頂多就是個感覺挺豐富的假象，不用當真不用當真。這麼一想，她跳到不知如何歸位的心臟好像也安定下來了，下意識舉起手要摸摸心跳，卻摸上了無眠的手臂。

「嗯？」無眠低下頭，在她耳邊問：「怎麼了？」

才安靜沒多久的心臟又猛烈跳了起來。她驚駭地摀住耳朵，轉頭盯著他看，然後又垂下頭，不是他的問題，是她自己不好，早知道就不應該共轡。他騎馬，她御劍，不是也很好嗎？

……

對喔，幹麼不這樣做？瀟湘抬起頭，正要讓無眠停下，他卻早一步放開手，「到了。」

到了……這一路的折磨，究竟是為什麼啊？瀟湘淚目問天。

6

河岸青青，綠色的草叢之間，長著白色的葉子，那白色的葉子就是芷草。

這裡的怪不是主動怪，平常也和藹可親得很，但是喜食芷草，只要一見有人要來採，就會主動攻擊。雖然等級高點的玩家，不至於死在這小怪的手上，可採草的時候不能中斷，一被碰到，又要重頭來過。

無眠聚精會神地在草叢中專心採草，瀟湘在一旁，把大刀換成利索的長劍，沒多久，地上就滿滿都是小怪的屍體山了。估算了一下小怪重生的時間，瀟湘覺得自己還有空閒可以剝皮，於是把刀放在伸手可及的地方，快速剝起皮來。

弄了一會兒，皮毛都剝得差不多了，無眠還在採芷草，她心裡有些困惑，雖然她不會採草，不過……就算是天山雪蓮頂多就是拔得久一點吧，這任務也不過要十株芷草，有需要弄得像是在找千年人蔘嗎？她都劈了一堆怪，還剝下一堆皮了。

舉起劍，她在四周巡視一圈，確定沒有重生的小怪，坐在一旁高起的石頭上，問道：「無眠，你怎麼弄這麼久？這草有這麼難採嗎？」

他從草裡抬起頭，原來白皙的臉頰透著紅潤，像是運動過的樣子，對著她有些歉然地笑了一笑，又低下頭繼續採，但嘴上卻答：「要解任務的都採好了，不過我想多採一點放在倉庫裡，改日妳如果沒有空的話，我也可以自己拿去解任務，或是叫其他人拿去解。」

剛剛那一眼，看得瀟湘有些恍惚，美人啊！果真是美人！看得她臉紅氣短，傻傻地望著他，直到無眠說完話都好一會兒了，她才回過神來，應了句：「這樣啊。」就沒再說話。

瀟湘有些冷淡的反應，讓無眠又向她望了一下，但見她神情並沒有半點不悅的模樣，於是又低下頭繼續工作。

「妳覺得無聊嗎？」

「不會，這裡風光明媚，我看看也開心。」她雙手擱在盤腿的膝上，右手還握著劍。「我只是在想，該去學個釣魚，這樣下次你採藥，我釣魚，等你採好了，就有烤魚可以吃了。」

無眠只是笑，卻沒有出聲點破，她若是跑去釣魚，誰來護衛他這件事，只由得她去胡思亂想。天青、風涼、樹靜、水流。

瀟湘用劍的手法愈來愈熟練，雖然還是系統的套路招式，不過多殺幾隻小怪，也能增加一些熟練度，讓她出手的速度愈來愈快。到最後，即使她坐在大石上頭，看見小怪打算要攻擊無眠，仍然能後發而先至。

「瀟湘，妳今天幾點要下線？」無眠採集完了之後，跟著瀟湘一同坐在大石上，他一邊整理著包袱跟任務的介面，一邊問著。

「嗯……今天就在遊戲裡睡了吧？」她笑著伸了伸懶腰，跳下大石。「反正明天不用上課，我還沒在遊戲裡睡過呢。」

玩全息遊戲，一旦進了感應艙，那現實的身體自然就是處於休息狀態，只剩下意識跟感應艙連結，會覺得疲憊需要睡眠，那也只是心理上的錯覺罷了。不過連續玩樂三十六小時後，系統會強制玩家離線一小時，雖然不用睡覺，但身體機能要維持下去，還是需要真實的水跟食物才行。

「這樣啊，」無眠想了想，「算了，我們還是先回去交任務再說吧。」

「好啊，不過你也不下線……」她正要收起劍，卻聽見一旁草叢裡傳來沙沙聲，劍尖即刻轉向對著草叢。「誰？」

雖然她對全息遊戲還不算熟悉，但她還不至於分不清楚怪跟人的差異。

「別動手別動手，自己人啊！」那人高舉著雙手走出來，原來是攻無不克。「我剛上線，查了公會頁面，看見你們倆都在這裡，就想先來找你們。」他解釋，「大哥，你們在這裡幹麼？」

趁著無眠正在跟攻無不克解釋的時候，瀟湘在一旁打量著他。是個好看的人，不過長相實在不太像是練劍客的，反而有點像是藥師。話才剛說完，就看見他蹲下去採草了。

「你是劍客藥師？」她問。

「對啊，我副職業是藥師沒錯。」一下子就採滿了十株，正要站起身，卻聽無眠又道：「你多採一點回去扔倉庫，我在這裡護衛你。瀟湘，妳就在這附近晃晃吧，等一下跟著我們回城？」

「喔，好啊。」自從上次看了無眠跟萬年的PK賽之後，她現在對無眠有絕對的信心。何況這裡怪的等級非常低，就連那隻天竺鼠都在無眠手下撐不了三十秒，更別說這裡的小怪了。

「那我去河邊看看，你們弄好的話，喊我一聲。」

「好，妳去吧。」

瀟湘往河邊走，一路上附近都是剛剛打的小怪，她躍過牠們低小的身軀，然後在河邊找到了一塊乾淨的地方坐下，脫掉了鞋襪，把腳浸入水中。涼意襲來，瀟湘舒服得微微地瞇起了眼睛，雙手撐在身後，聽著淙淙流水聲，發了一會兒的呆，然後乾脆往後躺了下去。

看著傍晚的天空，瀟湘閉上了眼睛，卻聽見耳邊有著細微的騷動。大概是無眠吧？睜開眼，映入眼簾的卻是隻毛茸茸的兔子，正探頭探腦地嗅著她的臉。她看著那兔子，那兔子也看著她。

「……你想幹麼？」瀟湘問。

自然，那兔子不會回應她的問題，甩了甩頭之後，跳到一邊去自在地梳理著牠的毛。

瀟湘轉頭看著那兔子，怎麼，這兔子不怕人的？而且，這隻白兔子有一對黑耳朵？她緩緩坐起身，在包袱裡頭翻了半天，才終於找到一瓶喝剩的蜜茶。

也不知道兔子喜不喜歡喝蜜茶，瀟湘嘗試性地倒了一點在手中，伸到牠面前：「喝嗎？」

那兔子先是有些遲疑地看了看瀟湘，嗅了嗅她的手，然後歡喜地把她手上的蜜茶舔光了。

「欸，你喜歡啊，那這裡都給你吧。」她把所剩無幾的蜜茶全倒在掌心中，看著兔子喝得開心，忍不住伸出手去摸摸牠。

「妳喜歡的話就帶著養，這可以當寵物。」無眠的聲音從她頭頂傳來，瀟湘抬頭望著，又看著他在她身邊坐下。「這兔子吃了妳的食物，以後就是妳的寵物了。」

「原本有這功能嗎？」她摸著兔子的耳朵，看牠這麼乖巧，又這麼可愛，完全心癢難耐。

「有啊。」他笑，「大兔子養小兔子，很好啊。」

瀟湘一時沒聽清楚，迷惑地抬起頭來看他，「嗯？」

無眠笑了笑，這一人一兔神情簡直是一模一樣。「沒事，我們回家吧。」

「喔。」瀟湘點點頭，伸手抱起兔子，就跟著無眠往回程走了。

三人離開白燕溪的時候，瀟湘的懷裡正抱著一隻睜著大眼睛看著四周的小黑耳兔。

本來捕捉寵物需要買個寵物籠子，但也不知怎麼回事，這兔子傻不愣登的，瀟湘伸手一抱，牠就乖乖縮在瀟湘懷裡，於是瀟湘也就直接抱著牠，打算用走的走回樹蕙城了。

一路上，攻無不克舉著火把照路，一邊找他們閒聊。瀟湘只是聽著，沒有答腔。

直到要進城了，攻無不克才終於提了一個她有點興趣的話題。不，應該說，是因為她被點名了，所以必須要有興趣。

「瀟湘，妳等一下要幹麼？」

「還沒有打算，不過想先把這兔子安置好。」抱著兔子走了這麼一段路，手有點瘦。

「這個好辦，我們進城之後就先去雜貨店，買個籠子，這問題就解決了。」

攻無不克說這話的時候，三人正經過城門底下，守城的NPC一個兩個看起來都非常疲倦不堪的模樣，攻無不克好奇，就跑到一邊去跟他們攀談。

瀟湘抱著兔子，站在原地等著。

「累嗎？抱著兔子走了這麼久。」無眠出聲問。

「累是不累，牠很乖，不累。」低頭看著安靜的兔子，這麼軟軟小小的東西，正窩在她手臂彎處打瞌睡，讓她心底升起一股柔軟之意。

無眠看著她的側臉，正想要說話，攻無不克從那頭興沖沖地跑了回來。

「有好玩的了。」他臉上滿是興奮，「江洋大盜出來了，據說偷走了公主的珠寶盒。」

瀟湘跟無眠互看一眼，質疑地、異口同聲地問：「這哪裡好玩？」

那公主是個變態，珠寶盒裡什麼都有，去解任務的雖然有收過真的珠寶，但這絕對是人品爆發才有機會。正常時候絕大多數都是收到垃圾，從新手專用的匕首到寫滿怪字的符咒，裡頭什麼都有，偏偏江洋大盜還很難打，四十級想打江洋大盜，得要組滿四人才有勝算。大費周章搶回來的珠寶盒，裡頭要是只有新手專用的匕首，真的會讓人氣得嘔血，賣掉都不夠補水錢。

「去啦去啦，反正我們有三個人，打江洋大盜又不費功夫。」攻無不克摩拳擦掌，很是興奮地又說：「而且我上全息以來，還沒打過呢。」

如果是這樣的話，那打打倒是沒關係，反正不打江洋大盜，也是去推副本，打什麼似乎都沒有影響，無眠想著，同時看了看瀟湘，恰巧跟她的視線對到一塊兒：「妳覺得呢？」

瀟湘聳聳肩：「我都可以。我也沒事情要做，倒是買籠子是當務之急了。」她總不能抱著兔子去打隨機BOSS吧？

「那大哥，你組我，然後你接任務，我陪瀟湘去買籠子，這裡離雜貨店很近，我們一會兒就回來。」攻無不克笑得非常陽光。

「行，那我就在這裡等你們，順便打聽清楚江洋大盜往哪裡去了，等你們回來我們就立刻出發。」無眠很快就把攻無不克組了起來，然後轉身跟一旁的官兵認真地閒聊。

遊戲還在鍵盤時代的時候，瀟湘也打過這江洋大盜，他逃跑的地方非常廣泛，從最北的高原到最南的沛澤都是他出沒的範圍。接任務的NPC會給個大約的方向還有提示，不過從來也沒人想明白這個NPC想說的是什麼。大家都是掌握了方向之後，就在那附近碰運氣，一旦走到了江洋大盜所在的地圖，系統就會出現提示。

一開始，還有玩家組隊，讓人分別搜索，打了幾次之後發現，那公主是個撿垃圾的，這大盜就是個做資源回收的，便再也沒人大費周章地想打這個隨機BOSS了。

等到瀟湘跟攻無不克安頓好了兔子，無眠也差不多打聽清楚江洋大盜在哪兒了。

「大哥，如何？在哪？」攻無不克跑了過來，很興奮地問。

「北邊，椒芳城附近。」

「好，那我飛過去。你們怎麼過去？」攻無不克躍躍欲試，立刻喚出了他的坐騎——大白鵰，站在身邊。

「我御劍帶無眠過去。」瀟湘答。

攻無不克很是興奮的模樣：「那我先走一步，我們在椒芳城的南門見面吧？」

「好，那你先去吧。」話才落，無眠又改口，「不如你先在附近晃一晃，要是運氣不錯碰上了江洋大盜，就把座標飛鴿傳書給我。」

「好主意。」攻無不克坐上了大白鵰，「那我就在附近晃個幾圈，反正用飛的很快。」

話才說完，大白鵰就展翅，一人一鳥非常迅速地消失在瀟湘的眼界裡。

「那我們也出發吧？」

喚出飛劍，瀟湘站了上去，無眠也熟門熟路地在她身後站穩，兩人便直往椒芳城飛去。

椒芳城是最北邊的一座大城，再往北走，就是整片的蠻荒大地，氣候苦寒，什麼吃人的野獸、鬼怪都有，他們等級高得嚇人就算了，閃避率又極高，簡直就是打不贏又摸不著，一不小心就會丟了小命。

本來嘛，這麼難練的地方，不來就算了，但偏偏只有這裡的怪，身上會掉魂珠，是工匠製作人形偶必用的素材，即使是最爛的一顆，市價還有五金，只要能打到幾十顆，省吃儉用點，半年的開銷就不愁了。所以基於人為財死鳥為食亡的道理，這蠻荒大地就算再凶惡，還是讓窮玩家將這片大地視為金銀寶庫，前仆後繼地前來成為花肥。

瀟湘雖然很少來這裡練功，不過有幾個任務的NPC就住在這裡，所以她也跑過幾次，對於地圖不算陌生，但變成全息之後，她才真切感受到這地方的荒涼。

草不生、鳥不飛、鬼怪不少、陰風不停。

椒芳城已經近在眼前，瀟湘正想讓飛劍緩緩落地，一隻白紙摺成的信鴿撲撲飛來，停在無眠的肩上。他伸手拿下來，讀了一下。

「瀟湘，不用停了，攻無不克找到江洋大盜了，在椒芳城西邊的鐵王廟那裡。」無眠湊上前去在瀟湘耳邊說。

「……喔，那地方我知道。」飛劍忽地歪了一下，隨即恢復正常。

她、她才不當一回事！

不過、不過……就是個聲音很好聽的男人，在耳朵旁邊說話嘛，假的假的，一切都是幻覺，嚇不倒我的！

色即是空，空即是色，色不亦空，空不亦色。萬物皆如鏡花水月，半點都不要留在心上，方為正道。

……嗚，耳朵好癢啊。

在鐵王廟上盤旋了幾圈，總算在一處空地找到江洋大盜跟攻無不克的身影。

難為他一個劍客，邊打還要邊放風箏，拖著江洋大盜四處跑。見到瀟湘跟無眠出現在他的眼前，攻無不克感動得都要流淚了。

「哇，你們終於來了，我的水都要喝光了。」被江洋大盜追得滿樹林跑，還不能跑太遠，攻無不克這風箏放得不可不謂是艱辛莫名，莫名艱辛。

「你這小子，還敢叫幫手來！有種就跟我單挑，別依靠隊友！」江洋大盜嘴裡罵罵咧咧，舉著狼牙棒，就朝攻無不克砸下。他靈活地朝旁一跳，回頭一看，地上竟然被砸出一個大洞來。

瀟湘一見這種情景，立刻放了幾個大絕，衝高傷害輸出，把江洋大盜引到她這邊來，好讓攻無不克有點時間可以喘氣跟喝藥。攻無不克補滿了血條，扛起大刀又上前去攻擊。

「妳這娘們，別以為老子不打女人，皇宮大內老子都進去過了，難道還不敢打妳嗎？」江洋大盜智商很低地被轉移目標。

瀟湘才沒空跟這NPC對話，揚手又是幾招大絕。剛剛打完碩鼠，又練了劍法的熟悉度，她覺得現在比起剛開始玩遊戲時，順暢不知多少倍。

無眠站在一邊，放了幾個輔助技能，把仇恨值控制得很好，完全沒有HOT的危險，而瀟湘跟攻無不克輪流喝藥回血，無眠那頭他們也實在無暇去管了，只能專注在眼前的江洋大盜上。

在兩個封頂的劍客手下，這隨機BOSS仍然是撐了一點時間，只是多虧他不會放範圍技能，瀟湘跟攻無不克也打出了默契，兩人交互補血跟攻擊，認真算來，攻無不克的傷害輸出率比較高，但瀟湘身手靈活，招式的運用也比攻無不克來得熟悉，因此兩人配合得極為巧妙，不一會兒江洋大盜就轟然倒地。倒地前，江洋大盜嘴裡還忍不住惆悵地低喃了幾句，怎麼會輸給一群小毛頭之類的NPC標準用語，才不甘心地閉上眼睛。

無眠掏出剛剛官兵給的麻繩，將他捆得十分結實，這才放心地在他身上搜索珠寶盒。

這期間，攻無不克在無眠身邊等著，他好奇心重，想看第一眼也是正常的。於是瀟湘只好擔起守衛的任務，看著這四周。

不看還好，一看驚人。這蠻荒大地的怪，不知什麼時候，在他們四周圍了一圈，密密麻麻的，看都看不到盡頭。之前沒打，肯定是因為他們打隨機BOSS的時候，系統有強制保護，現在打完了……

「無眠！」她大喊，「別開珠寶盒！」

無眠困惑地回望她，攻無不克卻伸手拿走珠寶盒：「為什麼?不開怎麼知道裡頭是啥？」他一邊說著，一邊掀開那個精美的寶蓋。

四周閃了一陣光芒，瀟湘想，自己果然沒想錯。看著那透明的光幕，一點一點消失在空中，瀟湘喚出飛劍，拉了無眠一把，飛至空中，無語地低頭看著地下的慘劇，就算是堂堂的封頂劍客，那哀號的聲音，除了淒厲，還是淒厲。

所謂雙拳難敵四手，更何況是敵一群等級高、閃避快的鬼怪，在瀟湘跟無眠飛到空中之後，攻無不克別說想打，就算是想跑都沒機會，他甚至來不及喝水，無眠也來不及扔毒。

原來被霸凌是這麼悽慘的一件事，看著下方，瀟湘忽然頓悟了。

「呃……」瀟湘望著底下的悲劇，一時之間不知道該說什麼才好。好慘，可是好想笑。忍住，她絕對能忍的。

「瀟湘，妳看我，我笑了嗎？」無眠忽然很正經地問她。

她回頭，上上下下仔細打量了一番：「沒有，你沒笑。」

「很好。」他從懷裡掏出幾瓶毒藥，扔了下去，毒死了全數的鬼怪後，才讓瀟湘送他下去。

從攻無不克的屍體上撿起珠寶盒收進懷中，無眠輕輕拂過攻無不克的眼皮：「安息吧。」

「大哥，你不復活我？」攻無不克的聲音裡帶著一點絕望。

「不是不做，實不能也。」他正經且嚴肅地道，「我還沒來得及做復活藥劑。你就選擇公會復活吧。」

攻無不克的屍體流淚了：「……那我在公會等你們。」嗚嗚嗚，他根本還沒看清楚那珠寶盒裡擺著什麼東西啊。

「別哭，看起來像詐屍。去吧，你可能復活之後還有很多事情要做。」無眠說得很含蓄，但瀟湘發誓，她看見他眼角彎了。

「好吧，那我先走。」攻無不克的屍體上此時跳躍著點點星光，而後緩緩消失在他們眼前。

無眠跟瀟湘這時才互看了一眼，兩人都忍不住笑出聲。剛剛本人還在，實在是不好意思，不過現在嘛……人都復活去了，還有什麼好顧忌的？

笑了一陣，無眠去把四周的魂珠都撿了起來，拉起了江洋大盜，確認任務已經完成：「我們也走吧。」

兩人踩上飛劍，沿著來時路，不一會兒就回到了樹蕙城。很快地解了任務之後，瀟湘跟無眠回到公會大廳，一眼就看見包得跟木乃伊似的人坐在裡頭。

「嗚嗚嗚，好痛。」攻無不克看著身上裹著的層層繃帶，坐在公會的大廳裡哀號。

他才登入遊戲沒多久，又不像無眠心思縝密，記得調整疼痛指數，因此就維持著系統的原設定，十分逼真。果真逼真到連他死回樹蕙城，找NPC補滿了血，還是疼得他哭爹喊娘。

「光看都覺得很痛。」瀟湘端了一杯茶給他，「喝點水吧……」

「當然很痛！」攻無不克又流下了男兒淚，「等老子恢復了，不去殺個十次八次怎麼甘心！」

無眠淺笑著聽他哀號。

「大哥，你沒跟我說死一次這麼痛啊！」攻無不克一口喝掉了瀟湘湊到他唇邊的水，抱怨道。

「有說明書啊，何況我也沒死過，我怎麼知道？」無眠漫不經心地答著。他沒把攻無不克的哀號當一回事，繼續閱讀公會倉庫現有的各類材料的數目，並盤算接下來要找誰去採集。

「那一尺厚的說明書，誰看得完啊？」

瀟湘聽了也覺得有理，她也只看了三分之一就放棄了。那完全是百萬設定集，用看的還不如直接玩。於是轉頭看著無眠，等著他的回話。

「我看完了。」無眠終於收起了簿子，正眼看他，「真的很痛？」

攻無不克悲痛地點頭。

無眠沉吟了一會兒：「好吧，那我發個公會通知，提醒大家上線記得調整疼痛指數。」他唇邊帶著一抹極度明顯的取笑，無眠又道，「我還會順便告訴大家，要好好感謝攻無不克，身先士卒為大家嘗試了不調整疼痛指數，被怪踩死之後的下場。」

攻無不克一愣，抱頭哀號，他堂堂一個封頂劍客啊！但見到無眠把珠寶盒拿出來擺在桌上時，他又立刻被吸引了目光，完全忘了上一刻還在哭天搶地，瀟湘也走過來一探究竟。

「裡頭有什麼？」他趴在桌上問。

「不知道，還沒看。」無眠一邊說著，一邊打開了蓋子。

映入眼簾的是一本藍色封皮的書，攻無不克拿起來翻了翻：「看不懂。」

「哦？」無眠接手，也跟著翻了幾頁，「我也看不懂，可見不是藥師，也不是樂師的書。」

《舉世無雙》原本就有要製作特別道具就需要有特別的技能書這個設定，可鍵盤時代的遊戲畫面還容易設定，書本詳細的欄位上標明了職業需求，不是正確的職業不能使用。但到了全息，這樣做就失去了質感，於是製作團隊想了個一舉兩得的妙招，就是讓不對的人不能閱讀。如此一來，既不用標明職業，也不用擔心有人試圖用智商克服一切障礙。

「那應該就是工匠的書了吧？」攻無不克一頓，「子不語還沒……啊，瀟湘妳不也是工匠嗎？妳看看就知道啦！」

「嗯。」從無眠手上把書接過，瀟湘翻了翻，「是工匠的書沒錯，做首飾的。」

瀟湘還在翻著，攻無不克有些興奮又追問：「什麼首飾，難得這公主還收有用的東西。」

一邊讀，她一邊分神答：「嗯……髮簪、手鍊、項鍊、戒指之類的。」忽然她唔了一聲。

「什麼什麼？」攻無不克立刻問。

「可以做劍穗。」

「數值如何？」

「不知道，所有的飾品下面都沒有數值標示，我想可能要做出來才知道。」她抬起臉，眼睛裡有著晶亮的神采，「這可能真是個好東西喔。」

攻無不克臉上一亮，又黯淡下去：「再好也沒用，等到這次封測結束，還不是全部的資料都會被刪光。」

無眠逕自倒了一杯水，慢吞吞地喝著，然後又說：「刪掉有什麼關係，現在我們都比別人熟悉了，到時候練功，難道會比別人慢？」他笑了笑，「知道有這書，以後見一次打一次，非要把這書給打出來不可，那不就好了？」

「先來試試看吧。」她揚了揚書，「如果是好東西再打不遲，有第一次就有第二次嘛，不怕刷不出來。但如果不是好東西，那就不用浪費時間啦！」

攻無不克本來就是個性爽朗的男孩，聽瀟湘這麼一說，也覺得有幾分道理，「好啊，那需要什麼材料？公會裡頭沒有的，我們現在就去弄。」

瀟湘沉吟了一會兒：「做個劍穗吧？我之前都是買商店的，還沒看過玩家賣過這東西，也不知道數值怎麼樣？」

「好啊，這主意不錯。做兩個，妳一個我一個，那需要什麼材料？」

「一條劍穗需要……五色棉線二十份、鳳凰鳥羽一根……」瀟湘看著書念，忽然抬頭問：「不克，你要什麼顏色，白色就找羊脂白玉，黑色找墨玉，綠色就找翡翠，黃色是琥珀，青色是藍田玉，紅色就是雞血石了。」

他想了一會兒：「翡翠滿好打的，就綠色吧。」

「好啊，那你自己記著。」她心不在焉，又繼續翻著書。

「妳在找什麼？」看見她的動作，無眠在一旁好奇地問。

瀟湘還是埋首書頁裡，沒聽見無眠正在跟她說話。他正想再問一次，瀟湘笑了。

「我就說，都有劍穗了，怎麼會沒有笛子的。」她朝著他微微一笑，「既然是我們一起打的，當然大家都要有才行。」

「瀟湘說的是。」攻無不克插嘴，「那也做一份給大哥，掛在笛子上，以後可威風了。」

「材料好像差不多……」她喃喃念著，倏地瞪圓了眼睛，「不不，我看錯了，材料差得真多……」

「什麼呀，快說快說，不要賣關子了。」攻無不克好奇地把頭湊到書頁後面，可惜他看不懂就是看不懂，整頁連圖帶文的書，看在他眼裡，就是一團亂碼。

「要十份蠶絲、一根鳳凰頭羽，還有……只能配古玉？」瀟湘傻了。

這樂師的飾品這麼難做，要是做出來的數值爆爛，那……不是讓人想死嗎？就算是全息，應該也是不允許自殺的吧？

蠶絲還能跟玩家收，但是價錢已經比棉線貴了不只三倍。

鳳凰頭羽就是鳳凰頭頂的那幾根毛，這東西得要去推鳳凰副本才有，而且只有五〇％的機率能刷得出來。也就是說，組了一團二十人的大團，就算打贏了，還有一半的機會可能拿不到頭羽。

如此看來，最好搞定的竟然是古玉，只要幫NPC跑個買賣任務就行了。

但那買賣任務，隔了三個大城，不能傳送也不能騎坐騎……雖然有給馬車，但還是個存心想磨死玩家的虐人任務。系統的馬車跟玩家的坐騎，那速度哪是能放在一個層次上比的？

雖然這任務的報酬頗豐，完成之後，有三百金跟一枚古玉，同時跟NPC的好感度會大增，但這一走要走大半天，途中還會經過危險的瘴癘之地，因此若非玩家窮得發慌，或是急需要現錢，基本上根本沒什麼人願意接這任務。

無眠跟攻無不克一聽這材料都有些愣住。

「最好做出來的數值好到堪比神器，否則老子見一次江洋大盜就砍他一次……」這些東西已經不是金錢可以衡量的事情了，光要搞上手，就不知道要花多少時間。

「那這東西就先緩緩吧。」無眠倒無所謂，「反正材料我記著了，改日我要是不小心湊齊材料，再請瀟湘幫我做就好了。」

「大哥，你不能漫不經心的。」攻無不克正色道，「要知道你錯過這村沒有這店了，以後能不能打到這書還不知道，現在有機會當然要好好把握。」

「那句話不是這樣用的，有沒有好好念中文啊？」無眠睨了他一眼，「反正先做你們的，有也好，沒有也罷，我是真的無所謂。」

「不過就算是我們的劍穗，也還是需要兩根鳳凰鳥羽。」瀟湘在一旁又道，「是不是要去公開頻道上喊喊看，有沒有人要跟我們組團推鳳凰？」

聽見這話，無眠跟攻無不克兩人的臉色略變。瀟湘還沒來得及問什麼，攻無不克就開口：「不然我們先去跑那個什麼買賣任務，接任務的NPC不是就在這城裡嗎？」

瀟湘困惑地看著他，然後又轉頭看著無眠。

無眠雙手負在身後，像是個沒事人一樣回答：「好啊。」

咦？這發展怎麼急轉直下？剛剛還說晚點再跑，轉眼就變成現在去打了？是她腦子不好，錯過了什麼重點嗎？只是既然無眠都這樣說了，瀟湘也不是真的這麼介意到底要不要打鳳凰。全息版本的《舉世無雙》就像是個全新的遊戲，做什麼都好玩。

「喔，那我們就去接任務吧。」

三人收起東西，又帶了一些補藥以備不時之需，然後就往NPC移動。

這任務的NPC是雜貨店的老闆，長期需要運貨，又因為隔了三座大城的距離，很容易被強盜劫貨，因此見到有玩家願意來替他送貨，總是特別開心。無眠只是起了個頭，說願意替他運貨，雜貨店老闆立刻拋下所有正在交易的客人，攢著他的手往後堂裡走。

「欸欸！老闆，你就這樣走了？」

「我的貨呢？拿錢要交貨啊！」

「咦？這雜貨店怎麼沒老闆？」

「老闆你別走啊！你走了我跟誰回報任務？」

雜貨店老闆不耐煩地回頭喊：「別囉唆，有什麼事找林掌櫃！」老闆伸手一推，把一個無辜的小男孩推到眾人面前，一看就知道他是隨意抓了個人來，才不是什麼林掌櫃。

那個剛剛才晉升林掌櫃的男孩，驚慌地回頭喊：「老……老闆?!我不行啊。」

「你行！我怎麼做，你就怎麼做，別囉唆！」老闆皺了眉頭，瞪了他一眼，「你要說不行，明兒個也別來了！」

這樣惡搞行嗎？瀟湘瞠目結舌地看著這幕。這些人是真的NPC嗎？該不會是遊戲公司請人來當的吧？不不，別傻了，這樣成本太高了，只是這反應跟真人也沒什麼兩樣了。

「三位貴客，來來來，我們裡面談。」老闆在身後簇擁著他們入門，又凶悍地回頭一喊：「小林你敢賠了我一個子兒，我就扣你月俸來抵帳。」

瀟湘眼角瞥見那個名為小林的NPC，渾身顫抖得像是風中危柳，還想多看幾眼，卻讓老闆推進了後堂。不像外頭那麼熱鬧，這雜貨店的後堂顯得寧靜許多，幾個下人在一旁灑掃，穿堂裡還有幾個伙計端著貨品走來走去，瀟湘看過幾部商鬥的連續劇，就跟這場景差不多。

進了室內，老闆讓他們上座，吩咐下人端茶水來，煞有其事地跟無眠討論任務內容，弄得像是要談什麼大生意。瀟湘沒有興趣，在攻無不克耳邊說了幾句，就走到門外的花園，四處逛著。

「唉，好苦啊。」

瀟湘經過假山的時候，忽然聽見有個老人聲音幽幽地傳來，她想了一會兒，橫豎也沒事，不如問問。她探頭過去一看：「老人家，你嘆什麼氣呀？」

那弓著身子蹲著的老人回頭看了她一眼：「姑娘，妳好面生啊？是老爺的客人嗎？」

看著他偷偷揩掉眼角的淚水，瀟湘挑了眉，這老人家，剛剛在哭嗎？她摳摳臉，裝成沒看見：「哎，是啊。」

「姑娘長得真像我已故的閨女啊。」老人家的口氣很是惆悵，眼光來回在瀟湘的臉上搜索。

看得瀟湘有些不好意思，摸了摸腰間的玉珮：「令嬡是怎麼亡故的？」

「病……病死的。」他說起這件事情，立刻哭得一把眼淚一把鼻涕，也不覺得跟瀟湘交淺言深，把自己閨女的一生都交代完了。聽得瀟湘昏昏欲睡，神思早已經飄到九霄雲外，幸好這閨女只活了十五歲，要是她活了二十五歲，那老人家還不直接講到她睡著？

「姑娘，妳能不能幫我一個忙啊？」老人家說完，看著早已經石化的瀟湘，伸手推了推她的手臂，「姑娘？」

「喔……喔。」眨了幾下眼睛，瀟湘轉頭看著他，「老人家，怎麼了？」

「我問，姑娘能不能幫我一個忙呢？」

「什麼忙啊？」瀟湘歪著頭，卻心想：原來這裡還有個任務可以觸發。

「能不能替老身找個髮簪？」老人家目光裡滿是渴望地瞅著她。

「什麼樣子的髮簪？」瀟湘心裡浮現出各式各樣的髮簪，希望是常見一點的，髮簪這東西，高級起來，也很難找。像是用紫杉木做底，上頭掛著黃金跟白銀做成絲線的髮簪，那東西瀟湘也只看過別的玩家配戴，連要從哪裡入手都不知道，如果真要找這東西，她也只能忍痛放棄。

老人家嘆了口氣：「若不是我愛賭，把閨女最後留給我的銀簪給輸光，現在也不會淪落到這般田地。姑娘，您就替我找根銀簪來吧？老身一定會好好感謝您的。」

銀簪？她頭上那根鑲滿了各種增加數值寶石的髮簪，就是根銀簪。可是這些寶石都是她打了很久才蒐集到的，難不成要拿去解任務？但這城裡又沒有NPC賣銀簪……

斟酌了一會兒，瀟湘咬牙道：「好吧，那老人家你等我一會兒，我去找根銀簪給你。」

「謝謝姑娘、謝謝姑娘！」老人家不住地跟瀟湘道謝，「那我就在這兒等您回來。」

瀟湘喚出飛劍，立刻跳上去，往城裡的拆解大師飛去。一路上順便寫了飛鴿傳書給無眠，請他們要是接好了任務，就在院子裡等她一下。

拆解寶石不太花時間，當地御劍飛回庭院，無眠跟攻無不克也已經在等著她了。

「不好意思，我先去解個任務。」她對他們略為解釋，而後奔去老人家身邊，把剛剛拆解下寶石的銀簪交給了他。兩人交談了一會兒，老人家眼神感激地目送瀟湘走回無眠身邊。

「什麼任務啊？」攻無不克搶著問，「我不知道這裡也有任務。」

「誤打誤撞碰到的，獎勵是一本工匠書。我看了看，可惜我不能用。」瀟湘語帶可惜，「我不能做攻擊型的人偶。」

「沒關係，賣給子不語。妳儘管開天價吧，那傢伙有錢得很。」攻無不克笑嘻嘻地說，「解任務解出來的技能書，那肯定很罕見，就賣他個三百萬金吧！」

瀟湘瞪大了眼睛看他，無眠也輕輕笑了：「三百萬金？對自己人來說那是狠了點，不過兩百萬倒是個好價錢。」

等、等等……宰自己人不用這麼狠吧？瀟湘驚嚇地看著無眠的臉，發現他似乎是認真的。

……她之前是不是誤會了什麼？怎麼會覺得這公會裡都是好人呢？

出發前，無眠跟攻無不克還去倉庫裡拿了好些補藥跟毒藥，然後才去雜貨店的後門跟老闆接貨。看著那滿滿一馬車的貨物，瀟湘囧了，她沒想過之前能收成一格小小的任務道具，真的會變成一車貨物。她在車子旁轉了幾圈，認命坐上了馬車前座，等著正在跟老闆談話的無眠。

攻無不克坐在後方堆成山一樣高的貨物邊上，一隻腳曲著踩在木板上，一隻腳隨性地在空中晃啊晃的，嘴裡還哼著不成調的小曲兒，看起來十分愉快的模樣。

不一會兒，無眠回來了，把那張貨品單子摺了兩摺，收進懷裡，然後坐上駕駛座，握著馬韁繩，馬車就慢慢往城外駛去。出了城後，人煙漸漸少了。天氣很好，陽光明亮而不熱，攻無不克翹腳躺在貨物上，嘴裡還叼著草，一派悠閒自得地哼歌。

瀟湘把小兔子放了出來，抱在懷裡，餵牠吃了一點草跟水，又跟牠玩了一會兒，才把兔子擺在她跟無眠之間的木板上。那兔子過沒多久，竟然把頭靠在瀟湘腿上，就這樣睡著了。

「妳的兔子很可愛。」無眠轉頭看了兔子一眼，又微笑著看了瀟湘。

「嗯。」摸著兔子暖暖的耳朵，瀟湘臉上有著溫柔的神情。

兩人的交談很淡，可瀟湘喜歡這樣。無眠身上有一種很莫名的安全感，就算只是靜靜地不說話，也總讓人打從心底想信任他。

在兩人身後，躺在貨物上的攻無不克，很有興致地吹起了口哨。一時之間，只有那樂音，在三人身邊迴盪。這首流行歌的曲調，聽著很熟悉，但一時之間，瀟湘就是想不起來這什麼歌。她正想問，無眠卻唱了起來。

「一壺漂泊浪跡天涯難入喉，
妳走之後酒暖回憶思念瘦，
水向東流，時間怎麼偷？
花開就一次成熟我卻錯過。」

無眠本來就是個嗓子很好聽的人，唱起歌來，簡直讓人如癡如醉。看著他溫文的側臉，她心底蔓延出一種滿足。

「楓葉將故事染色，結局我看透，
籬笆外的古道，我牽著妳走過，
荒煙蔓草的年頭，就連分手都很沉默。」（詞：方文山）

兩人搭配得極好，像是演練過許多次。她猜，他們現實中應該也認識吧？

她心裡還有很多疑惑，像是他們是不是不喜歡找外人推副本，但是轉念一想，這麼和諧的氣氛，若是來了一個不太熟的玩家，她心裡也有些排斥，於是也沒問出口了。

公會的對話視窗忽然彈了出來，瀟湘嚇了一跳。那是一個半透明的對話框，出現在視線範圍的左下角，感覺有點不協調，就像看古裝片，裡頭的演員卻是用智慧型手機在溝通。

【公會】子不語說：你們在哪？

【公會】攻無不克說：我們在做買賣任務，你要來嗎？有好東西。

【公會】子不語說：好，給我座標，我過去。

【公會】無眠說：帶點防身的東西過來。

【公會】子不語說：好，你們等我。

攻無不克很快地報了座標給子不語，恰好天色漸暗，三人就在路旁的樹林裡紮營，撿了一些木頭升起了火。

「瀟湘，妳想好要賣子不語多少錢了沒呀？」攻無不克一邊翻著營火，一邊找瀟湘聊天。

她把劍擱在身邊，輕輕撫著劍身，不太在意地隨口答：「讓他開價吧，自己人嘛。而且這書的市價，我也不清楚。」

「那可不行，當然是要狠狠地痛宰他。」攻無不克把手上的木柴丟進火裡：「妳沒辦法定價，那就賣他兩百萬吧！大哥，你說對吧？」

正在把貨品的繩子綁妥，無眠聞聲回頭，淺淺一笑：「都行。」

呃……她知道無眠很好看，但不知道這男人的好看還可以分這麼多層次的。剛剛……剛剛……那是傳說中的「回眸一笑」？瀟湘有些困難地吞了口水。

快馬從他們來時的路上奔來，瀟湘還傻愣著，那人已經跳下馬：「大哥、蠢猴子、瀟湘，晚安！」

這時她定睛一看，才發現子不語騎的是木馬。

「這木馬，你做的？」瀟湘好奇地起身走到木馬邊上摸著。

「對，木馬不用吃寵物飼料，便宜。」子不語走到營火旁，跟攻無不克拿了水，仰頭喝了一大口，然後才問：「你說有什麼好東西？」

「好東西在瀟湘那裡。」攻無不克嘿嘿笑道，「分你看一眼，如果想要就拿錢出來買。」

「嘖，你少用那個猥褻表情看我，我哪時買東西沒付錢了？」子不語接過了瀟湘的書，翻了幾頁，眼睛卻愈瞪愈大，「這書，瀟湘妳真要賣我？」

「其實送……」瀟湘的話沒說完，立刻被攻無不克截去。

「當然啊，賣你兩百萬。」他伸手要搶書，「不買就把書還來！」

子不語一把握住了書藏到身後，拍掉了攻無不克的手：「我哪時候說我不買了啊？你這野蠻人，離我遠點！」

「這麼說你要買嘍？」攻無不克笑嘻嘻地問。

「關你什麼事？我又不是跟你買，你囉唆什麼？」子不語說完這話就不再理他，對著瀟湘和顏悅色地問，「這書兩百萬，行，妳還要不要什麼其他的？不如那匹木馬也送妳，如何？」

她一時之間只能愣愣地看著他，無法把面前這個溫聲溫氣、極好說話的子不語，跟剛剛與攻無不克唇槍舌劍的子不語聯想在一起。

「欸，臭狐狸，你未免太不公平，那木馬我連借來騎個幾天，你都不借，現在竟然要加碼送給瀟湘？」攻無不克興味盎然地追問，「你老實說，這書的市價大概有多少？」

子不語聽了這問題，面露難色地看了看瀟湘，又看了看坐回瀟湘身邊的無眠，遲疑了好一會兒咬牙道：「好吧，我老實告訴你們，這書市面上還沒見過，可我剛剛看了其中一組人形偶的數值，跟我的十八銅人不相上下。十八銅人那本書的市價大概是一百五十萬到一百八十萬。」

「那也就是說……」攻無不克話還沒說完，這次換瀟湘打斷他的話。

「好，我賣了。」

「成交，我身上沒有兩百萬，先給妳一百萬當訂金。」子不語說完，立刻點了瀟湘交易，轉了一百萬給她。瀟湘自然也把書給了子不語。

「瀟湘，妳虧了啦！」攻無不克扼腕地喊，「物以稀為貴妳懂不懂，這書應該賣子不語三百萬才對的！」

「要你這蠢猴子碎嘴！無腦劍客，又不是你的書。」子不語樂陶陶地收起書，轉頭就對著攻無不克一陣砲轟。

兩人一來一往，逗得瀟湘在一旁直笑，完全沒注意到身邊的人正溫柔地看著她的側臉。

7

再上路的時候，瀟湘就改騎木馬了。子不語坐在她原本的位置上，攻無不克跟無眠還是維持原本的模樣。從深夜走到天明，路程終於只剩三分之一。

「瀟湘，妳最近有去看論壇嗎？」子不語狀若無意地問著。

「嗯？」她轉頭望著他，「沒有啊，有什麼有趣的嗎？」

「沒有啊。」子不語左顧右盼了一下，「就一些原本的事情在討論而已。」

原本的事情？瀟湘皺了皺眉，八成是之前的那些流言蜚語吧？那個不看就算了。不然她看了也是胸悶，根據經驗，這種事情呢，不理會就漸漸沒戲了。

看到瀟湘面無表情，無眠微微笑了。

安靜了一會兒，子不語又問：「你們幹麼要來跑這任務？」

說到這個，攻無不克就來勁了，翻身坐起，很是興奮地對著子不語比手畫腳解釋起來。

「哦？」子不語很有興趣地轉頭問瀟湘，「可以借我看看嗎？」

瀟湘從懷裡拿出那本首飾書，遞給子不語。他翻了翻，還給瀟湘：「這本也罕見，你們今天簡直人品爆發了。」

「是啊，不過等到第一階段的封測結束，這些東西都會被刪掉。」攻無不克的口氣裡惋惜帶著點看開，「要是能不刪帳號就好了。」

「沒辦法啦，蠢猴子，不刪帳號，遊戲就失衡了。」子不語涼涼地回話。

「這還要你說？」攻無不克用指結敲了子不語的頭，「感慨一下犯法喔，有意見來PK啊！」

子不語冷哼：「好啊，你跟我的十八銅人PK，贏了我再跟你打！」
「你太無恥了，那是拿來推BOSS的欸！」
「跟猴子不用計較人的品格問題。」
「你這臭狐狸！」攻無不克從貨品上跳起來，一拳就從子不語頭上揍了下去。

【系統】玩家攻無不克惡意攻擊玩家子不語。

見到系統發出這條訊息，四個人都囧了。
「好了，你們兩個克制點。」看不下去的無眠出聲阻止了他們，「差不多也要有馬賊了吧。」
「什麼？有馬賊啊？」子不語摩拳擦掌很是興奮。
瀟湘心底略有詫異，倒是跟子不語那種發現樂子的驚喜不同。
「不用擔心，四個人足夠應付了。」無眠淺淺地笑道，「瀟湘，放輕鬆點，妳太認真了。」
她一愣，抿抿嘴，略略苦笑：「大家都這麼說我。」
無眠笑著搖搖頭，不對她多說些什麼了。
「這樣不好嗎？」她眉間似有煩惱之色地問。
「也不會，只要給妳足夠的時間，妳就能把事情準備得很好。只是有時人生很多意外，而且……」無眠的聲音忽然沉了下來，「這只是個遊戲。」
聽見他這忽變的音調，攻無不克跟子不語都站了起來，嚴陣以待地觀望四周。不遠處，隱隱約約有幾個人影出沒，馬車持續往前奔馳。原本平坦的大道，卻忽然出現了一隊馬賊，為首的人朗聲大喊：「此路是我開，此樹是我栽，要從此路過，留下買路財！」

攻無不克跟子不語互看了一眼，異口同聲地爆笑出來。

「呀哈哈哈！搞屁啊，好舊的台詞。」攻無不克捧著肚子大笑，緊張的氣氛馬上就被他的笑聲沖得一乾二淨。

「簡直是怕人家不知道你們是NPC！」子不語也忍不住出聲頻頻嘲笑，笑得對面馬賊首領臉色發青。

「囉……囉唆！」他大吼出來，臉色由青轉紅，「把貨留下，就放你們走。不然就打吧！」

這一幕看在攻無不克眼裡，讓他笑得更加囂張：「好人性化的NPC啊！美術團隊了不起！」

「瀟湘，妳守貨物，躺這麼久，我要去運動運動了。」攻無不克跳下馬車，轉著手臂，臉上笑意不減，「管你是馬賊，還是賊馬，總之我來了。」

「我也一起好了，還沒打過呢。」子不語從懷裡掏出幾顆珠子拋著，「用十八銅人太浪費了，這次就用我才做好的三十六花，我還沒試過呢。」

兩人走得不疾不徐、神情自若。一個人手握大刀，嘴裡吹著口哨，一個人一隻手負在背後，另一邊的手上還在拋著珠子玩。

瀟湘爬到貨品上頭，眼觀四面耳聽八方，就怕一邊的樹林裡頭有埋伏，殺他們個措手不及。

「把小兔子放出來吧。」無眠也跟著爬到貨物上方，「跟著吸點經驗，升級也快點。」

「嗯。」她應了聲，就把兔子放出來，擱在腳邊，然後背對著無眠坐了下來。

「妳很緊張嗎？」她身上的陣陣涼意，都傳到他這裡來了。

「不會。」她想了一會兒，又道，「我只是不想讓我自己是出錯的源頭。」

「這麼說來，跟我們在一起，妳覺得有點壓力？」無眠一邊問，一邊揚手扔出毒藥瓶。他的準頭極佳，當著馬賊的額心砸下，一點都沒偏。

背對著他，瀟湘當然沒看見那幕：「任何人跟你們在一起都會有點壓力，這可是傳說中的大神團。我不想丟了你們的面子。」

「妳不弱，不用妄自菲薄。」無眠吹起笛子，放了一個增加攻擊力的技能在攻無不克身上。

瀟湘笑了幾聲：「比起你們，那還是不夠強。」她伸手摸了摸兔子的耳朵，看著快要結束運動時間的攻無不克跟子不語。

真強，真的很強。兩個人就能聯手幹掉十五個NPC，不僅是能力，就連默契都很好。

「等到刪了資料，我們就一樣強了。」無眠的語氣似乎帶著一點期待。

她聽錯了吧？該期待的人應該是她吧？偏了偏頭：「是啊，一起從頭練，到時我也不會差你們太多。」她就是可惜這隻小兔子，這麼靈巧，卻也要被刪掉。

「妳還要玩劍客？」

「嗯，習慣了。那你也還要玩樂師嗎？」

「對，跟妳一樣，習慣了。」他的聲音隱隱含笑，「等到寵物系統開放，我們就一起去把這隻小兔子找回來。」

一聽這話，瀟湘挺直了背，回頭笑問：「真的？好啊。」

「然後我們就可以一起走遍天下，還有好多景色我沒見過呢。」他的聲音裡帶著期待。

明明他說的就是遊戲中的天下，怎麼她聽起來也覺得有點……不不，是十分美好。瀟湘低頭微微笑著：「好啊。」

無眠忽然又慢慢說道：「不過前三百天，我不能跟妳成親。」

「不成親也無所謂，像現在這樣也很好。」她笑答，「沒有非成親不可的理由啊。」

「倒不是因為別人的緣故，只是因為高山流水這個技能還是非常好用。」他淺笑了幾聲，「但妳答得這麼爽快，反而讓我覺得有點……」

「有點……？」

「有點……失望。」

聽見他說這話，瀟湘猛然回頭，卻見他笑得光明燦爛，擺明了就是要捉弄她的模樣。

忍！

忍得雲開見月明。

忍功的最高境界就是，看而不見，聽而不聞。

被訓練得很有經驗，瀟湘摸了摸鼻子，很順地轉了話題：「等一下交完任務之後，我要去蘭皋城看看。」應付不來，她完全不在意換個話題。

「好啊，妳要去看看店鋪是不是？」無眠也很順地接下她的話，不在意她的小小掙扎。

「對啊，進去看看。蘭皋城的租金便宜，如果店鋪不太差的話，等到正式遊戲的時候，我應該也會把店鋪設在那裡。」瀟湘說完，收回兔子，跳下馬車，往前方戰線走去。

總共二十個馬賊NPC，已經被攻無不克跟子不語擒下。無眠跟在她身後，看了戰利品，發現這些馬賊身上實在是沒什麼好貨，窮得連點能見人的裝備都沒有，難怪要出來搶。

「沒什麼好東西，如果你們沒意見，我等一下拿去賣，當成公會基金。」無眠繞了一圈，口氣平淡地宣布。

「無所謂啦！」攻無不克又躺上原來的位置，「反正也用不著了。」

看了攻無不克一眼，瀟湘現在知道這人有多執著了，怎麼都過了這麼久，還是心心念念在這件事情上頭。

她坐上小木馬，一行人整裝之後，又朝著目標出發。

交貨的小城在蘭皋城附近，算是蘭皋城的衛星都市，城市規模不大，但還是有幾戶人家。等待這裡分行老闆清算貨物時，瀟湘在城裡繞了繞，說是城，還不如說是村，家家戶戶雞犬相聞，沒有大城的繁榮，卻有另一番晴耕雨讀的景致。等到晃回無眠身邊，正巧老闆也點貨點得差不多了。

「謝謝各位大俠啊，這正是我們最需要的東西。」分行老闆非常感激地頻頻鞠躬，「這是大掌櫃的說好要給各位的酬勞，無眠大俠您清點清點看數目對不對。」

當然對，這只是個遊戲嘛。

瀟湘在一旁無聊，又把兔子放出來玩。大概是遊戲設定，這兔子非常乖巧，放下來也不亂跑，就跟在瀟湘腳邊轉。從控制介面裡查看了兔子的狀態，經過剛剛的一仗，小兔子也沾光升了一級，瀟湘左右查了查，也沒看見任何需要點的技能，就把控制介面關上了。

她蹲下身子，從懷裡掏出一點寵物飼料給小兔子吃，順手逗弄著牠，忽然發現天色黑了一片，抬起頭，原來是無眠站在她的面前。

「都好了嗎？」她把手上的飼料碎屑拍掉，站起身，小兔子還在她腳邊亂轉。

「好了。弄得這麼逼真，還真的花掉不少時間。」他搖搖頭，覺得實在是荒謬得有趣，「沒多遠的路，妳要怎麼去蘭皋城？」

「有小木馬，很方便。」指著不遠處的小木馬，瀟湘四處張望了一下，「攻無不克他們呢？」一時間少了鬥嘴聲，就顯得有點太安靜了。

「他們先去酒樓喝酒了，妳去不去？」無眠眼底帶著一點笑意問，「還是妳要先去蘭皋城？」

「去啊，我還沒見過這裡的酒樓呢。」她真搞不懂這人究竟在笑什麼，抱起小兔子摸了摸，瀟湘才把牠收起來，站在無眠身邊，「好，我們走吧。」

兩人並肩走進沒多遠的酒樓裡，攻無不克早就點滿了一桌子的菜，見到他們進來，高興地朝著他們揮手，「大哥、瀟湘，這裡這裡。」

酒樓裡還有不少客人，有些是NPC，有些卻是玩家，聽見攻無不克的聲音，下意識地就往門口那對人兒看去。本來紛擾的酒樓裡，忽然安靜了下來，眾人的目光都集中在他們身上。

習慣低調的瀟湘，怎麼能忍受自己成為眾人的焦點，立刻藏藏躲躲地往攻無不克的位置移動，感覺身後的目光不但沒有消退，甚至還有一些閒言閒語在她背後議論紛紛。

她沒細聽，不過大致上也知道，是在討論前一陣子她跟無眠、萬年的那場讓她流淚的三角戀。不關她的事好嗎？她很想站起來抗議，叫他們別再盯著自己看了。只可惜她膽子很小，心臟也很小，完全不是跟人拍桌叫陣的材料。

瀟湘仰頭就乾了攻無不克放在她面前的酒，黃湯下肚，她才總算有了點膽氣，能拿起筷子吃飯了。一抬頭就看見無眠神情自若地緩緩喝著他的酒，他還是那麼好看，只是眉目之間，卻有點隱隱拒人於千里之外的高傲感覺。

「別理他們，久了他們自然就無趣了。」無眠對著她說。

「無眠，你不開心？」她眨了眨眼睛，感覺他的聲音裡頭全是冷漠。

「沒有，大哥對陌生人都是這樣的。」攻無不克湊在瀟湘的耳邊輕聲道，「妳也知道，大哥是好看的種族，像這種眼光他也沒少見過，所以練了一副把冷屁股掛在頭上的功夫。」

瀟湘淺啜酒杯，本來是掩飾著自己的不自然，卻沒想攻無不克語不驚人死不休，才喝進嘴裡的一口酒，讓他一說，全噴到對面無眠的臉上。

攻無不克呆了。

子不語呆了。

瀟湘也呆了。

身後那幾個玩家，也呆了。

只見無眠仍然是那高潔不可侵犯的模樣，動作優雅地抹掉了臉上的水酒（口水跟酒），然後掏出帕子把臉擦乾淨。

瀟湘還在呆著。

右邊的攻無不克、左邊的子不語，還有身後的玩家，全都爆笑了。笑聲哄然而起，差點掀掉了酒樓的屋頂，嚇得掌櫃跟小二都從後堂裡出來一探究竟，還以為有馬賊搶進來了。

瀟湘非常、非常困難地嚥了口水，猛然站起，所有人的笑聲戛然而止，目光全聚在她身上，像是酒樓天花板上裝著聚光燈，而燈的光芒，全打在瀟湘身上。她看著無眠，深深吸了一口氣。

「對不起！」她做了一個九十度的鞠躬，緊緊閉著眼睛，「我不能讓你噴一臉的酒，不過……不過……」

瀟湘還沒不過出來，後面的玩家已經忍不住又噴笑出來：「瀟湘大姊，妳太逗了！無眠大哥，我替她求求情，你原諒她吧！她一定……哈哈哈……不是故意的。」

攻無不克這時早就笑到趴在桌上，猛搥著桌子發洩：「哈哈哈，太逗了，太有種了……我這輩子還沒頂過大哥一句話，妳竟……竟然……哈哈哈……噴了他……」

瀟湘羞愧得一張小臉都紅了，卻遲遲等不到無眠回話。

她只得悄悄地微微抬頭偷覷著他，兩人視線對在一起，瀟湘緊張了大半天的心，放下來了。這人也在笑啊，根本就沒有生氣的樣子，那眼睛裡面，充滿了笑意。

「好啊，原諒妳。」他聲音溫和地道，「既然這麼多人都幫妳求情，我不原諒妳怎麼算是個大丈夫呢？」

她一定是耳朵有問題，怎麼會覺得這話裡別有深意，深到她什麼都聽不懂？

吃完了這一頓羞恥的飯，四個人又往蘭皋城走去。經過剛剛那件事，攻無不克跟子不語現在都對瀟湘非常親切，一路上圍著她嘻嘻哈哈，又跟她聊天、瞎扯，氣氛融洽無比。

天色亮了又暗，暗了又亮。

到了蘭皋城，一行人全進了瀟湘的店鋪裡稍做歇息。

由於目前的數據還是挪用原本在《舉世無雙》的數據，所以瀟湘的店鋪裡還是陳列著許多商品。店鋪不大，前頭是店面，後頭有個待客的小廳，還有個小房間裡擺著一張竹床，可以稍微休息。但現在玩家人數稀少，這裡又是二城，幾乎沒有什麼玩家走動，於是一行人就索性在店面休息，沒再往後堂裡去。

瀟湘讓店面配給的伙計上了幾杯茶，子不語喝了幾口，就放下杯子站起來看著架上的商品。

「現在幾點啦？」攻無不克摸了摸肚子，「餓了。」

「蠢猴子，你不是剛吃飽？」子不語沒回頭，隨口回了他一句話。

「不，不是遊戲裡，我是說……」攻無不克搔搔頭，「現實中的飢餓……」

無眠微笑了，搖著頭道：「你竟然分得清楚遊戲跟現實？了不起。」

攻無不克皺著眉，還想解釋清楚，但想了好久，最後還是放棄：「嗯……這很難形容，你們神經太大條不會明白的啦！反正現在幾點了啊？」

子不語冷哼一聲：「我從來不跟畜生比較。蠢猴子，控制介面右下方有時間，你自己看。」

瀟湘這時走到子不語身邊：「你看了老半天，如何？有看見你喜歡的嗎？定價八折賣你。」

「不用不用，這些不適合我，我只是在研究定價。」他拿起一只普通的手鐲，「像是這個東西，如果鑲上一顆四級屬性的寶石，定價可以翻三倍，絕對划算。」

她很輕鬆地靠在貨架上：「這個我知道，只是我打到的四級寶石，都拿來自己用了，怎麼可能拿出來賣。」

語畢，瀟湘順手拿起一旁的髮簪，挽起長髮。四級寶石難打，她有機會拿到的話，生吃都不夠，還賣呢。

「以後妳跟我們一起，拿到寶石的機會就多了，不必這樣縮衣節食。」無眠飲了一口茶，徐徐地道。

瀟湘轉頭過去看他，卻恰好碰上攻無不克說話。

「中午十二點了耶，感覺過了很久，結果才過了十四小時。」

「這遊戲每隔三小時日夜交替一次，也就是遊戲中的一天只有六小時。」子不語答，盯著他的臉，「你有好好看說明書嗎？」

攻無不克嘴硬道：「嘖，大家都要我看說明書，我不用看說明書也會玩！」

「哈哈哈，蠢猴子，會說這種話，可見你已經幹過蠢事了。」放下手中的手鐲，子不語轉身看著他，「所以你現在要下線去吃飯嗎？我跟你一起。」

「不如瀟湘跟我們一起去吃早午餐吧。」攻無不克熱情地邀約，「妳住在哪裡啊？」

瀟湘怔了一怔，眼神流轉不知道該不該說答案，卻沒想到無眠先說：「跟我們同一個城市。」她瞪大眼睛，看了無眠，只見他唇邊隱隱含笑，不知道心裡在想些什麼。但來不及深思，攻無不克聞言，立刻喜道：「那好啊，跟我們一起去吃午餐，我知道捷運站附近有一家早午餐店，味道不錯。而且店裡還有貓，女生不是都很喜歡貓嗎？」

大概是知道她心裡在猶豫什麼，子不語也加入勸說的行列：「是啊，而且大中午，也不危險。那家蛋糕店是真的滿好吃的，價錢也很便宜。」

無眠在一旁笑看，沒打算要為她緩頰。瀟湘猶豫了一會兒，看了看眾人的臉，實在覺得盛情難卻，只好應了下來：「那……好吧，哪個捷運站，我換件衣服就過去。」

攻無不克很興奮地說了詳細的地址：「那我們換個手機吧？如果到時候妳迷路的話，還可以打電話找我們。」

瀟湘又遲疑了幾秒，但心裡又想：「都要見面了，交換手機號碼也是正常的。」所以，這次沒有掙扎太久，就報出了自己的手機號碼。

三個人依序交換完手機號碼，攻無不克跟子不語就消失在瀟湘眼中，只剩無眠一個人還坐在位置上。他徐徐站起身，對著她笑道：「瀟湘，妳下線之後，如果記不住手機號碼，用感應艙外上頭的小螢幕看紀錄檔，應該可以查到，那就等會兒見。」

從感應艙裡悠悠醒轉，她一時之間還不太知道自己要幹麼，直到肚子突然發出了驚天動地的叫聲，蕭襄才憶起剛剛約好了要去吃飯。她衝到書桌邊把記憶中的手機號碼寫下來，換了牛仔褲，套了一件粉色的長版上衣，簡單盥洗之後，抓了手機跟包包就出門了。

她知道攻無不克說的那家蛋糕店，離她的住處不遠，走路半小時就到了。那家的早午餐是真的滿好吃的，而且還是週末限定，平時沒得吃的。

一路上她都有些緊張，雖然不是第一次見網友，但是像這樣玩了通宵之後，還一起吃早午餐的情況卻是第一次。就這樣，她心裡一邊胡思亂想，一邊走到店門口。

她推門進去，看見三個男人坐在櫃台旁的沙發桌邊，無眠文雅，攻無不克英朗，子不語穎秀。三個人交談的音量不高，但不知道在討論什麼事情，十分愉悅的模樣。

在她觀察的時候，店員已經走到她的面前。

「小姐，幾位？」

「我找人。」她指著無眠那桌的方向，然後就走了過去。店員跟在她身後，在她坐定了之後，送上了MENU跟水杯。

等店員離去，蕭襄坐在無眠身邊，看了看另外兩人。看見他們都微笑看著她，蕭襄也笑了，開始自我介紹。

「我是蕭襄。」她用手指在桌上寫下正確的字。

「我是攻無不克，劉譽棋。」攻無不克學著她，也用手指在桌面上寫字。

「我是子不語，林博帆。」

「我是無眠，墨白。」

這是她第二次聽見無眠的本名。上次匆匆一面，她沒把心思放在這件事情上頭，再聽見，卻覺得這名字跟他真搭。

墨白，又黑又白，難怪她老是不明白他到底心裡在想什麼。

自我介紹完之後，場面一度有些乾，蕭襄不知道先開口說些什麼才好，只可惜這矜持只撐到店員送上熱騰騰、香噴噴的餐點。四個人都累積超過十二小時沒有進食了，東西送上來，誰也顧不得顏面，有什麼話就等吃飽了再說吧。

瀟湘的食量不小，算起來，她可是勞動分子，學不來那種女子吃了三分之一就喊飽的姿態，要真這麼做，她遲早會昏倒在溫室裡。何況她也真的餓了，拿起刀叉來就風捲殘雲地吃完了餐點。

抬頭正想拿起柳橙汁來喝，卻覺得身邊有道視線，正飽含笑意地盯著她看。緩緩地轉過頭去，瀟湘的視線跟無眠對在一塊兒。

「笑什麼？」被他春意融融的眼神盯得發毛，瀟湘低聲問。

「沒想到妳吃東西的樣子還挺豪爽的。」他眼睛裡的笑意更甚，「為什麼吃東西妳就不忍了？跟很多女生不一樣。」

「生死攸關的事情不能忍。」瀟湘下意識地微微噘嘴，語氣有些失落，「只有人類才在這事情上頭自找罪受。」

無眠嘴角的笑意漸大：「妳不胖啊，怎麼一臉憤慨，像是剛剛才脫離節食地獄。」憤慨？她才沒有。她搖了搖手中的叉子，表示不對：「那不一樣，我這可是練出來的，才不是餓出來的。我是羨慕，是羨慕。」

「怎麼說？」他笑著，很有興趣地問。

瀟湘悲傷地舉起手臂，挽起袖子，戳著自己的二頭肌，「你看，我有肌肉啊。」

她這輩子也很想當一次紙片人，可是要是不吃飽，根本就沒力氣做事啊。她知道她不胖，簡直是渾身上下沒一絲贅肉，但是卻有一堆悲傷的肌肉啊！她都懷疑，她舉腳就可以踢死大象了。

看著瀟湘悲憤的神情，無眠終於忍不住笑了出聲。

「你們在聊什麼啊？」攻無不克擦了擦嘴，笑得很曖昧，「說得這麼小聲，該不會是悄悄話吧？」

「不是。」瀟湘急著否認，「我、我們在聊肌肉問題。」

「呿。」擺明了對這話題沒興趣，他又問，「你們之前見過啊？看起來很熟稔的樣子。」

關於這點，無眠大方地承認：「見過一面而已，擦身而過。」

「什麼時候啊？」

「前天。」見他對這答案不滿意，無眠又補充，「我去上班，她剛好也去上班，所以就碰上了。」

「說得不清不楚，誰懂啊……你上班跟她上班有什麼關係啊？」擺了擺手，攻無不克眼睛一溜，決定放棄這個話題，問起了他更有興趣的事情，「瀟湘，妳跟萬年到底是什麼關係啊？他幹麼對妳窮追不捨？」

本來正喝著柳橙汁發呆的瀟湘，一聽見這名字，臉上又囧了：「我跟他沒有什麼特別關係啦，頂多就是比朋友好一點，原本想說有機會在一起就在一起，結果沒想到他有女朋友，也沒想到最後會變成這樣。」

「所以……妳沒有男朋友？」一直坐在一邊的子不語突然開口問。

瀟湘秒答：「沒有。」

「那太好啦！」攻無不克彈指笑道，「我家大哥不錯，妳有機會可以考慮跟他在一起。」

三人皆囧然。

最後還是子不語用力地從他的後腦杓上拍下去：「蠢猴子！你想要大嫂想瘋了啊?!快給我道歉。第一次見面說這什麼話?!」

攻無不克摀著後腦杓：「道什麼歉啦！我說的是實話欸，大哥也很喜歡瀟湘啊。這幾年……」

無眠俐落地截去攻無不克的下半句話：「吃頓飯，你們也要提過去，又不是退休老兵，不配回憶不能吃飯啊？」

瀟湘本來還有點不好意思，讓人當面這樣說，任誰都會不好意思，但是又看見他們之間很親密的舉動，好奇地問：「你們認識很久了嗎？」

三人互看一眼，似乎覺得這問題有點難，最後是無眠回答：「認識滿久的，大概……十年有吧。」

「那還真久。」瀟湘頷首，雖然剛剛三人的眼神讓她有點疑惑，不過再問下去似乎又有點撈過界了。想一想，她乾脆端起果汁喝著，轉頭看著窗外景色。

「瀟湘，妳等一下吃飽要幹麼？」問的這聲音是子不語。

轉回頭，她想了一會兒：「沒有要幹麼。」

「那跟我們去逛夜市吧？」他的口氣溫和。

「現在？」看落地窗外的那天色，可是大中午啊！

「不是啦。」子不語笑了，「等一下我要回學校一趟，你們要不要先找個咖啡館坐下來，等我忙完去找你們。」

「你還在念書啊？」瀟湘問，「學校在哪啊？這附近嗎？」

「這附近沒錯，不然等一下，大家跟我一起走回學校，我帶你們去不錯的咖啡館，如何？」子不語詢問似地看了看眾人，沒有得到反對票，於是就這樣定案。他跟攻無不克又立刻聊起了其他事情。

這附近的大學啊？那可真不錯，要很高的分數才考得進去，難怪子不語身上總有一種高級知識分子的感覺，瀟湘心想。

耳邊又傳來子不語跟攻無不克鬥嘴的聲音，瀟湘聽著有趣，有時也插個幾句話，一直到蛋糕店裡提供早午餐的時間過了，四人才走出蛋糕店。

大中午的日陽正豔，瀟湘瞇起了眼睛，抬起手擋著日光。

「妳怕曬嗎？我有摺疊傘。」無眠站在她身後問。

「不用不用，只是因為太亮，一時睜不開眼睛。」她速答，但卻不太確定無眠到底是在她的左後方，還是右後方。

天色忽然暗了下來，瀟湘眨了幾下眼睛，恢復了視力，才發現是無眠利用身高替她擋了點陽光。他不在她的左後方，也不在右後方。他在自己的正前方。

仰起頭，又對上無眠低頭望她的溫柔眼光。

……怎麼辦？她好像有些陷落了，竟然覺得這眼光，很動人。

「啊啊，」攻無不克伸著懶腰，「好奇怪，明明是第一次見到瀟湘……」

這一幕，順著未完的話落入了子不語還有攻無不克的眼中。

「……卻覺得……好像認識了……很久……」攻無不克話語音量愈來愈弱。

「蠢猴子……這次搞不好真的讓你說中了……」子不語也有些恍神地低喃。

攻無不克錯愕地問：「什麼啊？原來我們認識嗎？」

「熟悉感是因為大家都一起玩了這麼久的遊戲啦，不是因為認識。」子不語一邊思考，一邊分神回答。說完，又瞪了他一眼，「認不認識你自己不知道啊？」

沒理會子不語的問題，攻無不克追問：「那我說中的是什麼？」

「就是大哥……」子不語猛地住口，笑嘻嘻地看著他。「我不會告訴你的，省得你壞事。」

攻無不克一愣：「話說一半是哪招？」

這時，無眠跟瀟湘朝著他們走來。

「你們在聊什麼？」無眠問。

「沒什麼，我們在討論等一下去哪家咖啡館比較好。」子不語仍舊是笑嘻嘻的，卻瞪了攻無不克一眼，示意他別說話。

攻無不克雖然不明所以，不過根據經驗，聽子不語的通常都是對的，他也只好壓下心裡的問號，安靜地站在一邊。

「有結果了嗎？」

「沒，正想問你們呢。瀟湘想去有好吃三明治的店，還是想去有好喝咖啡的店？」

瀟湘一愣，反問：「這兩個不能一起出現嗎？」

子不語笑了。

「也行啊，但是要走遠一點。」子不語邁出步伐，「走吧，我們邊走邊聊，不然站在這裡曬太陽真是太熱了。」

一行人沿著陰影慢慢往據說有好喝咖啡跟好吃三明治的咖啡館前進，一直到今天過完，攻無不克都沒有機會追問子不語到底在想些什麼。

8

《舉世無雙》舉行盛大不刪帳號封測的時候，蕭襄正忙著期中考，還要準備畢業展的比稿，在景觀公司的工作雖然請了假，但也沒有完全停下。一根蠟燭多頭燒，忙得連睡覺都嫌奢侈，實在沒有多餘時間上線。

雖然玩遊戲的時候身體等於在睡眠狀態，但全息遊戲運作的時候，主要還是靠玩家的意識，就算是在遊戲中，腦子也還是一直在運轉，這對於白日已經用腦一整天的蕭襄來說，著實是個太沉重的負擔，所以她只好選擇不上線了。

累了三個多星期，一天只睡四個多小時，差不多就要喪命了。

每天醒來，蕭襄都覺得好像看見人生盡頭的白光正在眼前閃爍。

一直忙到晚上九點半，蕭襄才把稿子交到系辦公室，又到圖書館去還了書，然後才慢慢離開學校，回到租屋處。燈都還沒開，她躺上床，意識立刻就渙散起來。

明天還要去匯款給遊戲公司。

當初答應第一次封測的時候，合約裡頭就寫明，感應艙可以用半價賣給玩家，而且還附贈三個月免月費。她現在還不知道月費到底是多少，不過她想大概會創下所有線上遊戲的最貴收費吧。

不知道公會怎麼樣了，這麼久沒上線，她又要變成全公會最弱的玩家了。雖然有時無眠打手機給她，但多半也就是說個幾分鐘就掛了，真的沒時間聊一些有的沒的。

啊……澡還沒洗，渾身也髒兮兮的，可是實在爬不起來了，還是先睡一覺……

悠揚的樂聲響起。

手機……手機在響。

蕭襄勉強撐起疲憊的身體，從床邊撈起包包，拿出手機。

「喂？」

「瀟湘，我是無眠。」

「嗯嗯，怎麼了？」她剛剛有看見來電顯示，話音裡頭帶著濃濃的倦意。

「好久沒看見妳上線……」他的聲音遲疑了一會兒，緩下本來想問的話，轉而道：「妳聽起來很累。」

「嗯，因為期中考剛考完，然後我又趕設計圖趕到剛剛，所以實在挪不出空。」她偷偷打了個呵欠，「大家都好嗎？」

「都很好，妳好嗎？」無眠也很清楚大學生拚起期中考的慘烈。有句話說：肝若不好，人生是黑白的；肝若好，考卷是黑白的。一句話便知學生拿生命去換分數的悲傷。

「妳有好好吃飯、睡覺嗎？」

蕭襄閉著眼睛，一半的神思已經陷入睡眠，另一半下意識地喃喃回答：「嗯……我今天……吃飯了嗎？好像吃了麵包吧……」不用去溫室種花搬土，她也就不太覺得餓。何況，這學分存亡之際，吃東西反而是最不重要的事情了。

「……瀟湘，妳昨天有吃飯嗎？」

「我不知道，」她真的快要睡著了，「無眠，有什麼事情我們明天再說好嗎？我好睏，等我睡醒，我打電話給你。」

「……好。晚安。」

「嗯，嗯……晚安。」手機一掛斷，蕭襄立刻就陷入了熟睡。

手機那頭的男人若有所思地望著手中的手機，聲音睏成這樣，她明天真的會記得他打過這通電話嗎？這還是她第一次說她自己怎麼樣，可見是累得夠嗆，才會這麼說吧？想了一會兒，他決定明天若是到傍晚都還沒接到瀟湘電話，就再打一次給她。這麼能忍的人，要是一不小心忍過了頭，那後果多半都十分悲慘。

這一睡，蕭襄一直睡到隔天下午三點。若不是肚子餓得發疼，她還真不願意起來。

睜著惺忪的雙眼，她走進浴室，看見鏡子裡頭那個油頭垢面的女生，又低頭看了看身上沒換下的衣服跟牛仔褲，她這才想起，昨天沒洗澡就睡了。脫下一身髒衣，慢慢地洗了個熱水澡，然後把堆積如小山的髒衣堆，扔進洗衣機裡。

倒了一杯牛奶，蕭襄穿著睡衣，坐在電腦前面，習慣性地先看了看信箱，然後瀏覽了幾個網站，這才想起昨天睡前好像跟誰講過電話，拿起手機看了最後的通話。

「嗯……是無眠，可是，一點都想不起來說了什麼……」蕭襄低著頭喃喃自語，這時洗衣機的嗶嗶聲響起，通知她衣服已經洗好了。蕭襄只好先放下手機，走去陽台曬衣服。一邊曬衣，一邊回想，這幾十天來，到底還有誰曾經打電話給她，但是她一不小心就忘記的。

抱著空空的洗衣籃回房，拿起手機準備撥給墨白。

不管了，既然想不起來昨天說了什麼，最好的方法就是打電話回去問。而且這兩三個星期，她也是忙得一佛出世二佛升天，墨白幾次打電話來，她都隨便說了幾句就拋在腦後了，現在想起來，還真是挺沒禮貌的。蕭襄立刻撥了手機，響了幾聲，電話接通。

「喂？」

「我是瀟湘。」低低的嗓音傳來，蕭襄忽然很是想念他含笑的眼眸。

「妳醒啦。」那嗓音裡有著淡淡的溫柔，「吃飯了嗎？」

「還沒。」她靠在牆上，摸了摸乾癟的肚皮。

「那快去吃吧。」他嘆了口氣，「自己的身體要好好照顧啊。」

「你……吃了嗎？」蕭襄一頓，看著桌上的電子鐘，顯示下午四點半，非常想咬掉自己的舌頭，這時候，問他吃過了沒……是在問那一餐啊？

果然，電話那頭的男人，淺淺地笑了：「下午茶還沒，妳想吃什麼？我開車去接妳好嗎？」

「我沒什麼想吃的，不過不想吃甜點。」她也不彆扭，既然她想墨白，而墨白也願意來跟自己一起吃飯，那就一起吃頓飯也沒什麼。

「我知道了，那我們在哪裡碰面？」

蕭襄報了自己家附近的一間大醫院。

「好，那妳等我半小時，到了之後我打給妳。」

蕭襄聽見那頭響起了電腦關機的標準音效，才道了聲：「好。」

掛掉了手機，蕭襄低頭笑了一會兒，轉身才想起一件慘事。

「糟了……衣服全洗了，沒有衣服穿。」她急忙拉開衣櫥，裡頭除了冬天的厚重衣物，就只剩下艾艾之前留在她這裡的淡粉色漸層長裙。只有裙子沒用啊！沒有上衣怎麼穿啊?!

在房間裡瞎轉了半天，眼看時間就要來不及了，蕭襄最後心一橫，把長裙當成小洋裝拉到胸口，腰間繫了一條咖啡色的細皮帶，再穿了一件針織的罩衫，腳上穿了雙涼鞋，就出門了。

蕭襄從家裡走到跟墨白約好的醫院門口，只花了幾分鐘的時間，春末的氣候宜人，日陽暖暖，她半走半跑，到了約定地點時，還沒看見墨白的身影。鬆了口氣，她低下頭看著蓋到大腿三分之二的裙襬，心裡情緒一時非常複雜。要不是她身高矮了點，艾艾腿又長了點，這長裙也不足以蓋到她膝上五公分的好位置，要是再短一點她就不敢穿了。

熟悉的手機樂音響起，蕭襄接起電話：「你到了嗎？」

「到了，在妳的正對面。」

蕭襄抬起頭，看見墨白站在正前方的黑色房車邊。蕭襄急步過去，她不懂車，但還是看得出來這車子有點年紀了，不過因為洗得很乾淨，所以看起來很順眼。

「嗨。」他對蕭襄笑著點點頭。

她有點彆扭地扯扯裙子：「那個……因為我衣服都洗了，只剩下艾艾的裙子，所以我……」

「很可愛啊，但妳是不是瘦了？」墨白笑著，「先上車吧，我們邊走邊說。」

車子一路往郊區行駛，週六的午後車子雖多，但還不到塞車的程度。

「我們要去哪裡？」行駛了半個鐘頭還沒到達目的地，蕭襄好奇地問。

「吃山產。」車子往右轉，「那是我朋友的店，夜景很好，茶也很好，很快就到了。」

「山產？」

「到了妳就知道了。」他臉上始終噙著笑，「其實妳穿裙子很可愛，顏色也不錯。」

說起這件事情，蕭襄就淚目。這段時間又忙又累，每天躺上床就立刻失去意識，醒著就是教室、圖稿、圖書館，根本就沒有心思想其他事情。

「這是艾艾放在我家的。」她撫平裙子上的縐褶，「她很適合這個顏色，可是我有點不敢穿呢。」

「別擔心，很好看。」車子漸漸駛上了山路，「年輕女孩子穿得粉嫩一點也很好啊，只不過妳瘦了，最近沒有好好吃飯嗎？」

她臉上漾起了紅暈：「有時候一忙就忘了，等到餓的時候，都是想睡的時候。」

「還好妳只忙三個星期，要是忙三個月，妳不是餓成皮包骨了嗎？」他話裡帶笑，「那現在都忙完了嗎？」

窗外風景綠意盎然，蕭襄笑答：「都差不多了，就剩下比稿的結果出來，到時候可能又要開始忙吧。」

「比稿？」

「對啊，就是系上教授選定一份圖稿，讓畢業同學一起完成，當成畢業展。」她微笑看著墨白開車的樣子，「那你呢？剛剛在做什麼？」

「看書，想著要不要打電話給妳。」

「嗯？你要跟我說什麼嗎？」

果然忘了。墨白微微揚起唇角，搖了搖頭：「沒事。」路上風景變化，他放慢車速，停在路邊能停車的空曠處，「到了。」

什麼啊？沒事為什麼要打電話？蕭襄不解地望著他。

「走吧。不餓嗎？」他伸手到後方拿過包包，然後摸了摸她的頭。

蕭襄更不解了。才三個星期沒見面，她跟墨白好像都有點不一樣了，是嗎？

推開車門，蕭襄吸了一大口新鮮空氣，望著晝在夕陽下的整個城市，身心都放鬆了起來。伸了伸懶腰，轉頭看著站在她身邊的墨白。

她笑了起來，就算是有點不同，再慢慢熟悉也就好了。

「走吧走吧，好餓。」

走進餐廳裡，原本在櫃台後面算帳的老闆，一看見墨白，就立刻迎了上來：「好久不見了。」

老闆拍著墨白的手臂：「這段日子在忙什麼？好久沒看見你了，你家的五個小鬼都還好嗎？」

眼角瞄見站在一旁的蕭襄，老闆滑溜的眼珠子轉了轉，「這位是？」

似乎早就習慣老闆連珠砲似的說話節奏，墨白完全不受影響，按照自己的步調回話。

「這是蕭襄，」墨白指了指她，又指了指他，「這是我的好朋友，楊禹中。」

「楊老闆你好。」蕭襄率先點頭打招呼。

楊禹中笑瞇了眼睛，「別這麼客氣，墨白的朋友就是我的朋友，今天想吃什麼八折優待，還送妳一壺茶，蕭小姐喜歡喝什麼茶？紅茶、綠茶、金萱、烏龍、普洱？」

這麼多茶，繞得蕭襄頭都暈了，她只好朝墨白投去求救的眼神。

「禹中，先來點吃的吧。」他笑著牽起蕭襄的手，「她剛考完期中考，要好好吃一頓。」

沒有錯過好友這個小小動作，楊老闆立刻知悉了所有事情，非常滿意地點點頭：「那簡單，交給我吧，你隨意選個位置坐，等我上菜。」

蕭襄還在震驚墨白忽然牽起她的手這個舉動，連自己讓他拉著走上視野極好的窗邊位置坐下也不自知。

斟了杯水給蕭襄，墨白的手在她面前揮了揮：「回神啊。」

一股熱氣驀地衝上了雙頰，蕭襄急忙端起眼前的水杯一飲而盡，這才沖淡了臉上的羞澀。

「禹中是我大學時代的好朋友，明明念的是廣電，但念完了大一，他忽然發現，他最喜歡的還是烹飪，所以就休學了，跑去念了相關課程，最後在一個老師傅身邊當學徒，等到老師傅過逝之後，就順理成章地繼承了店面，就是現在這家店。」墨白舉起茶壺，又倒了一杯水給蕭襄。

「他的手藝很好，我的廚藝也是跟他學來的。認真算起來，禹中還算是我的師父呢。」墨白一邊說，一邊望著山下的風景，像是在回憶什麼一樣，過了一會兒才繼續說，「我父母剛過世的那段時間，我慌得手足無措，又不想天天讓我弟妹吃外頭做的東西，所以只好帶來這裡，請禹中幫忙照料，然後我也趁機休息一下。」

他唇邊有笑，眼神卻有些哀傷：「那一年，應該是我最不好過的一年。什麼事情都很不好，就算是下一刻天真的塌下來了，我可能都不會意外。」

「都過去了。」蕭襄很想安慰他，卻又不知從何說起，只好伸手握著他的手。

「嗯，都過去了。」墨白微笑垂眸看著那雙握著自己的小手。

這時恰好店員上菜，蕭襄也順理成章地收回手，把桌面清出一個空間。

第一道菜是烤野蕈，墨白利用筷子揭開了鋁箔的一角，湯汁跟熱氣流出。新鮮的食材跟適中的調味，搭配成了引人食指大動的香氣。蕭襄夾了一筷子放進嘴中，立刻讓那恰到好處的味道給迷住了，搭配著白飯大口下嚥，完全忘了對面還坐著一個男人。

不像西式餐廳非常講究上菜的時機，在山產店裡，只要廚師做好了菜餚，就立刻讓店員端上顧客的桌子；陸續又上了炒龍鬚菜、炭烤山豬肉、絲瓜蛤蜊，還有一碗冬瓜排骨湯。蕭襄吃得不亦樂乎，直到喝了一碗湯後，才饜足地停下了筷子。

「很好吃，真的很好吃。」她嘆了口氣，非常滿足，「下次我也要帶乂艾過來，她最喜歡吃美食了，這裡一定會合她胃口的。」

「謝謝小姐誇獎。」楊禹中從蕭襄背後走來，笑盈盈道，「不僅填飽顧客的肚子，還能讓顧客吃得滿意，一向都是廚師的莫大光榮。」

「楊老闆廚藝真的很好，食材又新鮮。」更多的讚美之詞她也想不出來了，蕭襄只好很誠心地說了句，「謝謝老闆。」

墨白跟楊禹中同時怔了一下，一個低聲淺笑，一個很開心地走掉了。

「傻孩子，」墨白笑嘆，「妳怎麼會跟老闆說謝謝。」

蕭襄也知道說這句話挺傻氣的，但是當下也不知道要說什麼才好，因此她倒不覺得後悔。摸了摸頭髮，蕭襄靠上椅背，問：「最近公會還好嗎？搬到全息遊戲什麼都要從頭開始，應該滿麻煩的？」

「是有點麻煩，創公會需要一大筆押金，而且就連公會的屋子都要另外付錢，現在最高等的攻無不克，也才四十五級，要籌出五萬金實在是不容易。」招手讓店員收掉了一桌的碗筷，又對店員交代了幾聲，墨白才轉頭回答蕭襄的問題。

蕭襄詫異：「要五萬金這麼多？」

全息遊戲的難度跟鍵盤時代比，那不是同一個水平上的東西，竟然還要收到五萬金才能創公會？不如叫玩家去搶算了。

「遊戲給我們兩個選擇，一個是如果把公會的屋子設在樹蕙城，那只要三萬金就夠了，但如果要設立在二城，那就要五萬金才行。」墨白接過店員遞來的茶葉罐子，道了聲謝，又繼續道，「但是選在樹蕙城不符合我們的需求。」

她想也是，這群練功狂，應該很快就會全都封頂，到時要回公會休息還要跑回樹蕙城，對他們而言反而麻煩。

墨白熟練地煮水熱壺，她想，他應該泡過很多次，手勢、姿態都那麼優雅，好像在看電影一樣。當熱水沖下去時，茶葉的清香迎面撲來，帶著春末的晚風，還有墨白的姿態拂過蕭襄的心尖。

「喝喝看，這茶的味道不錯，雖然不是冠軍茶，不過也很好了。」墨白擺了一杯在蕭襄面前，「緩著喝，小心燙舌。」

輕輕啜了一口，入口不澀，甘甜從舌根返出，飲完一杯，口齒留香。

蕭襄雖然沒有喝過太多茶，但也知道這樣的品質，除了茶好，泡茶的人技術也肯定很好，才能相得益彰。拿著杯子，望著遠處才剛剛升起的月兒，蕭襄滿足地喟嘆。

「怎麼嘆氣了？」順著她的視線看著彎刀似的月牙兒，墨白問。

「總覺得認識你真是一連串的巧合。」她的臉上有著溫柔的笑意，坦率地答，「我不太會交朋友，所以能跟你成為朋友，其實我心裡很高興。雖然一開始真的覺得你很怪。」

「現在覺得我不怪了嗎？」墨白笑問。

蕭襄轉頭看著墨白的眼睛：「現在覺得你很愛笑，好像不管發生什麼事情你都笑得出來。」她沒注意說起這件事情時，自己的臉上也充滿著溫暖的柔光。

山下燈火一盞接一盞，一片接著一片，慢慢地全亮了起來，從山上望出去，整片整片的光芒，奪人眼目的燦亮。

「蕭襄。」他溫聲喊著。

「嗯？」她仍是望著窗外夜景，隨口應聲。

「我們交往吧？」他神色非常自若且淡定地問。

原本迷濛的雙眼忽然睜大，蕭襄盯著突發異語的墨白，眨了好幾下眼睛，想確定這人是在開玩笑，還是認真的。

「我是認真的。」他笑得很溫柔，「我雖然不想這麼說，但妳也可以拒絕我。」

說這話的時候，墨白的眼睛裡已經褪去了笑意，顯得有些落寞。萬家燈火襯在他身後，卻讓墨白看起來像是那種都市電影的男主角，寂寞得不得了的樣子。

「我沒要拒絕，你幹麼說這種話。」蕭襄轉開頭，臉上熱辣辣的，「苦肉計是沒用的。」

「那麼妳是答應了吧？」墨白的口氣很鎮定，但還是想要再次確定。

蕭襄連耳根都紅了，不敢看他，只能盯著窗外，微不可聞地應了聲：「嗯。」

兩人同時安靜下來，像是不知道該說些什麼，沉默了一會兒。一個人靜靜地看著窗外，一個人靜靜地泡茶。

「最後一杯茶了，時間晚了，喝太多會睡不著。」墨白又放了一杯茶在蕭襄面前。

她端起那杯茶，臉上還有尚未退去的紅潤：「你這是臨時起意，還是有計畫的？」

這問題問得不清不楚，但墨白似乎知道蕭襄在指什麼事情，淺淺地笑答：「都有，我本來就打算這麼做，但碰上今天風好、月好、氣氛好就說了。」

「為什麼？」

「什麼為什麼？」墨白反問，隨即又像是想到什麼地說：「我想妳這麼能忍，如果要等妳先開口，那八成是等不到了吧？而且這種事情男人開口是應該的。」

「我不是問這個，我是問，你不擔心我拒絕嗎？」蕭襄本來還有些尷尬，但讓墨白一說，就笑了起來。

「擔心啊，但我能喜歡妳，就能接受妳的拒絕。我只能慶幸，幸好妳沒有拒絕我。」墨白淺淺一笑，眼睛裡如同星子一般閃著光芒。

9

一從山上回到家裡，蕭襄就迫不及待地登入《舉世無雙》。

無時無刻，《舉世無雙》裡都有初心者誕生。

因此當這個名為瀟湘的火族女劍客出現在火族小村莊的時候，並沒有引起任何的騷動。或許有幾個舊玩家多看了她一眼，但誰知道這是不是原本那個引起眾人議論的瀟湘呢？

瀟湘本人倒是沒想這麼多，只是很認真地回想新手任務的流程，當初論壇上有人貼過一張帖子——「最快離開初心者的方式」，寫得還真是滿有條理的。

只不過瀟湘脫離初心者的年代已經太久遠了，怎麼想都想不起來，所以也只好按照系統的指示跑流程。但跟原本不同的是，遊戲改成全息之後，增加了很多操作任務，應該是想要訓練玩家在全息遊戲裡的熟練度。這些操作任務對瀟湘來說已經不是問題，所以很快就解完了操作任務，能夠接正式的新手任務了。

不過在開始之前，她先寫了飛鴿傳書給無眠，算一算時間他應該還沒到家，剛好趁這個時候先把火族劍客的新手任務跑完，然後再跟著他到樹蕙城去找公會的大家。

瀟湘一邊想著，一邊跟村長說話，接了新手任務之後，就往村外走去。

每個職業都有不同的新手任務，劍客是要獵殺十隻村外的小狽，就能換得十瓶金創藥。瀟湘拿出了系統配給的悲催的銹劍，手腳俐落地殺了十隻小狽回去交任務。

雖然是全息，不過遊戲公司考量到玩家的心理承受力，基本上就連殺怪也是只見了兩三滴血，不見骨不見肉，每五分鐘地面就會把屍體刷掉，避免觀光旅遊型的玩家驚嚇過度。所以瀟湘一路走來，雖然有不少新手都在解任務，但視線所及之處，仍是一片風和日麗，鳥語花香。

手上轉著那把悲催的銹劍，瀟湘看著自己身上衣不蔽體的布料，覺得這才叫悲催！是怎麼了，初心者都只有這種衣服穿嗎？看看人家法師，穿得多端莊啊！更慘的是，她還沒錢買法師長袍。跟村長交了任務，看著手上拿到的那一金跟十瓶金創藥，瀟湘淚目了。

「這遊戲……讓不讓人活啊……錢這麼少，事情這麼多……」

她一邊悲傷，一邊跑了一圈村子，接了所有的任務，然後又解了傳話任務，才準備去村外殺怪。多虧前幾日幫忙封測過，瀟湘動作比其他人快了很多，而且系統的操作介面也稍微改過了，不像他們一開始玩的時候那麼困難。

所以在收到無眠的飛鴿傳書之前，瀟湘已經把村內的任務都解過第一輪了。拿到了新的裝備，瀟湘把舊的換下。到武器店賣掉舊裝備後，她估算進帳應該夠買一件新的初心者法師長袍。前腳剛踏出武器店店門，一旁的玩家就立刻叫住了她。

「瀟湘，不好意思，妳有空嗎？」

她轉頭一看，是一個同族的男樂師，叫做一眼萬年。

她皺了皺眉，早知道就把ID隱藏起來了，省得現在麻煩。她問：「怎麼了？」

「我想找個人跟我組隊練功，請問妳可以嗎？」

這人說話的方式似曾相識。瀟湘歪著頭，在記憶裡搜尋了幾秒鐘，但還是想不起來眼前這個人可能是誰，這長相……她應該沒見過。

「不行，我朋友等一下要來找我。」

雖然她也知道樂師沒跟劍客一起練功，那簡直是悲劇中的最悲劇，不過等會兒無眠就要來了，她和無眠有約在前，何況就算沒有，她也不太想跟這人一起。

一眼萬年不放棄地又問：「那我加妳好友？這樣下次如果妳有空的話……」

瀟湘實在不好意思老實跟他說，她可能直到封頂之前都很忙，所以只好點頭道：「好，不過我不保證我有空。」

點下了交友邀請，瀟湘轉身繼續往服飾店走，卻沒想到一眼萬年又追了上來，自顧自地又道：「瀟湘，妳要不要跟我成親？這樣可以多領悟一個技能。」

眉心擰了一下，瀟湘沒想到這人竟然這麼順理成章地提出這要求，他們才認識三分鐘欸，就算是遊戲，也要挑一下人吧？

她冷冷地答：「不用了，謝謝你的好意，不過我已經……」遠遠地就看見無眠，瀟湘停下了話，朝他揮了揮手，「……跟人有約了。」

無眠信步走來，不疾不徐，看見瀟湘身邊站著個人，禮貌性地跟他點頭，然後親暱地摸了摸瀟湘的頭：「一開始不好練吧？」

「還好還好，就是新手麻煩了點，不過我是劍客，所以應該很快。」她對著無眠微笑，轉頭跟一眼萬年說，「這是我朋友，我先走了。」

「不不，先別走，讓我跟你們一隊。」一眼萬年露出很可憐的表情，「一個人很難練的。」

無眠瞄了面無表情的瀟湘一眼，嘴角淺淺地揚起，卻帶著一種拒絕的意味，對一眼萬年說：「等一下我們還有其他的事情，不太方便。」

當場被拒絕，想來表情也不會太好看，不過對方這樣一句話也不說扭頭就走，也太沒禮貌了。瀟湘看著他的背影，心裡對這人實在沒有好感，就算是個很可憐的樂師，那不也是他自己選的嗎？

「那應該不是妳朋友吧？」無眠低頭問，「如果是，現在叫他回來，應該還來得及。」

「不是不是，那只是一個搭訕的人。」怕無眠誤會，瀟湘把剛剛的事情又說了一次給他聽，臉上有些苦惱，「我也不知道他為什麼會想跟著我。」

無眠淺笑，搖了搖頭：「說不定是故友呢？例如說……萬年？」

瀟湘抽了一口氣，瞪大了眼睛：「說不定……說不定真的是他，我剛剛就覺得他說話的方式好熟悉，可是怎麼都想不起來。」臉上出現些懊惱，「早知道我就換個名字……」

拉起她的手，無眠溫聲道：「沒關係，是不是他我們也不知道，不用杞人憂天了。倒是妳現在打算要做什麼？解任務？」

「我想要買法師長袍。」瀟湘一臉悲憤，指著身上衣服，「這衣料省成這樣，我不自在啊！」

無眠低笑出聲，拉著她的手往服飾店走：「那我們就先買衣服吧，然後再一起解任務？」

「好啊。」瀟湘看著兩人交握的手，立刻把剛剛那個插曲拋到腦後，愉快地答。

從服飾店出來，瀟湘懶得把衣服塞進包袱裡，就直接提在手上。同意了無眠的組隊邀請之後，她很困惑地看著無眠那個悲慘的等級數字：十二。

再看了看自己的六。

她記得她才上線三小時，也記得，這人應該比她多玩了三個星期吧？

「莫非樂師真有這麼難練？」站在樹下的陰涼處，瀟湘套上了灰色的長袍，當然劍客穿法師長袍，數值是完全起不了作用的，圖個遮蔽而已，「你的等級數字看起來怎麼這麼悲慘？」

「沒有劍客，樂師是真的難練。」無眠仍是笑咪咪的樣子，不以為意地笑道，「現在妳上來啦，我們等級也差不了多少，一起練正好。」

瀟湘偏著頭，總覺得這事情沒有無眠說的這麼簡單，但又不知道是哪裡不對，只得嘆口氣：「你上世界頻道上喊一喊，誰不想跟你練啊？」

無眠笑了幾聲，拍了拍她的腦袋，沒有答話，反而問：「妳這次怎麼沒調整高度了？」

「上次調過了，也沒有差很多，而且我想快點上來，好久沒玩了。」瀟湘躍躍欲試地說，「所以系統給我什麼我就直接按確定了。」

兩人邊走邊聊，離開了村子，一路往郊外走。到了地點，瀟湘先找了塊安全的制高點：「你站在這裡吧，別亂跑。有什麼事情你喊我一聲，我立刻過來。」

等級低的樂師，就跟嫩豆腐沒兩樣，一摸就裂，一碰就碎。

「好。」無眠嘴角微微揚起，從懷裡拿出二胡架在腿上就拉奏起來。

瀟湘沒去研究這樂聲之中藏著什麼玄機，只是提起劍，慢慢地走下草地，沒有停頓就開始跟小怪廝殺。這次是要二十張皮毛，她得連無眠的份一起收齊。說也奇怪，無眠都玩三個星期了，怎麼會連這些新手任務都沒解？

她手起劍落，動作很快地清掉小怪，便彎下腰去剝皮。十分想念當初把剝皮練到大師等級的自己，就算是四十張皮毛，肯定是一下子就解決了，哪像現在光一張皮就要剝半天，還剝得醜兮兮，像是不知道從哪裡撿來的垃圾。

無眠的二胡樂曲，不曾停過，一曲接著一曲，像是有用不完的精神力。瀟湘聽得心曠神怡，手上的劍似乎又更快了一點。不一會兒，她的等級往上升了一級，四十張皮毛也只差一兩張就齊全了。等怪重生的時間，瀟湘乾脆席地而坐，盤腿托腮，望著那個清雅的無眠。

說起來，她是冒險了。其實她根本就不太明白無眠是個怎麼樣子的人，萬年的前車之鑑歷歷在目，她實在不應該這麼快就跟無眠交往。但是……她今天跟無眠通了電話才明白，三個星期沒見面，她心裡很想念無眠，雖然她忙碌的時候從來沒有察覺。

從小到大，她做事總是小心翼翼，生怕出了半點紕漏，唯獨今天無眠問她要不要交往時，她心裡雖然掠過很多假設，卻還是想答應他。

她不知道未來會不會後悔，但是如果不答應的話，現在就後悔了。

樂音戛然而止，無眠含笑地看著那個一直盯著自己發呆的劍客：「小丫頭，妳在想什麼？」四周還有其他玩家，他也不管，就這樣喊了出來。

瀟湘從地上躍起，跑到他身邊。

「別喊別喊，我在想……我運氣真好。」她靠在一邊的樹上，雙手環胸看著他，驀地笑了出來，「你能猜中我在想什麼嗎？」

無眠笑著搖頭：「什麼提示都沒有，猜中的話，就真的是太神了。」

「說的也是。」瀟湘噴笑，沒想到自己也跟其他女生一樣，總愛玩猜猜樂，總愛叫情人猜。

情人？她臉上紅了起來，沒再多說什麼，舉起劍又衝到小怪群中砍殺。

雖然不太習慣，不過這個名詞還真讓人心頭甜滋滋的，像是會滲出蜜來。她心頭雖然想著這令人微笑的事，不過手下卻一絲一毫也沒留情，大殺四方小怪，不久又把重生後的怪全殺光了。

瀟湘蹲下來繼續剝皮，為了多攢一點錢，她把所有能剝的皮毛一起剝個乾淨才收起劍，走回無眠身邊：「你的經驗值多嗎？」

「不算多，不過夠了。」組隊的話，樂師的經驗值只有劍客的九成，認真算起來，多練個幾天，瀟湘就能超越他了。

無眠也把二胡收起來，站起身撣了撣衣袍：「現在公會還沒創立，所以暫時只能這樣，還不能加妳公會。」

瀟湘理解地點頭，又問：「不過創立公會有等級限制吧？你現在……」她實在不好意思提那個可憐的十二。

無眠負手笑著：「這次創公會的不是我，可能會是攻無不克或是子不語吧？子不語的等級也衝得很快，估計再一兩天，就能把公會創起來了。」

「這樣啊。」瀟湘偏著頭想了想，「那要不要給子不語錢啊？創公會不是要五萬金嗎？他一個人籌得到嗎？還是我們再去跑一次買賣任務？那個酬勞不少呢。」

「不急，要跑買賣任務也要等到十級出了新手村之後再說，更何況現在的我們應該是打不贏馬賊。」

「說的也是。」瀟湘摸了摸頭，覺得自己實在太過性急了。「對了，那為什麼不讓攻無不克先創公會，他等級不是很高了嗎？」

「他窮！」無眠哼笑，不客氣地吐他槽，「攻無不克所有的錢都拿去衝裝備跟買水了，身上現在有沒有五金都不知道。」

瀟湘笑了出來：「原來如此。」

慢慢走回村子裡，村外的小路邊緊鄰著一畝一畝的水田，偶爾可見白鷺鷥在田中央走動，農人忙碌地插秧整地，微風輕送，《舉世無雙》的世界，是一整片的寂靜美好。

瀟湘停下腳步，無眠站在她的身側，他伸手輕輕握住瀟湘，兩人並肩靜靜看著這畫面。

遊戲劇本沒有太大的變動，所以對於瀟湘跟無眠而言並不算太難，練起等級也比其他人快很多。雖說如此，但等到瀟湘四十級，無眠三十八級，還是花了三個多星期的時間。這還是所有瑣事都不管，全心練功，才能有這種成績。

在若干玩家還在摸索全息遊戲的妙處時，子不語非常迅速地創起了公會，還跟大家募集了一筆巨大的金額把周圍的房地產都買了下來。

瀟湘曾經問過子不語為什麼要這麼做，那時他故弄玄虛，不跟她說答案，反而要她靜觀其變。當時她也不以為意，直到現在四十級，可以練副職業時，才發現這人根本就是個天生的奸商。

遊戲公司沒有任何的明示暗示，只是悄悄開放了土地店鋪買賣，官方有公定價格，卻沒有限定一個玩家能買多少土地。等到瀟湘能做飾品，打算要在蘭皋城裡弄個店鋪的時候，查了系統公告才發現，這城裡竟然有超過四成的店鋪都登記在子不語名下。就連她看中的小鋪子，也是子不語的，而定價竟然是官方價格的兩倍。

瀟湘這下頓悟了。

這人根本就是來遊戲裡頭炒地皮的嘛！沒有開放商人的職業，他也能當成一個商人啊！二城裡高手雲集，而愈高等級的物品，玩家所獲得的利潤就愈高，因此若是專門做高級裝備的，自然都想要在二城裡弄個小店鋪，這樣才有賺頭。

「今天相聚的時候，要記得跟子不語商量。」瀟湘站在查詢土地的NPC面前喃喃自語。

由於是全息遊戲，所以無眠訂了一個相聚日，每個月的第一個星期日，大家都要回公會屋子裡一起吃晚餐，就連後來子不語新收的成員，也要回來吃個飯。為了這個，大家花了很多時間衝公會分數，現在每次聚會，上桌的都是滿漢大餐，再也不是那日瀟湘在廚房裡找到的乾饅頭了。

吃完了一餐，四、五個人趕著解任務，就先走了，瀟湘怕子不語也有要事要忙，趕緊湊到子不語身邊。

「我有事要問你，你有空嗎？」瀟湘客氣地問。

子不語看了她一眼，有些詫異，立刻道：「當然有空，大嫂找我，就算沒空也要挪出空來。」

雖然沒有明說，不過這幾個星期大家看著無眠跟瀟湘出雙入對，大概也都猜到了，何況每次攻無不克叫瀟湘大嫂的時候，一個人是臉紅耳赤，另一個人卻不出來澄清，這種情形就算是瞎子都聽得明白了。

「那我們涼亭裡聊？還是要在大廳？」子不語問著那個臉色緋紅的女子。

「涼亭吧，我想跟你商量店鋪的事情。」

這樣一說，子不語就明白了，他笑了笑：「好，那大嫂先過去吧，我隨後就來。」

「好。」

瀟湘往後院走，走過了九曲橋，夕陽的光芒映在橋下的水面上，波光粼粼，無限美好的景致。

坐在涼亭的靠欄上，今天沒有大風，長髮越過肩頭垂在胸前，佳人寧靜地望著底下的鯉魚，霎時間，所有煩人瑣事，似乎都與她無關。又或許，《舉世無雙》這遊戲的製作團隊，就是要給玩家一個和平美好的世界。

「瀟湘，妳在想什麼呢？」無眠走進涼亭，在她身旁落坐。

「你也來啦。」瀟湘朝著無眠淺淺一笑，「我沒有想什麼，只是在欣賞夕陽。」

遊戲裡，每六小時交替一次日夜，她跟無眠平日各有自己的事情要忙，見面多半都是在遊戲裡，現實時間只交往了三個星期，平移到遊戲裡卻是十二週，三個月了。

瀟湘很習慣地把手放在無眠伸來的掌中，讓他握著自己。雖沒有交談，但氣氛卻延續著剛剛的寧靜，不像轟轟烈烈的閃光彈，這兩人的感情像是天邊的一顆小星子，不耀眼，卻持續閃耀著。

「行了行了，寡人孤苦伶仃，你們倆別再閃我了。」子不語站在涼亭邊上，咳了幾聲，然後才踏進涼亭，手上端著一壺熱茶跟幾盤糕點，放在涼亭正中央的石桌上。

「大嫂，你看中哪家鋪子啦？」子不語開門見山地問，順手拈起一塊桂花糕放進嘴裡。

瀟湘把想要的鋪子位址跟子不語說了之後，他倒是沉吟了一會兒，把糕點跟茶往前推了一些：「你們也吃啊，我從廚房端來的，不要錢。」說完這句話，子不語又繼續忠考。

「怎麼，是不是很為難？」瀟湘盯著他的臉，「如果很為難，我也不是非要那間鋪子。」

子不語手指在桌面上輕敲個不停，很困惑地說：「也不是為難啦，那家鋪子位置雖然不錯，不過比起妳原本的店鋪，還差了一點。我原先以為，妳會想要之前的鋪子，所以還特地留下來，沒想到妳想要這間我手下最不好的店鋪，我想不通為什麼啊。」

瀟湘笑著搖了搖頭，原來他是在想這個。「我不是因為店鋪的好壞才選的，那家店鋪子是在石階的最高處，下雨天的時候撐一把傘從後門走出去，感覺很有情趣啊。」

子不語一愣，哈哈大笑：「妳跟大哥一樣都是個瘋子，老是想一些不能吃穿的事情。」他拊掌，情緒有點複雜，一方面覺得自己太現實，另一方面又覺得瀟湘太不食煙火。

「既然大嫂想要，那就用官方定價賣妳，我沒虧就行了。」

「好，那官方價是多少？」

「五千金。」子不語說完，見瀟湘有點猶豫，眼珠一轉又問，「妳需要分期付款嗎？」

「不用，我幫她出了。」無眠低頭拍了拍瀟湘的手，「沒事，妳日後還我就行了。」

「好啊，你們誰出我都沒意見。」子不語笑嘻嘻地答。

「這生意做得起來嗎？」無眠像是老早就知道子不語的想法，口氣稀鬆平常，像是在聊天氣一樣。

「行，怎麼不行。遊戲裡面主城只有三座，也只有這三座有店鋪買賣，一是樹蕙，二是蘭皋，三是靈偃。樹蕙的等級太低，靈偃是通往幽冥界的關卡主城，沒解過任務還不能進去，想當然爾，等級又太高。」

子不語說到這兒，喘了口氣，喝了杯茶，才又繼續道：「這樣算起來，當然是二城這裡的房地產最有漲價空間。何況，官方又不管公平交易這件事情，愈早買當然愈有利。先買下來，以後不管是自家人要用，還是要單筆買賣，甚至是要出租，都可以再盤算。」

子不語說到最後，滿臉都是掩不住的笑意，深深為自己的深謀遠慮感到得意。

「既然如此，我再出五萬金，讓你買下十間二城的店鋪當作公會資產。」無眠道。

瀟湘震驚地看著無眠，實在不知道他從哪裡賺來這麼多錢，這些日子他們不是都在一起嗎？

「好啊，大哥要加碼，那是再好不過。」子不語一口應下，「三日內我就辦好這件事情。」

無眠喝了一口茶之後，又指點他：「另外，你如果勤勞的話，到樹薰城去頂一間小鋪子，賣一些簡單的防身道具。別賣太貴，新手買不起。薄利多銷，應該還能讓你再賺一筆。」

子不語聽了無眠的話，低頭沉思。瀟湘也跟著思考為什麼，但還沒想通，子不語就從椅子上彈起來，叫道：「大哥，我明白你的意思了，我這就去！」

喊完這話，在瀟湘心中一向很沉穩的子不語，竟然連聲招呼都沒打，就直奔出涼亭。

「無眠，你跟我說說為什麼吧，我想不太明白。」

無眠含笑摸了摸瀟湘的頭，也不賣關子，馬上就開始解釋。

「全息遊戲練功不易，但風景優美，所以我猜，必定有某一部分的玩家不想練功，只想要遊玩；另外，也會有一部分玩家選一開始自保能力不夠高的職業，像是樂師跟藥師，如果這時候，有人賣具有攻擊能力的道具，這些玩家會願意掏錢買，就算是爭取一點逃跑的時間也好。」

「啊，原來如此。」瀟湘恍然大悟，「你真聰明。」

「不，我不聰明，我只是想得比較多而已。」他笑了笑，完全沒有自傲的樣子，像是真心認為自己就只是一個想得比較多的普通人。

「但是，你為什麼不自己做呢？」

「我不能做道具啊，我只是個樂師。」無眠笑著回答。

瀟湘揮揮手：「不是，我的意思是，像是買房地產這件事情，你看起來也是早就知道的，為什麼不做？」

他淺淺地笑了：「有子不語做就行了，我不用下手，何況，妳怎麼知道我沒有？」

「所以是有，還是沒有？」這話繞得瀟湘頭都暈了。

「沒有。」無眠握著她的手，「我只在樹蕙城裡有兩家鋪子，一家是賣樂器的，等到等級能製藥時，另一家打算要賣藥，只有這樣。」

月已高高升起，夕陽的景色被月色給取代。

「這樣啊。」她偎進他懷裡，仰頭看著月牙兒，「其實你也不用對我解釋這麼多。」

「妳都問了，可見是想知道，那我自然要說得清楚一些。」他攬緊了她，低聲問，「等一下想去哪裡？」

瀟湘想了想：「我想先去學工匠技能，早點開始賺錢，雖然賣小首飾，不比你們賣樂器、賣藥來得有賺頭，不過多少可以補貼一點開銷。」

「好。」

「然後，去解任務，等你四十之後，我們去解買賣任務吧？那錢不少，剛好足夠拿來投資，聽你們這樣說，這地還是早點買下來，免得最後買不到了。」

「好。」他淺淺笑著：「那我們是現在去呢？還是等一下再出發？」

「現在就走，這事情早一點辦妥，也早一點安心。」瀟湘說完，也輕輕笑了，「而且我想去解出那本在雜貨店老闆院子裡的工匠技能書，不知道子不語現在有沒有錢跟我買呢。」

「叫他分期付款吧。」無眠建議，「他都敢叫妳分期付款了，別說我們人不好，妳也讓他分期付款吧。自己人別宰太慘，這次賣他兩百萬就好。」

這樣還叫自己人嗎？瀟湘瞠目看著他。

「當然是啊，便宜他一百萬，還讓他分期。」看出她眼裡的驚訝，無眠接著說。「對了，我明後天要出差，應該無法上線，先跟妳說一聲，省得妳擔心。」

「嗯，我知道了。」

瀟湘現在發現，那個一眼萬年，大概真的是萬年，耐心也是萬年等級的。

她沒跟無眠說，也不覺得有什麼說的必要。但自從那天認識了一眼萬年之後，每天都有一封飛鴿傳書，裡頭什麼都寫，一開頭關心她好不好，信末還不忘抱怨樂師一個人有多難練。

瀟湘實在不明白，她都沒理他了，一封信也沒回，從開頭就沒有曖昧不清讓人以為有希望，也沒有口出惡言傷害了人家的自尊心，為什麼這一眼萬年還能夠如此努力不懈，難道就不能讓她從他的回憶中慢慢消失嗎？

大概不行吧？望著手中那十張飛鴿傳書，瀟湘在心裡想，既然放著不管沒有用的話，那應該還是要講清楚才對。嘆了一口氣，幸好今天無眠要加班，沒空上來遊戲，雖然也不是怕他知道，但她不太想拿這種事情煩他。

瀟湘回了信給一眼萬年。信的內容很簡單，只問了他一句：「你是那個萬年嗎？」

她的想法很簡單，不管如何，要跟人家談判，還是要先搞清楚對方是誰。

一眼萬年立刻就回信給她了。

「妳希望我是嗎？」

回話回得很有技巧，瀟湘看完信之後，又想了很久，而後提筆回信：「不管你是不是，我們見個面吧，蘭皋城的酒樓見。」

看著手中的白紙變成一隻信鴿飛走，瀟湘去店鋪前頭整理了一下要賣的首飾，然後打起紙傘，從後門離開。一步一步走下石階，春雨濛濛，雖然不會濕了衣裳，但青石階上卻有些濕滑。她小心翼翼地走著，不貪快，酒樓很近，再過了幾條街口就到了。

走這石階的人很少，大部分的玩家都走主街，人多店鋪也多，不像這石階，一面接著店鋪的後門，一面是視野遼闊的天地，安靜無聲。瀟湘一手撐傘，一手負在身後，一路又往下走了幾十階，轉進一旁的小巷子，出了巷子，就看見蘭皋城裡最大的酒樓——飛觴樓，出現在眼前。

雖然是下雨天，但主街上還是擠滿了玩家，瀟湘不斷地錯身，好不容易才進到飛觴樓裡。店小二立刻就迎上來：「女俠，是要吃飯呢？還是住店呢？」

瀟湘收起了傘，輕輕甩了幾下，上頭的水珠立刻消失無蹤：「我找人，一眼萬年來了嗎？」

「小的沒見過這大俠呢。」店小二露出了困惑的表情。

那就是還沒來了。

「那好，給我一個二樓的位置，一壺酒，幾盤小菜。等一眼萬年來時，直接領他到我的桌子。」瀟湘收起了傘。

「好咧。」店小二把手上的白布往肩頭一甩，就領著瀟湘上了二樓。

飛觴樓的二樓，用屏風隔出一個個半開放式的空間，瀟湘坐下來看著一樓，張望了一會兒沒見到熟人，沒熟人也好，免得又造成了什麼誤會。她現在已經非常明白，什麼叫做捕風捉影了。

她轉回頭，拿起筷子吃了幾口小二端上來的小菜，淺酌了一口酒，她本來還不太能喝酒，進了這遊戲之後，慢慢地也能喝幾口了。不過這酒是為了一眼萬年叫的，她還是喝茶就行了。

不久小二領了一個男人來到桌前，瀟湘抬起頭來看了他，站起身，比了比一邊的座位。

「坐吧。」她在他對面落坐，「你想吃什麼，盡量點吧，我請客。」

估量了自己的荷包，再想想就算是沒錢付帳，也可以飛鴿傳書給自家人，讓他們帶錢來救她。既然是她要找人談事情，當然沒有讓對方出錢的道理。

「瀟湘，妳還是跟原來的妳一樣。」一眼萬年沒有點菜，卻忽然很感慨地這樣說，「妳還記得當初我們認識的時候，是怎麼樣的情景嗎？」

雖然瀟湘實在是記不得當初發生什麼事情，但聽了他說這句話，她現在非常肯定，這個一眼萬年，就是那個萬年。

只是在這種時候回憶過去實在不太好，於是瀟湘將答案放回心底，緩緩開口，打斷萬年的話：「過去就算了，我今天請你來，主要還是想跟你說清楚。」斟了一杯酒給他，又斟了一杯放在自己面前。「我不會繼續跟你一起練了，現在我有公會，也跟無眠有約定，等他有空我們會去解夫妻任務。」她自然是沒有也不需要跟萬年說，三百天的單身可以多領悟一個技能。

「妳……真的這麼……狠心？我以為我們很有默契……」萬年緊緊皺起眉頭，「我連我做錯了什麼事情都不明白。你們說我有女朋友，那也不是真的！到底是誰跟妳造謠？」

瀟湘嘆了一口氣，仰頭喝了一杯酒。她最近很忙，忙得沒空理會這些事情。現在想想也是有點問題，那個青衣飄飄，未必真的是萬年的女朋友，她很有可能暗戀他，或者跟他有其他糾纏，否則，事情鬧得這麼大，萬年躲自己都來不及了，又怎麼會不斷地靠近？

但是現在說得再多也沒有用了，很多事情就算誤會解開了，也不能回到過去……

瀟湘朝他笑了笑：「你沒錯，就當是我不好吧。喝了眼前這杯酒，吃了這頓飯，就當作是我向你賠罪，還希望你千萬別介意。」

他臉色鐵青，仰頭也喝乾了酒，帶著些微怒氣低聲道：「我會原諒妳，但我希望妳至少要跟我說清楚，要發我卡，也要說個明白吧？這樣一直單方面躲我，又算什麼？」

瀟湘有點遲疑，但萬年都這樣說了，她也不好繼續壓著不說，雖然實在是對不起青衣飄飄，但是這件事情都鬧到這個地步，可見青衣飄飄也無法處理妥當，那就不能怪她把事情說得一清二楚。

「說到底，我也有不好的地方，若是我願意親口問你，或是多相信你一些，事情也不至於到這種程度。」簡單敘述了事情的經過，瀟湘拿起酒壺，斟滿了萬年面前的酒杯。

聽完了瀟湘的話，萬年的神情變得非常複雜，有一種「原來如此」的猜測，又帶著一點「果然如此」的理解。他又乾了一杯不夠，乾脆搶過桌邊的一壺酒，仰頭就是一大口下腹。

「我明白了。那我只問妳一句，如果回到過去，妳願意多相信我一點嗎？」

瀟湘苦笑了下：「我願意，只是，回不到過去。」

就算是對的人，錯過了就是錯過了，回頭就再也不對了。

她一向能忍，但是一旦下了決定，就不再回頭。

「事情說開了，以後你也不必這樣追著我了。如果你缺劍客當搭檔，我可以問問我們公會裡頭有沒有劍客願意……」她的話沒說完，萬年卻抬手打斷了她。

「不用，事情都鬧成這樣，要我怎麼面對你們公會的人？何況妳找來劍客，那是要施捨我嗎？我還不至於到這種程度。」他苦笑著嘆氣，「妳若願意早點告訴我……」

「萬年，這只是個遊戲，你……」瀟湘很想安慰他，但又覺得說什麼都顯得不對。

他勉強抬起嘴角，搖了搖頭：「遊戲是假的，但情感是真的。我當初真的喜歡妳，只是想要再多花點時間了解妳，結果沒想到錯失良機。原本不管別人怎麼說，我都可以不理會，但是妳今天都說得這麼清楚了，我再窮追不捨，反倒是我沒有度量了。」他拿起筷子，「好，吃了妳這頓飯，從此我們再無相關。」

飛觴樓裡，還是那樣地吵雜，但瀟湘身處在這吵雜的環境之中，只覺得那些聲音都從身邊擦過，很遙遠。原本好好的兩個人，為什麼要弄到照面不相識的程度？青衣飄飄是不好，這樣胡亂散播謠言，害了萬年的名聲，但是輕信謠言的她就沒錯嗎？

恐怕也未必吧。

她坐直身，布了點菜在萬年碗裡，引來他詫異的眼光。

瀟湘緩緩道：「以後大概也沒有機會再見面了，青衣的事情我不想再跟你多說，既然你都知道這女生會做這種事情，那就好好處理這段關係。我都跟你說清楚了，你也跟她說清楚吧。」

「妳對我這麼好，我會誤會。」他打趣著說，眼裡卻毫無笑意。

「那你可千萬別誤會了什麼。」瀟湘嘴裡這樣說著，手上卻倒了一杯酒，放在他的手邊，再次叮嚀，「跟青衣把事情說清楚吧。」

「那杯酒，我不喝。」萬年大笑，沒有拿起那小盞的酒杯，還是選擇了手邊的酒壺，仰頭喝了一滴不剩。

說完了這話，萬年臉上就泛出了醉酒的紅。擱下筷子，他搖搖晃晃地站起身，對著瀟湘深深一揖，「再見。」

他轉身就離開了酒樓，瀟湘看著他不讓別人攙扶的背影，心裡覺得有些淒涼。

何必呢？

談了這一席話，瀟湘真覺得比打了一個副本還累，不由得也多喝了幾杯，然後才有些意識不清地回到了自家的小鋪子，倒在後面小房間的竹蓆上頭，直接昏睡過去。

10

這一覺睡到隔天七點，蕭襄在感應艙裡醒來。

為了避免睡過頭，蕭襄通常都會設定感應艙的時間，早上七點的時候就把她喊醒。但之前無眠在，他們頂多玩到半夜一點多，就各自下線了，這還是她頭一次在感應艙裡醒來。

趕緊花了一些時間梳洗換裝，蕭襄背上包包到教室裡去上今天的第一堂課。

今天的課只有上午四節，跟艾艾一起吃過午飯之後，她去上下午的課，蕭襄想想也沒其他事可做，就回租屋處了。

坐在電腦前，順手點上遊戲論壇，看了全息化之後才開放的新任務，還有幾樣官方公布的新道具跟技能書，忽然上次封測時打江洋大盜掉的那本技能書也出現在頁面上，吸引了蕭襄的注意。

那本書叫《天衣書一冊》，蕭襄盯著這名字，總覺得這名字裡藏著不少玄機，想起之前看見地那些很難搞定的材料。「不會這書裡出來的都是神器吧？」蕭襄喃喃自語，身子往前傾，不停地搜尋網頁，但是除了書名，其他就什麼也找不到了，連玩家都沒有發布相關的帖子，可見能打江洋大盜又願意去打的人不多。

有些可惜地嘆了口氣，要不是她現在實在是打不贏江洋大盜，不然還真想去刷這本書出來。在刪帳號之前，她還來不及收集滿材料，連一件首飾都做不出來，現在想起來真的很可惜。

發了一會兒的呆，蕭襄躺進感應艙，登入了《舉世無雙》。

她醒在店鋪後頭的小房間裡，房裡在她登入的那刻，桌上的一盞小燭，自動燃起。

動了動身子，瀟湘望見窗外的夜色，小店鋪當然沒有像是公會裡頭那樣的九曲橋，不過小庭院裡種了幾棵梧桐樹，月色灑下，仍是別有一番風味。

又看了一會兒，瀟湘才起身走到小房裡的書桌邊坐下，整理了身上的裝備跟金錢，查看了身上能做飾品的材料數量，又想了無眠前些天跟她說的，到樹蕙城去弄一間小鋪子賣等級低的玩家。她雖然只能做首飾，但就算等級低的玩家也要用首飾，何況同樣的材料，做低階飾品爆出極品的機率比做中階飾品還要高得多，失敗率也相對低很多。

對現在的瀟湘而言，這應該是一條更為妥當的賺錢之道。

坐而言不如起而行，既然都這麼決定了，那就立刻去辦吧。幸好身上還留著當初打算要買鋪子的錢，現在就算無眠不在線上，她手上的資金應該也夠在樹蕙城裡頂一家小鋪子。

瀟湘從後門走出鋪子，往傳送陣前進，幸好兩個主城之間還能用傳送的，不然隔了十萬八千里，她一來不能御劍，二來又沒錢買坐騎，真用走的，那不知道要走多久才能走到。

付了五十銀給傳送NPC，瀟湘一眨眼就已經身處樹蕙城了。

先去查了店鋪資料，瀟湘這才忽然發現，竟然有人正在做跟子不語一樣的事情，樹蕙城裡也有好多筆店鋪的資料都登記在一個叫做「綠羅裙」的玩家手上。

瀟湘覺得這事情似乎該通知一下子不語，因此寫了飛鴿傳書給他，但等了好一會兒，都沒等到他的回音。她也不能為此把手上的事情都停下來，於是又跟NPC查詢了實地圖，兩相對照下才發現，那個綠羅裙，簡直把樹蕙城裡地段極好的鋪子都買下了，剩下的，若不是已經被別人買走，就是地處偏僻，人潮不夠多。

瀟湘不得已，只好把那些地段不好的小鋪子的位置都記下來，打算要實地走一趟，雖然地段都不好，不過總有比較好的吧？不至於淒慘到剩下的都是爛貨吧？

來來回回逛了幾趟，主街上的鋪子是沒有希望了，倉庫NPC旁的也沒希望了，剩下幾處可能比較好的位置就是有任務的NPC旁的，還有酒樓邊的。

瀟湘想了想，最後還是買了酒樓側門邊的，雖然貴了點，不過托綠羅裙的福，她原本想買在主街上，那價錢剛好打死她全部的存款，現在不得不退而求其次，價錢卻比她預想中的還便宜。

很迅速地買下了鋪子，瀟湘用身上剩下的材料，做了一些飾品，就立刻擺上了貨架，並設定好價錢。她打算要出城去採一些簡單的材料，既然要薄利多銷，那還是要多擺一點貨品才對。

這時卻見一張飛鴿傳書朝她飛來，瀟湘立刻打開來看，果然是子不語。他問了很多事情，瀟湘也不知道要怎麼回答，索性邀他來樹蕙城，順便替她看看這鋪子，應該賣些什麼會比較妥當。寫下了鋪子的地點給子不語，手上的紙張就變成飛鳥離去。

瀟湘轉身又返回店鋪裡，坐在裡頭的椅子上，望著窗外，樹蕙城裡的柳樹很多，極目望去，總是能找到幾棵隨風搖曳的柳枝。

「會從這路上經過的玩家，還真的不是普通得少。」瀟湘托腮望著外頭，忍不住感嘆，「這世界真是太不公平了，連玩個遊戲都要跟人比智商。」

「別擔心，妳有大哥啊。」子不語走進店鋪裡，手上的檀木香扇，搧啊搧地帶進了一陣陣香氣，「沒想到妳動作比我還快，我才剛想要來，妳就先說了這件事情。」

「你還沒弄好啊？我以為你那天匆匆忙忙離開就是要來樹蕙城弄店鋪的？」瀟湘倒了一杯水給他，「不好意思，剛開張，沒有好東西可以招待。」

「本來是，結果臨時出了一點小事，我只好先去處理了。」他合起檀木香扇放在小茶几上，「我剛剛也去查了店鋪的資料，那個綠羅裙果然跟我想的一樣。」

瀟湘實在不明白如果他們想的一樣，為什麼綠羅裙會選擇在樹蕙城裡炒地皮，而不選蘭皋城，至少那天她聽子不語分析得頭頭是道，也覺得蘭皋城比樹蕙城更有一點價值。

見她一臉迷惑樣，子不語沒等她問，又徐徐地道：「綠羅裙的想法也很簡單，任何社會基本上都是金字塔型的，下層的人多，上層的人少。帶入到遊戲裡頭，就是低階的玩家多，封頂的玩家少，所以她要賺的就是這下層玩家的錢。妳想，一支十級的髮簪妳能賺一銀，賣十支就有十銀；賣出一百支，淨利就有一金了。而一支髮簪的成本才一銀，妳準備一百支成本也只需一金。」

端起茶盞喝了一口，子不語繼續道：「另一方面，如果要做一支四十級的髮簪，雖然賣出一支，淨利就有四金，但是不僅找材料要花時間，製作的失敗率也很高，算起來未必划算。而且現在遊戲之中，能夠升到四十級以上的，多半都是在鍵盤時代就有公會的玩家，也就是後頭有家族養著，這類型的玩家畢竟不多。剩下的舊玩家跟新玩家都還在摸索，因此目前這個階段，低階裝備的需求量會很大。」

瀟湘眨了眨眼，她還沒想到這裡來呢，這些人的腦子到底都裝了些什麼啊？皺了眉頭，她不太確定地問：「那為什麼……」

「妳要問我為什麼選蘭皋城吧？」見到瀟湘點頭，子不語從容一笑，「因為這是個遊戲，是個絕對不可能工業化的世界。」

什麼？怎麼又跟工業化有關係了？

瀟湘不小心說出口的疑惑太大聲，逗得子不語一笑。

「瀟湘，妳真有趣，難怪大哥喜歡妳。」他臉上露出了高深莫測的笑，「我問妳，遊戲裡頭，妳一天能做多少十級的髮簪？」

瀟湘想了一會兒：「很努力的話，最少也能做出一百支吧……我沒試過。」

「那就是啦，妳願意花上一整天，就只做髮簪嗎？」他端起茶，笑著喝了一口，「或許一天可以，那十天、一百天呢？」

她彈指，恍然大悟，啊，說的也是喔，誰會願意瞎耗這些時間。

「再說……」子不語放下杯子，擺了幾下手，轉了個話題，「算啦，這件事情不重要，妳不是有別的事情要問我嗎？」

「對對，我是想問你，你覺得我賣點什麼會比較好？你看這店鋪的位置，」瀟湘指著窗外，「這真是寂靜得讓人悲傷。」

子不語順著瀟湘的手望出去：「我剛剛來的時候也注意到了，這裡玩家還真的不多。」

「是啊，但是這裡已經是我能找到最好的鋪子了。」瀟湘很苦惱地道，「其他的地方更沒有玩家，有玩家的地又已經被買走了……」

是啊，這還真是個大問題啊……他沉吟了一會兒，淺淺笑了起來：「我有辦法了。」

樹蕙城外基本上是完全安全的地方，這意思是所有的怪都會是很弱的被動怪，更重要的是，不會打一打就出現鑲金的BOSS。對新手玩家來說，絕對是個練功、旅遊、踏青、調情的好去處。

但今天出現了意外。

原本不應出現在樹蕙城外的十五級金邊BOSS——白眼狼王，不知為什麼出現在樹蕙城西城門外一百尺的地方。金邊白眼狼王從遠遠的地方奔來，嚇得一路上正在進行各式各樣休閒活動的小玩家們，紛紛鬼哭神號起來，會爬樹的早就爬上了樹，不會爬樹的也找了個草叢躲著瑟瑟地發抖。

實在不能怪他們膽小，在《舉世無雙》裡，打超過自己五級的怪就叫越級打怪了，打同等級的普通BOSS就要組最少三人才扛得住，這還是打得很慘烈的情況下，用人類的意志力磨到BOSS沒血。至於……要打鑲金的BOSS，講白一點那叫自殺，不叫打怪。因為鑲金的BOSS最危險的地方是，鑲金BOSS會狂暴化，有的是血條會補滿，有的是攻擊力爆增，瞬間秒殺掉玩家的自尊。

鑲金BOSS就是這樣凶猛，所以這群小玩家看見這白眼狼王跑來時，莫不被嚇得抱頭鼠竄，淚流滿面，雞貓子喊叫。見到白眼狼王停下腳步，更是只能抱在一起抖衣而顫。

但抱了一陣子，發現狼王似乎沒有要攻擊一旁玩家的意思，幾個膽子比較大的，先出來探了個究竟，這才發現，狼王的身邊圍繞著非常多的花瓣，困得牠進退不得，血量雖然減少得很慢，但重點是，狼王幾乎寸步難行。

這時，樹後慢慢走出一名青年，朗聲道：「哎，大家別怕，這是我做的道具……」

「什麼?狼王是你做的道具?!」

青年臉上閃過一抹倏忽即逝的囧意。孩子，全息遊戲很危險的，就憑你這智商，還是快點離開吧。

「不，狼王是真的鑲金BOSS，我是說困住牠的那個道具是我做的，名字是『花飛花舞花滿天』，沒有使用的等級限制。」他指了指那狼王，「瞧，這真是自保的好道具，出門在外總是會有點意外，有這道具，就算是逃跑也多了點時間，等到道具消耗完，大家早就跑到不見人影啦。」

圍觀的小玩家愈來愈多，青年見狀，笑了一笑，又繼續道：「死了掉點經驗不要緊，再練就有了，重點是痛啊。而且，看看這狼王牙齒多銳利，咬在身上，一不小心就留下心理創傷，那遊戲公司可是不賠的。」

見這群小玩家幾乎就要被說動，青年卻不繼續加油添醋了，只是一個彈指，一名女劍客從天而降，使出了華美莫名的技能，搭配原本纏繞狼王的「花飛花舞花滿天」，霎時間，光彩奪目，炫人心神。

女劍客翩翩落地，狼王在她身後轟然倒下，但她看也不看，面無表情雙手抱劍環胸，站在笑盈盈的青年身邊。

青年拱手，略略躬身，朝著圍觀的群眾道：「今日驚嚇了大家真是不好意思，我們在樹蕙城的酒樓旁開了一家小鋪子，如果大家對剛剛的道具有興趣，歡迎來看看，一定不讓大家失望的。」

瀟湘面癱地站在子不語旁邊，看著他能說善道地唬爛了一干小朋友，然後又跟著他在眾人的眼光之中離去，一起慢慢往樹蕙城的酒樓裡走。

剛剛的那齣鬧劇是她按照子不語的吩咐去樹林中等著，待白眼狼王刷出，然後又一路引來樹蕙城的。這段引鑲金BOSS的時間，子不語先在店鋪裡頭鋪上了他原本做好要賣的道具，然後到西城門外頭等瀟湘，再抓了個絕妙的時機，把「花飛花舞花滿天」撒在白眼狼王的身上。

「你把貨架都擺滿了嗎？」瀟湘低聲問。她準備的首飾不夠多，只擺了貨架的三成左右。

「那當然啊，演了這一齣戲，大概到明天就沒貨了。」子不語得意地搧著檀木香扇，「對了，我還要給妳一半的店鋪錢，妳買多少？」

「三千五百金。」

是的，子不語成了瀟湘的合夥人。

瀟湘把店鋪權限分了一半給子不語之後，子不語也擁有了在店鋪裡鋪貨的資格。

「子不語，你是不是把錢全都拿去炒地皮了？所以現在連在樹蕙城裡頂個店鋪的現金都沒有？」起初瀟湘聽到子不語要跟她合夥，遲疑再三問出了這個問題。

子不語先是一愣，然後沒有形象地哈哈大笑。

「不是，現在樹蕙城裡好一點的店鋪都被買光了，我就算出去找，估計也就是跟妳這個店鋪差不多的地段而已，那不如我們合夥，一邊降低成本、分散風險，一邊又提高能見度。」

瀟湘現在非常明白自己不是做生意的料了，她雖然知道自己不是天分很好的那種人，但也是頭一次挫敗成這樣，完全追不上子不語的思路。降低成本她能理解，這能見度是什麼意思啊？

坐在酒樓裡，子不語大手筆地叫了一桌的菜，看起來確實不缺錢。瀟湘有點不明白，他這麼豪爽是為什麼。

「嘖嘖，這妳就不懂了，好的店家有幾個重要的要素，除了地段好之外，還要具有獨特性跟方便性，妳說，我的道具算不算特別？」他問。

瀟湘點點頭，平心而論，剛剛那個「花飛花舞花滿天」確實是又實用又華麗，絕對是個可以賣個好價錢的商品。

子不語又問：「那如果一家小店鋪裡有特別的道具，還能順便買首飾，算不算方便？」

瀟湘又點了點頭。

子不語豎起手指，笑嘻嘻地問：「最後一個問題，這麼好的商品，這麼方便的店鋪，值不值得讓妳從主街上走到酒樓旁邊買？」

瀟湘深深地嘆了一口氣，十分欽佩子不語的腦袋，她讚歎：「這就是你要跟我合夥的原因，太聰明了。」簡直好處都讓他占走了。

子不語拿起酒杯敬了瀟湘，笑著答：「好說好說，都靠妳跟我配合得天衣無縫。」

「那現在我們要做什麼？」

他指了一指桌的菜：「吃飯啊，妳不餓，我都餓了。」

「我們為什麼不回去店鋪看看？」

「回去幹麼？有店鋪的伙計在，妳回去還不是杵在那兒礙事而已。」子不語笑著把筷子塞進瀟湘手裡，「安心吃吧，這桌我付錢，下次有好處可別忘記叫上我。」

該說這話的，應該是她吧？瀟湘鬱悶地想著。

等到兩人再走出酒樓之時，天又暗了。

「七點了，我晚上還有事情，就先下線了。」子不語笑了笑，臉上仍是那文質彬彬的奸商……不，是書生模樣。

「好，再見。」瀟湘朝著他揮了揮手，子不語就消失在她眼前了。

原地站了一會兒，瀟湘也覺得自己該去吃個晚餐，自從玩了全息遊戲，她已經瘦了三公斤，再這樣下去，她連花盆都搬不動了，想來想去，覺得這樣實在不好，於是也跟著原地下線了。

從感應艙裡離開，蕭襄拿著錢包，走到家裡附近的麵攤吃了碗麵。吃飽之後，又到附近書店逛了逛，買了室內設計相關的雜誌，這才慢慢走回租屋處。

洗了個澡，她躺在床上看雜誌，但書頁上寫了什麼她卻完全視而不見，她有點想打電話給墨白，卻又怕打擾了他。說不定他正在忙呢？

左思右想，她拿起手機傳了「工作順利嗎？」幾個字給他。

沒多久，墨白回了電話給她。

「蕭襄，今天好嗎？」他的聲音，不管聽過幾次，仍然讓她渾身發麻。

「今天很好，那你好嗎？」

「還不錯，工作結束了，明天就回去，我正在看……」墨白的聲音忽然停住了。

等了一會兒沒有等到下文，蕭襄好奇地問：「嗯？看什麼？」

「妳今天跟子不語到底做了什麼啊？」墨白的聲音裡有著濃濃的笑意，「我也才兩天沒上線，怎麼就被你們搞得風風雨雨了？」

「你怎麼知道？子不語跟你說的？」蕭襄笑著告訴墨白子不語的計畫。

墨白笑出聲：「沒有，妳上論壇去看看就知道了。」

「哪一帖？」蕭襄換成左手拿手機，坐到電腦前面。

「最熱門的那帖。」

嗯？帖子的名字是……居家良伴？

點了進去，看著那個把過程都拍了下來的影片。蕭襄囧了。

還好她跟子不語都隱去了ID，不然這下不是紅了嗎？才幾分鐘，就幾百人點閱了！

「這誰發的啊……」她低喃，看著發帖人名字是：怪力亂神。

子不語，怪力亂神。

蕭襄默默地抹了一把臉，敢情這人騙了一干小玩家不算數，竟然還自己拍成影片，放上論壇。

這是標準的廣告帖啊！板主呢？快把影片撤掉啊！

廣告中那個英姿颯爽的面癱女劍客，現在正在電腦螢幕前大受震驚，下面的回帖她連看都不敢看。聽著墨白在手機那頭開懷暢笑，蕭襄欲哭無淚。

「……你怎麼不早點告訴我，子不語是個黑心商人。」蕭襄帶著點哭腔問。

「我沒跟妳說，子不語主修企業管理，副修廣告設計嗎？」一整個就是商人系啊。墨白的聲音聽起來很愉快。

「不，你沒說，你應該早點跟我說的。」蕭襄絕望了，就知道大神都不是好相與的人物，但是也用不著這樣黑她吧？

11

隔天，蕭襄一上線，立刻脫下了自己身上的法師長袍，換了個髮型，務必要讓自己跟影片裡的那劍客完全不同。就算劍客的衣服多麼傷風敗俗，放下來的青絲多麼披頭散髮，她也不改初衷，直到買了新衣（這次瀟湘不敢買同顏色的法袍了），換上之後她才終於鬆了口氣。

瀟湘從後門偷偷進入了店鋪，從伙計那兒調來帳簿，發現店面裡的貨品已經賣掉九成，還有好多玩家預購，指明要買「花飛花舞花滿天」。

這她可沒辦法，只好發了飛鴿傳書給子不語，要他回來處理這場面。然後自己又從後門溜出去，走到了樹蕙城的主街上，打算看看有沒有玩家賣木材。

像這種低階首飾需要的木材到處都有，工匠隨手能鋸，打怪也有可能會得到。賣給商店統一只有五十銅，要是賣給玩家的話，以不同的木材而言，最少可以賣到一百銅到五百銅的價錢。瀟湘想過，如果要自己鋸樹，或是等著怪掉，那實在太不實際了，不如跟玩家收購，或是看看有沒有玩家的店鋪裡擺著要賣。

她一間一間鋪子慢慢繞，算算也買了將近五十組。正在想著要不要今天就這樣收手，卻收到了飛鴿傳書。還以為是子不語回給她的，打開一看，竟是綠羅裙傳來的，邀她到酒樓一聚。

瀟湘想了老半天，最後覺得自己似乎沒有不去的理由，若不去，似乎是不給她面子，於是回了一個「好」字給綠羅裙，信步往主街盡頭的酒樓走。

進到了金碧輝煌的酒樓之中，讓店小二領著走上了二樓包廂門前，瀟湘伸手推開門，只見裡頭坐著一名穿著綠衣裳的姑娘。這姑娘長相頂多算是清秀，看起來仍有些天真無邪的氣韻，但瀟湘昨天才被子不語那奸商黑了一把，現在可不敢對任何商人掉以輕心。

綠羅裙站起身，朝她溫然一笑：「請坐。」

瀟湘依言坐下，開門見山地問：「妳找我有什麼事嗎？」

「沒事，我就是想看看，能弄出那麼華麗的影片，又逆轉了地段不佳的先天不良條件的人，會是什麼樣子。」綠羅裙支著臉，盯著瀟湘好一會兒之後，慵懶地笑了。

瀟湘垂眸，不知道該說些什麼。

「想出這主意的人不是妳吧。」綠羅裙還是那樣慵懶地笑著，話裡卻帶著八分肯定，「那種滑頭的招數，不是妳這種老實人想得出來的。」

瀟湘嚥了一口口水，心裡非常驚訝這人的眼光精準，因此她也不隱瞞，點頭道：「那是我的合夥人想出來的。」

「吃點吧，這裡的茶點出名得好吃。」綠羅裙聞言笑了笑，沒做任何評論，卻招呼她吃東西。

跟這人說話，瀟湘真是覺得渾身不自在，好像她能明白很多事情，就連自己不想說的事情都會被她套出來。

捻起梅花糕，瀟湘形同嚼蠟地吃著，心裡想著不知道要怎麼樣才能離開。

「瀟湘，妳願意加入我的公會嗎？」等瀟湘吃了兩塊糕點之後，綠羅裙徐徐地開口問。

「我有公會了。」瀟湘差點被這句話給噎著，咳了幾下才又道，「不瞞妳說，我的合夥人就是我的公會會長。」

綠羅裙臉上浮現了可惜的神情：「這樣啊，那不勉強了。果然好一點的人才都有歸屬了。」

「呃，或許，妳可以跟我的會長談談？」瀟湘最不會應付的就是這種明擺著的失望了。

「好呀，那他的ID是？」

綠羅裙笑著應聲，但瀟湘卻有一種錯覺，好像這人從頭到尾就在等她說這句話。

算了，不管怎樣，交給子不語也比自己硬扛來得強。綠羅裙表現出來的感覺很與世無爭，但她若真是這種人，又怎麼會買下這麼多樹蕙城的鋪子？瀟湘知道，綠羅裙不是她能應付的人。

給了她ID，綠羅裙立刻就傳了飛鴿傳書給子不語。瀟湘見沒有她的事，馬上就想離開。

「那我……」她摸摸鼻子，站起身，「還是先走好了。」

這裡的氣氛她實在待不下去了。

綠羅裙淺淺笑了下：「瀟湘，妳若日後要換公會，可以來找我。」

她囧了囧，這年頭很流行挖角對吧？

瀟湘摸了摸頭：「謝、謝謝。」她如果要換公會，那應該是發生了很嚴重的事情吧。

瀟湘快步離開酒樓，躲回鋪子的後院做首飾了。她把剛剛收購來的一半木材都做成首飾後，瀟湘的首飾等級往上升了三級，再升一級，就能拿到首飾能手的稱號，成功率會提高五％。

伸了伸懶腰，瀟湘點開公會介面，看見子不語已經在線上了，於是又發了一封飛鴿傳書給他，問問他跟綠羅裙聊得如何？

不知道他在做什麼，這飛鴿傳書如同石沉大海，一點音訊都沒回來。

喚來了伙計，瀟湘把剛剛做好的首飾標好價錢之後都交給伙計，讓他拿到前頭店面去擺。

把桌面的木屑撥到地上，又收好了工具，瀟湘走到院子裡梧桐樹下的石桌上，正發著呆，沒多久就看見子不語怒氣沖沖地從後門進來了，八成是跟綠羅裙談得不太對頭。

瀟湘暗暗地想溜，子不語卻忽然哼了一口氣，開口：「大嫂，妳還是維持現在這種樣子就好，千萬不要變成綠羅裙那自作聰明的樣子！」

這到底是誇她還是貶她啊……瀟湘嘆了口氣，進屋去倒了一杯茶出來給他。

「她找你談什麼？」跑不掉，就面對吧。瀟湘不懂迂迴戰術，只好單刀直入地問了。

仰頭喝光了茶，子不語還有些憤恨：「談公會合併！」

瀟湘有些驚訝，又忍不住覺得綠羅裙實在很妙，問她要不要入她的公會，又問子不語要不要合併公會。這人，動作很一致嘛。

「我才想問她這麼高的自信從哪來的咧，想吃本人的公會？」子不語哼了一聲。「反正妳別跟她打交道，那女人，蛇蠍心腸得很，不會留骨頭給妳收屍的。」

瀟湘覺得頗有趣，這還是她第一次看見子不語氣成這樣。

「別氣別氣，」瀟湘轉了個話題，「前頭的道具不夠了，你要不要補個貨？」

說起賺錢，子不語就來勁：「當然要！我就是為了補貨才回來的。」

想起了正事，他立刻喚來伙計，開始把包袱裡的道具標價，然後讓伙計都拿出去。

這時候又來一封飛鴿傳書停在瀟湘面前，她打開一看。

「我回來了，妳在哪？」是無眠，寫著簡單的幾句話。就這樣幾個字，瀟湘看完之後卻覺得心頭暖暖的，嘴邊漾出淺笑，回了店址給無眠。

「嘖，看妳笑成那樣，剛剛那封信肯定是大哥。」子不語調侃她。

瀟湘臉色微紅，沒點頭也沒搖頭，乾脆喚來了伙計，要他等一下直接帶無眠進來後院。

遊戲裡頭沒有例外，只有店鋪擁有者可以直接從後門進來，其餘的人都是以訪客身分進入後院。只要告訴伙計那人的ID，玩家沒有親自去前頭帶人也沒關係。等了一會兒，無眠穿著白袍的身影出現在門前，臉上有著淺淺笑意，神態自若地走到瀟湘面前。

「今天好嗎？」

「很好，就是有點……」瀟湘把眼光瞥向子不語身上，「小事？」

石桌邊還剩下一張小石椅，無眠徐徐坐下，順著瀟湘的目光問：「子不語，有事？」

「小事而已。」子不語一臉笑嘻嘻，「大哥，既然你回來了，跟我們一起出團吧？二十五級的副本，『蒹葭』。」

無眠望著瀟湘：「去嗎？」

她想想，也沒什麼事情急著要做就答應了。

距離出發的時間還有半小時，做其他的事情顯得時間太少，三人索性就在後院聊起天來。說是閒聊，其實是子不語在跟無眠說剛剛跟綠羅裙會面的事情，瀟湘也不知道該說些什麼，所以乾脆趁這時間，一邊聽他們討論，一邊做著十級首飾當作補貨。

等到時間差不多了，她跟無眠共轡，子不語喚出坐騎，三人到了集合地點跟要出團的人碰面。這次出的團基本上是公會新收的新人，瀟湘甚至不太熟悉。

也不知道無眠心裡在想什麼，子不語創了公會之後，無眠說撒手就撒手，一不管事，二不過問，完全尊子不語為會長。子不語有意要讓公會壯大，無眠就出錢贊助；子不語想要多收人，無眠也沒意見，只說公會是他的，他喜歡怎麼玩就怎麼玩，搞得這些後來新加入公會的人，只知道無眠是子不語的親信，多少有些尊敬，卻不像對子不語那樣言聽計從了。

見到他們跟著子不語而來，新人們一個個臉上雖然都有些意外，不過是挺歡迎的。

這是個十人的中型副本，難度不高，但六個新人中，主力傷害輸出是兩個劍客一個法師，都未滿三十級，而輔助系的只有一個藥師，剩下兩個樂師也沒辦法放什麼群體的輔助法術。現在加上瀟湘跟無眠，還有原本要帶隊的子不語跟一葉知秋，怎麼說也讓人安心了一些。

只是瀟湘看著這隊伍，心裡有種不妙的感覺。難怪子不語要找他們來，十個人，只有一個二十八級的藥師……看這等級，等一下她肯定是仇恨值最高的那個……這小藥師，補得及嗎？

湊到無眠身邊，瀟湘低聲問：「你身上還有胖紅嗎？」

她自己身上有兩瓶，蒹葭的BOSS名字叫白露，是個大美人，只可惜從跟她開打到殺死她，十分鐘內不搞定一切的話，白露會狂暴化一次，那是大範圍的群攻。

二十八級的藥師，肯定還沒學到群補……要是在這副本滅團，他們四人還要做人嗎？

子不語這時候也湊了過來：「你們在討論什麼？」

無眠把手上的三瓶胖紅給了瀟湘，轉頭對子不語道：「這種隊伍，控場你行嗎？」

他乾笑幾聲：「大哥英明。」

無眠難得地瞪了他一眼：「我要是今天沒上線，你打算怎麼辦？帶新人去死？」

「拿刀逼也要把攻無不克架來。」子不語很是認真地說，看起來竟然沒有一絲開玩笑的意味，「有他在，讓他死。」

這三人嚴肅的神情，讓一旁聽不見他們討論內容的六個新人，也跟著擔心起來。若不是一葉知秋一副無所謂的樣子，他們簡直想要放棄解這副本任務了。

無奈地搖頭嘆氣，無眠走到他們面前分配工作。兩個樂師只要看好自己的劍客，至於藥師，卻分配給瀟湘。看著那名小法師有點不平，無眠好言安慰道：「我會讓子不語保護你，瀟湘如果死了，我們滅團的機會就大了，所以藥師非配給她不可。」

瀟湘很能理解為什麼小法師同意得這麼快，明明無眠也沒在看她，但光聽他的聲音，她都覺得這世界非常美好。這種低沉又可靠的聲音，任誰都無法抗拒的吧？

「至於那兩個劍客嘛……」無眠想了想，「一葉，他們讓妳負責，可以嗎？」

「可。」一葉知秋本來就話少，只簡單地應了一個字，他們是很習慣了，但是新人們卻覺得這樣非常帥，兩個小劍客的眼睛裡冒出了一堆愛心，很崇拜的模樣。

無眠又叮嚀：「小心看著仇恨值，讓瀟湘扛著就好。」

事前準備都做好之後，一行人這才出發，瀟湘開道，兩個小劍客跟在她身後，本著讓新人練等級的精神，瀟湘見著了小怪全都只出一刀，把小怪殺得只剩薄薄的血皮，然後讓新人補尾刀。

就這樣慢慢晃，一行人也是能晃到BOSS前頭。白露正在床上好好地睡著。低階副本就有這個好處，BOSS絕對會等玩家調整好之後才攻擊。

兩個小劍客站到一葉知秋的身邊，子不語左手一個道具，右手一個道具，瀟湘也分不清楚那到底是幹什麼用的，看了一眼分配給自己的小藥師，有些不安地又看了一眼無眠。

她其實沒出過這麼等級不平衡的團，但是她也明白孩子不養是不會長大的，說不定這些新人日後全都變成公會裡的主力戰將。只見無眠朝她點了點頭，朝她放了幾個輔助技能，一旁的兩個小樂師也有樣學樣地在自己負責的劍客身上放了輔助技能。

「開始吧。」

聽見無眠這麼說，瀟湘深吸了一口氣，提著劍上去就刺了白露一口子。

四十級的劍客要扛一隻二十五級的副本BOSS，不能說扛不住，但就是要賭點運氣，如果BOSS爆擊次數太多，瀟湘差不多就要死了，但無眠還在她身後呢，若她死了，這一團老少怎麼辦？她想保護他，也想保護他們，而現在也只有她有這能力。

想到這裡，瀟湘下招更快了。她是劍客，技能是六個職業裡頭最少的，基本上就是拚普攻。無眠一喊開始，她衝上前去拚命輸出，深怕一葉知秋放出來的陣法仇恨值太強。

原本瀟湘還有些不安，但見到子不語丟出的「花飛花舞花滿天」成功困住白露後，她總算沒那麼緊張了。又加上無眠持續在替她放輔助技能，小藥師補血也算補得即時，還有一葉知秋的陣法從旁協助，在八分鐘的時候，瀟湘用了技能──「春城無處不飛花」，正是那日配合子不語殺狼王用的技能。

招式很絢麗，但瀟湘的精神力只夠她使用一次，因此抓緊了最後的時機，瀟湘使用了這技能，白露在一片花瓣雨中浪漫地死了。白露死後爆出了一地的東西，系統認定是瀟湘打倒白露的，因此清理戰場這勞力活兒，只能由她來做了。

子不語正在跟六個新人確定任務的狀態，卻只聽見他們很興奮地說，瀟湘就是那天影片中的女劍客，她趕緊收拾戰場，愈收愈遠，最好能不聽見就不聽見。

收拾好戰場，把爆出來的東西都交給子不語，走到無眠身邊站著。裝備什麼的她跟無眠是不太需要，所以給新人們也行，只不過剛剛從地上撿了一張碎片，上頭只有一些莫名其妙的圖線，也不知道有什麼用處，讓她有些好奇。

「辛苦妳了。」無眠把手臂繞過瀟湘身後，握住了她的手，「真涼。」

「不辛苦，只是有點緊張，我是劍客嘛，扛怪是我的工作，就像你的工作是控場一樣。」

兩人低聲交談著，忽然一葉知秋也走過來靠在兩人身邊的牆上。

「不知道為什麼，我還是喜歡以前人比較少的時候。」一葉知秋忽然開口，「那時候大家配合得多好。」

「這也沒辦法，全息遊戲不能再用鍵盤時代的玩法了。」無眠看著正在跟新人討論的子不語，「全息遊戲的刺激太多，以後殺人會是家常便飯的事情，公會勢力愈大才能愈安全。我不殺人，但絕不允許人殺我，也不能允許別人殺你們。」

瀟湘吃驚地抬頭看著無眠，原來他都想過了，所以才讓子不語放手去做。

「這我也知道。」一葉知秋嘆了口氣，「這遊戲到底會變成怎麼樣啊？好像全息化之後，走向愈來愈不能捉摸。」

「習慣它吧，如果妳還想繼續玩下去。」無眠握著瀟湘的手緊了緊，傳達出一種堅定的安全感。

「等到大家都封頂之後，再來出一個只有我們的團吧？」一葉知秋問。

「好啊。」無眠笑了笑，又問，「妳不喜歡新人的話，要不要我跟子不語說一聲？」

一葉知秋也笑了，那麼省話的人，笑起來那樣溫柔。

「不用，老戰友了，我多少跟著升級，替他照應著，否則他野心這麼大，怎麼能照顧周全？」

新人各自散了回城裡去交任務，子不語笑嘻嘻地朝著他們走過來。

「你們在討論什麼？」

「閒聊而已。」無眠一頓，又問，「像這樣子的新人，總共有多少人？」他問的自然是子不語後來才新收的這些玩家。

子不語想了想：「二十人吧。」

「以後出團叫我，早點把新人帶上來。」無眠低頭對著瀟湘問，「妳要來嗎？」

「好啊。」聳聳肩，瀟湘無所謂。有無眠在，去哪裡她都不怕。

「那就太好啦，有大哥幫忙，新人很快就都上四十了！」子不語開心地笑著道謝。

「那我跟瀟湘先去解任務了。」無眠沒有回應子不語的道謝，他還要再磨個兩級，升上四十級後，才能正式移居到蘭皋城裡，多接一點任務，這個星期也就能去學副職業了。

「好，那你們先去吧。」子不語轉頭對一葉知秋問，「那妳有沒有任務要解？我跟妳去吧？」

沒有再理會子不語跟一葉知秋的對話，無眠握著瀟湘的手離開了副本。

《舉世無雙》最多的就是任務，從乞丐到城長都可能有任務，只要說對了話，要接任務不是難事。兩人回到樹蕙城裡，無眠跑了好幾個NPC接了不少任務，看起來真有想衝等級的氣勢。

裡頭有幾個採集任務，還有幾個是要殺怪採集的，如果忽略要殺的怪是用百為單位在計算的話，基本上難度都不高。兩人先去跑完採集任務，蒐集到一定數量的任務道具後，決定直接去殺怪。

出殺怪任務瀟湘很樂意，反正她能順便賺點經驗值，何樂而不為？她拿出了辟水珠，這次的任務是要殺一百隻變異螃蟹。變異螃蟹的等級是三十六，對瀟湘來說還可以接受，但對無眠而言就有些危險了。

把辟水珠別在腰間，瀟湘領頭走下湖中，辟水珠在他們身邊結出一圈大大的氣泡隔絕湖水。

「等一下你要找地方待好，我身上還有胖紅。」其實無眠的個性讓她很放心，但她就是習慣再叮嚀一下。

「好。」

走到一處水中的石台邊，瀟湘先衝進螃蟹群中狂殺了一圈，找出了刷怪點，無眠也找到了安全的地方，既能幫瀟湘放補充技能，又不至於被變異螃蟹給摸到。

兩人打怪的時候不太常聊天，這是瀟湘要求的，她實在沒辦法一心二用，深怕照顧不了無眠。殺了一陣，瀟湘覺得累了，趁著怪重生的時候走到無眠身邊去坐著歇歇手。

「瀟湘，妳會覺得跟著我練很麻煩嗎？」也不知道無眠是哪條筋不對勁，忽然問起這問題。

瀟湘皺了皺眉：「我是劍客，你是樂師，我不跟你練，要跟誰練？」

「但都是妳在做勞力活。」他遞給瀟湘一杯能夠消除疲勞度的茶。

瀟湘笑著接過那杯茶，打趣地說：「拜託你讓我做勞力活吧，你看看子不語，再看看我，我像是能搞大事業的人嗎？替你們打打下手，我就開心了。」

「這樣啊。」無眠若有所思地應聲。

「怎麼了，為什麼忽然問起這個？」瀟湘喝了口茶，反問。

他沉默了好一會兒才說：「跟一葉知秋有點關係。妳別看她這樣，她一開始進來遊戲的時候，是子不語的女朋友。」

瀟湘一愣，這兩人分手了還能當朋友，真是不容易。她點了點頭：「然後呢？」

「後來個性不太合，就分手了。」眼前的湖水湛藍，無眠的聲音有點飄渺，「剛聽她提起，總覺得有點……同情。也不知她是用什麼樣的心情在幫子不語，所以才想問妳，是不是也……」

瀟湘也沉默了，好一會兒才答：「唉，其實你問我我也不知道，我從來沒辦法跟前男朋友繼續當朋友，所以一葉知秋的心情我不太明白。不過子不語真的不喜歡一葉了嗎？」

無眠搖頭：「也不是喜不喜歡的問題，子不語的心不在那上頭，他喜歡賺錢，喜歡念書，就是懶得在人際關係上頭下工夫，就算他能夠，他也不想。他們分手也不是因為第三者，純粹就是子不語不想繼續花工夫了。」

瀟湘明白了。她把手上的杯子塞進無眠手中，跳下了石台：「那就是，他還不夠喜歡一葉。不夠喜歡到願意為她放棄興趣而已。」

揮著劍，瀟湘很快就把一百隻變異螃蟹給殺個足數。她矮著身子採集螃蟹身上的蟹黃，這東西拿去酒樓能賣個好價錢。

無眠替她看守著四周，徐聲道：「妳也沒有不聰明，剛剛那句話真是一語道破。」

瀟湘沒抬頭，繼續採集蟹黃：「才不是，這只是個簡單的道理，是你們都想太多了。喜歡跟不喜歡根本不是選擇題，而是數學題。」

不是除了喜歡就是不喜歡，喜歡還有程度多寡之分。

「還是妳睿智，聰不聰明跟智慧似乎是沒有關係的。」無眠還是誇她。

莫非這就是情人眼裡出西施？瀟湘覺得好笑。

「算了吧，我呢，最多就是現在這樣了，但子不語可不是，他有這麼好的學歷，又這麼喜歡賺錢，以後他可有前途了。」瀟湘揮揮手，站起身，「能採的都採集完了，我們走吧。」

「好。」無眠習慣性地牽過她的手，慢慢地往岸上走，跟幾個剛要下來的玩家錯身。那幾個玩家回頭看了他們一眼，卻沒喊住他們，只是看著他們慢慢離開湖裡。

上了岸，兩人去交了任務，無眠的等級一下子就三十九級四〇%了，瀟湘也升上了四十一級。

「還差六〇%，解任務好呢？還是打怪好？」無眠向來都是聽瀟湘的，畢竟瀟湘才是真正的勞動力。

「解任務吧，我有點累了。」打了一個小副本，又打了一百隻變異螃蟹，是人都該累了。

「那……」無眠腦中閃過不少輕鬆的任務，最後一個彈指，「有了，我們去藏經閣吧。」

這是全息才開的新任務，據說任務內容非常枯燥無趣，就是幫管理NPC掃地搬書而已。不過藏經閣的書，玩家都能閱讀，書籍裡頭藏著特殊的圖紙，舉凡是能製作的職業，都有可能拿到。

管書的NPC是個又瘦又矮的老頭子，嘴上叼著根菸斗，坐在門前，不太認真地看著書。他坐在藏經閣前庭的樹下，遠遠見到他們踏過了門檻，也只是抬頭瞧了他們一眼。

無眠先跟老頭子接了掃地任務，就到一旁落葉紛紛的榕樹下掃地，然後才輪到瀟湘跟老頭子申請要進去念書。

「小姑娘，妳有什麼事就快說，別擾了老頭子看書。」NPC沒什麼耐心地噴了她一聲，「一個兩個來的都是這煩人的事情，什麼時候才能讓老頭子專心看書呀？」

過了五分多鐘，聽著這NPC一抱怨起來就沒有個盡頭的樣子，瀟湘只好打斷他的抱怨：「老人家，不好意思，我想進去看書。」

估計這動作惹惱了NPC，那老頭兒眉頭一皺：「哼，看什麼書，不知道長輩說話的時候是不能打斷的嗎？先去掃個三斤落葉過來，培養一點敬老尊賢的氣度再說！」

瀟湘是不明白掃地跟敬老尊賢有什麼關係啦，但是她聽懂了，反正就是掃完了地才有書能看，因此只好摸摸鼻子到一旁去拿了掃地用具跟無眠一起掃地了。

倒是無眠見到她過來，有點吃驚：「妳怎麼也來了？不是要去看書的嗎？」

「他要我先掃三斤落葉，才能進去。」瀟湘覺得有點好笑，「這年頭玩家都沒人權的。」兩個人一邊聊天一邊掃地，雖然多花了點時間，但也很快就把落葉掃乾淨。回去跟老頭交了任務。原本以為掃完落葉就能進去看個書，沒想到這老頭還要瀟湘去替他跑腿，買隻燒鴨跟一壺女兒紅。瀟湘一愣，好吧好吧，地都掃好了，再跑個腿而已。

無眠問她又怎麼了，瀟湘只好嘆口氣跟他說，要再去幫老頭跑腿買晚餐。

「瀟湘，妳運氣不錯啊，接到了連環任務。」無眠笑道，「走吧走吧，我陪妳去買，反正酒樓離這裡也不算遠。」

他們一邊散步一邊買好了任務物品，無眠又多買了幾個甜糕、小菜，帶著幾壺酒，又走回藏經閣。幾個玩家從裡頭出來，跟無眠擦身而過，又回頭看了瀟湘一眼。

「無眠，我覺得那影片有不良的後果。」瀟湘惆悵地說：「總覺得到哪裡都有人在看我。」

無眠眼角彎彎，似乎非常愉快，口氣卻十分認真地答：「沒有的事，妳不是隱藏了ID，又換了衣服，不會有人認出妳來的。」

你那眼神，擺明了就是哄人啊！瀟湘憤憤地用眼神指控他。

「唔？又被妳看出來了嗎？」

她面無表情地點頭。

「那我只好老實說了，其實一路上非常多人在看妳呢，就連剛剛在湖裡面打螃蟹的時候也有玩家在看妳。」無眠一頓，露出了燦笑，「不如這樣，我讓子不語幫妳多拍幾支影片，妳乾脆來當公會的招生明星，妳說如何？」

別當真、別認真，認真的人就輸了。瀟湘心裡後悔萬分，早知道就不應該跟子不語那個興趣是賺錢的人合夥。

太坑人了！

把燒鴨跟女兒紅交給了老頭兒，一臉饞相的老頭兒總算同意讓瀟湘進去看書了，不過她沒立刻進去，反而是在前院的樹下跟無眠坐下來一起吃東西。

幾塊小甜糕、幾口水果酒下腹，瀟湘臉色微微浮出醉後的紅潤。靠在樹下，兩人又閒聊了一會兒。直到月已中天，看看瀟湘的疲憊度恢復得差不多，酒也醒了，無眠這才站起來跟老頭兒又接了一個整理書櫃的任務。

「妳能做首飾，那就多看點首飾的書，不管是高級的或是低階的，妳現在是個有產階級，要是有特殊首飾多少都能補貼一點開銷。」無眠站在樓梯口，他的任務是要上四樓去整理書櫃。

「好。」

「注意書的夾層，有時候會有圖紙，小心翼翼地抽出來，那圖紙就是妳的了。不過要小心別把書弄破了，NPC要翻臉的。」他叮囑著她，「要是真破了，大概還要多做不少任務才會放人走。」

想起門外的NPC，瀟湘笑了出來：「我知道了，如果我有看見，我會小心一點的。」

「那我就先上去了，等我弄好就下來找妳。」無眠拍了拍她的頭，就沿著樓梯往上走了。

工匠的書都統一放在二樓，瀟湘繞了一圈抱了一疊首飾書，坐到了窗下。一旁的牆上有燈，窗外又有月光，她捨棄了裡頭的桌椅，而是縮在窗下就著月光閱讀。

藏經閣裡的書，跟外頭的技能書不同，外頭的技能書只要拿到了，就一定能學習到相關技能，或是可以沿著上頭的指示做出新道具，但是在藏經閣裡頭看書能夠獲得多少技能，全憑運氣。

就算是同一本書，今天看跟明天看也會有截然不同的結果，這個人看跟那個人看也會有著不同的結果。

要是人品好到極致，翻了第一本就忽然從裡頭領悟了一個絕學那也不一定。可惜瀟湘從來沒這麼好運氣，她翻完了一疊書也沒領悟到什麼首飾的新圖樣，當然，也連一張圖紙的影子都沒見到。

幸好在遊戲裡頭看書不太花精神，只要滿足每一頁都翻過這個條件，系統就判斷玩家已經看完這本書了。看著地上那堆足足有半人高的書，瀟湘想了想，反正看書也累積不了疲憊度，無眠也還沒下來找她，不如再多看幾本，說不定能有什麼收穫。於是她又換了一疊書下來，這次還摻了幾本劍客的。就這樣來來回回換了好幾趟，瀟湘也沒領悟半個能用的東西。

嘆了口氣，她現在知道為什麼藏書閣裡明明就有技能，但來了這大半天，卻沒見到半個玩家了，因為投資報酬率實在低到爆表。有這時間，倒不如去野外多打幾隻怪賺點經驗值，或是去觸發一點特殊任務，說不定還有機會拿到什麼新的技能書，也好過這樣完全拚運氣。

把書籍擺放成一個適當的高度，瀟湘直接拿這些書來當枕頭，躺下來看著窗外。月已西沉，天上的星子數量也減少了，再過不久天就要亮了。她這樣想著，眼睛漸漸閉上了。

藏經閣，不就是個圖書館，向來都是非常助眠的。

當無眠找到瀟湘的時候，看見的就是窗外透進的晨光，落在瀟湘的臉龐上，她安睡著看起來這樣寧靜和平，使得無眠不願叫醒她，只是站在一旁靜靜地看著。或許是讓無眠注視太久，纖長的睫毛顫了顫，瀟湘慢慢睜開了眼睛，但還是一臉掩不住的倦意。

「你都做好了嗎？」不是她不幫忙，而是除了打怪跟不指定的採集任務能夠組隊解，其他的任務像是掃地、跑腿這一類的，都只能玩家本人去做。

「都好了，讓妳這麼累真是不好。」挨著瀟湘的肩頭坐下，無眠順好她的髮絲。這凌亂的鬢髮，看起來真的像是剛睡醒。

「我只是看書看累了才躺著看看月亮，誰知道一不注意就睡著了。」她動了動肩膀，「還好這遊戲是普遍級的，不然我連躺都不敢躺下來。」

「我知道。」他家瀟湘這麼謹慎，不會衝動地做些有可能危害自己的事情。

看無眠沒有立刻要走的樣子，瀟湘把頭下的那一小疊書推到一邊去，轉成靠著牆。

等瀟湘弄好之後，無眠問：「有什麼收穫嗎？」

她搖搖頭：「書都快被我看完了，還是什麼收穫都沒有。」

「沒關係，我們下次再來。」

瀟湘偷偷吃了一驚，無眠是不是不知道這領悟率有多低啊？

看著她面無表情，無眠就明白瀟湘不知道又在心裡亂想些什麼了，「妳在想什麼？」

「我是在想，要不要告訴你，書庫的領悟率超低的呢？」她習慣性地靠進無眠的臂彎中，「可不要因此打擊了你的自尊心才好。」

「這又怎麼跟自尊扯上關係了？」無眠無可奈何地笑了，揉了揉她的髮，「妳老是想這些有的沒的，多信任我一些，別把我看得弱不禁風了。」

她微微噘嘴：「我哪裡懂你們男人，一不小心就是自尊受傷，一不注意又是面子問題，我都不明白你們到底是哪裡有問題。」

「別把我跟那些小屁孩相提並論，他們還在為了一點小事情鬧彆扭的時候，我都在照顧三個小孩、兩個青少年了。」他這下明白，他家瀟湘是為什麼有這些怪想法了。

瀟湘忽然翻身坐正，盯著無眠的臉看了一會兒，笑著問：「你該不會是生氣了？」

看她笑得這樣明艷動人，無眠有氣也被看到沒氣了，更何況他本來就沒有動怒。「我要是真的生氣了，妳怎麼還笑得這麼開心？」

「我沒看過你生氣呢。」她兩隻眼睛笑得彎彎的，「要怎麼樣你才會生氣？」

「這麼和平的社會，誰閒著沒事發脾氣呢？有什麼事情不能好好說？」他把瀟湘重新拉回懷中，「明天晚上有沒有空？我們去山上吃晚餐？」

「好啊。」

離開了藏經閣，大概是出差累得夠嗆，無眠只跟瀟湘說了一聲，就原地下線了。

瀟湘想了想，看還有一些時間，本來還想回去店鋪裡多做幾只首飾備著，飛鴿傳書卻來了。

拆開一看，瀟湘愣住了。飛鴿傳書來的人，竟是青衣輕輕，信裡說要約她到酒樓一談。

看那口氣，應該是原本的那個青衣。這下瀟湘有點苦惱，去，還是不去呢？去了，又不知道該說些什麼。不去，會不會又被誤會她跟萬年有什麼？

這樣一想，瀟湘決定去了。既然跟萬年都能當面說清楚了，跟青衣又有什麼不能談的？

她深深地嘆了口氣，這幾天，她去酒樓的機會還真多啊。不是她約人，就是人家約她。

慢慢走到了酒樓，跟店小二自報了ID，店小二立刻把她領進了二樓的包廂裡頭。

一進到房裡，瀟湘就讓眼前這女子的容貌給嚇著了。

漂亮得嚇人。

要不是遊戲只有上下一〇%的容貌調整度，瀟湘會覺得這人可能把容貌調到絕豔麗的那個選項。青衣很美，美得就像是雜誌上頭那些經過修片的明星，就連她看著青衣，都忍不住臉紅心跳。

如果是她，就算把容貌調整到最高，恐怕也不及青衣的三分之一。

「姊姊，妳來了。」她朝著瀟湘展露一笑，「我就知道姊姊一定會來的。」就連聲音也是那麼好聽，好像全世界美好的事情都集中在她身上了。

「嗯，妳找我有什麼事情要談？」面對不熟的人，她果然還是最喜歡單刀直入地解決問題。

「沒事不能找姊姊嗎？」青衣的臉上有點失望，「我只是想見見妳，看看姊姊長什麼樣子。」

這臉，真的好好看。明明知道那幾句話都是做戲，還是忍不住軟下心腸。瀟湘不禁心想，這樣子的人，走到哪裡都很吃香。為什麼萬年不跟青衣交往呢？

「姊姊，妳坐吧，我還有好多話想跟妳說。」青衣起身走到瀟湘旁，拉著她坐下。「姊姊還想吃些什麼嗎？我讓小二送進來。」

看著那一桌子滿滿的菜，上頭還有好幾道瀟湘連看都沒看過的菜餚，價格肯定不斐。看樣子青衣這次可是真的下重本了，不談出個結論，青衣恐怕不會讓她離開。

既然走不了，那乾脆吃一頓吧。心裡有了決定，瀟湘也踏實了。反正酒樓的菜也不能下毒，不會死，那就安心地吃吧。她吃了一會兒，青衣沒動筷子，卻也不開口說話。橫豎有事情的人不是她，瀟湘乾脆更認真地吃飯。比忍功，她還沒輸過任何人呢。

「姊姊……」

看吧，來了。聽見她的聲音瀟湘立刻放下筷子，抬頭看著那張絕豔小臉。

「能不能請妳別玩這遊戲了。」

……啊？

「感應艙的錢我可以付給妳，年費我也包了。麻煩妳，離開這遊戲吧。」

瀟湘不可置信地看著那張臉，不明白怎麼能有人說出這種話。

好一會兒，震驚過度的瀟湘，喉頭才有聲音：「妳是因為萬年才做這種事情？」

「對。」青衣也不扭捏，「他太喜歡姊姊了，所以我逼不得已，請姊姊見諒。」

這關頭，瀟湘卻笑了出來。

太荒謬了。

「衝著妳叫了我這麼多聲姊姊，」瀟湘停了停，像是不知道要怎麼說，思索了好一陣子，才道：「妳怎麼會認為我走了，萬年就會喜歡妳？」

「我不知道，但是我會讓他身邊沒有別的選擇。」青衣美麗的臉龐上沒有露出一絲狠意，但說出口的話卻這麼駭人。

「……我是第幾個被妳趕走的人？」瀟湘突然問了這問題。

青衣嫣然一笑：「姊姊是第一個我趕不走的人。」

瀟湘嚥了一口唾液，這妮子，真狠。

「萬年都知道嗎？」要是知道還由得她這麼亂來，那萬年也是活該。

「不，萬哥哥都不知道。」青衣偏了偏頭，「現在可能知道了，就是姊姊說的吧？」

青衣說這話的時候，口氣著幾不可見的憤恨，這句話說得瀟湘一顫。她說著這麼稀鬆平常的話，可聽起來卻這麼駭人。

「妳怎麼能隻手遮天？」瀟湘還有些不可置信，「竟然讓萬年從來沒有察覺到？」

青衣淺淺一笑：「雜草從小就要根除，要不是我不玩遊戲，否則姊姊也不會在萬哥哥身邊留這麼久。」

瀟湘無言了，原來她惹到的是人類的BOSS。

如果是以前，瀟湘就離開這遊戲了，反正遊戲到什麼地方沒有，青衣甚至願意付錢補償她的損失，但是現在……

「如果我不答應妳的條件呢？我已經跟萬年沒有聯絡了，這樣妳還不放心？」

「除非見到姊姊離開，否則我晚上睡不好呢。」青衣的口氣還是那麼可愛，「萬哥哥的個性是很固執的，要是姊姊一直待在他伸手就能摸到的地方，他就永遠不會死心。」

到現在，瀟湘真的有點怒了。

「青衣，萬年要喜歡誰，不是妳能控制的。就像我不願意離開這個遊戲，妳也不能勉強我。勸妳一句，如果妳真的喜歡他，好好跟萬年談清楚。」

「哦？」青衣聽了這話，不怒卻笑，「姊姊真的認為我沒有辦法嗎？讓妳不玩遊戲的方式，我想了很多呢。我們可以一個一個試，等到方法都用完了，我還能再想新的。」

瀟湘搖了搖頭，不想再多說些什麼，起身就要離開包廂。

卻聽見青衣悅耳的聲音在她身後喊：「姊姊，這個條件永久有效，哪天，妳不玩這遊戲了，記得通知我一聲。」

這個女人太狂妄了。

瀟湘不否認長得好看有優勢，也不否認這世界上有錢很重要，但也不能這樣欺壓別人，否則只是招惹敵人而已。

走出酒樓時，瀟湘又回頭看了那二樓包廂一眼，心裡知道，接下來游戲的日子不會太好過了。但是，那又如何？她不會因為青衣的那幾句話就離開這遊戲。

大家都還在這裡呢。她還要幫子不語帶新人，而且……她走了，無眠怎麼辦呢？他這麼皮薄的樂師，還不喜歡跟不熟的人合作。嘆了口氣，瀟湘轉進酒樓一旁的巷子，她真是有真知灼見，把店鋪買在酒樓的側門，談完事情要回家多方便啊。

很少人知道，她不僅能忍，而且還很固執。

12

隔天晚上，墨白牽著蕭襄的手，在她家附近的公園散步，剛從山上吃飽下來，散散步就當作是幫助消化。繞著公園走了第三圈，最近天氣好，吹來的風帶著涼意，讓人心情極佳。

「我明天早上的飛機，要去香港出差，大概四、五天吧。」兩人慢慢走著，墨白開口說了這件事情，「昨天臨時決定的。」

「這樣啊。」蕭襄仰頭看了看他，「那要注意安全，不要太累，回來打個電話給我。」

「好。」兩人的手暖烘烘的，氣氛十分溫馨。她想，這麼幸福的日子要是能一直持續就好了。

墨白又問：「要不要帶什麼東西回來給妳？」

她想了一想，搖了搖頭：「不用了，我不缺什麼。」

墨白低頭看了她一眼：「我很少看妳戴項鍊、手環，妳不喜歡嗎？」

夜風中帶著一點花香，吹起了蕭襄的髮絲，露出她細緻乾淨的頸項。

「也不是不喜歡，只是麻煩，工作的時候還要把項鍊拿下來，免得被汗水弄髒了，弄丟了幾條項鍊之後，也就算了。」她聳聳肩，笑了一下，「我很實用主義的。」

「我看出來了。實用主義不錯，不會花多餘的錢。」墨白習慣性地揉了揉她的頭，「時間晚了，我送妳回去。」

「嗯。」

兩人安靜地走著，快到巷口時，蕭襄才開口又問：「那你今天晚上應該不會上線吧？」

「應該是不會，明天清晨的飛機，整理好行李之後，還要看一看工作資料，或者，如果還有點時間的話，我就上線找妳？」

「不用不用，有時間你就休息一下吧。」蕭襄急著擺擺手，「出差前一天你還來找我吃晚餐，我很高興了。其實你打個手機跟我說就好了。」

墨白笑了笑：「是因為我也想見妳，不是為了妳才特地過來的。」

這話說得太直接，蕭襄臉上一紅，眼神在眼角亂飄，不敢直接看他。說到底還是因為她。

「那你……出差的時候好好照顧自己。」

走到了蕭襄租屋處的門前，兩人停下腳步。時間已經不早了，附近的住戶都已經回到家中，一條巷子除了野狗沒有別的人影了。

「好，有事就找子不語或攻無不克他們幫忙，我待會兒把他們的手機號碼傳給妳。」

「我就是上課而已，不會有事情的。」蕭襄笑著拉起墨白的手，她喜歡握著墨白的手，很溫暖也很有安全感。

「凡事總是有備無患的好。」墨白抱了抱蕭襄，而後伸手握著蕭襄的肩頭，在她額上一吻，「晚安。」

「呃……晚安。」蕭襄怔在原地，交往幾個星期，他們除了牽手之外，這已經是最親密的舉動了。她的身體整個僵硬了，連開口說話都有點困難的樣子。

墨白笑著推了她一把：「進去吧，我在這裡看著妳進門。」

這一推，反而把她推醒了，蕭襄半奔半走地回到房間裡，拉開了對外窗，還能看見墨白的身影慢慢走出巷口。

一股暖洋洋的幸福感充斥蕭襄的胸間，多好啊，可以這樣看著自己喜歡的人。

瀟湘從來不是一個在意裝備好壞的人，但她也不否認，好的裝備絕對占有先天上的優勢。

那日跟青衣談過之後，瀟湘心裡就有了要去弄一套好裝備的念頭，但現在遊戲裡，裝備大多是打怪的時候打到的，副本BOSS掉的裝備雖然很好，可那是綁定的，想買都沒地方買。雖然刷副本拿裝備是個方法，但瀟湘如果打算要靠刷副本拿裝備，卻是緩不濟急。

所以這日她一上線，先買好了食物跟足夠的水，就到拍賣行去晃了一圈。

多虧子不語的廣告，也多虧子不語跟她合夥，讓她現在也算是小有資產。只是，等到買下了一把四十級火族劍客專用的劍，再加上一件上衣之後，她小有資產的生活，立刻就結束了。

「從幾千金到剩下幾金，這心理壓力真不是普通的大……」瀟湘默默換上了新裝備，悲慘的是，她換下來的舊裝備都是綁定的，除了熔毀之外，就只能賣商店，嘆了口氣，瀟湘也沒拿去賣了，只是收了起來，她實在懶得走一大段路，就為了幾百銀。

確定自己的ID跟資料都是隱去的狀態，瀟湘這才慢慢往城外走。

樹蕙城附近的怪大部分都是低階的，不過不代表沒有高等怪可以打。瀟湘沒有坐騎，這時候就只能一步一腳印地往樹林裡走。

那是有次她來解任務時發現的地方，漫天的紫蝴蝶，血薄攻擊力高，很適合她這種皮厚的劍客練等。玩家也不多，因為離主城太遠，附近又沒有什麼任務可以接，就是一整個蠻荒。

她想過了，既然青衣會想辦法讓她離開這個遊戲，那肯定是到處找她麻煩。這種時候，把自己等級練高一點絕對是個自保的好方法。就算她實在不喜歡定點刷怪，可如果要快速升級，這肯定是最好的方法了。

到了那個蝴蝶谷，瀟湘沒有稍作歇息就開始練等。打了大半天的紫蝴蝶，瀟湘終於爬上四十三級。這真是個練等的好地方，只可惜該換個地方了，等級相差五等，經驗值就會少很多。

她躲在沒有紫蝴蝶的石頭後方，啃著恢復疲勞度的包子跟茶，打算休息一會兒再回去，另一頭卻傳來了玩家對話的聲音。

「座標不是這裡嗎？怎麼找半天沒找到人？」其中一個女玩家抱怨。

「跑這麼遠，該不會是這裡有什麼玄機吧？」另一個男玩家說。

「誰管她要來幹麼，趕快殺一殺回城去換錢啦。」女玩家聲音貌似要發火。

瀟湘又挪到了更隱密的位置，皺著眉頭。她打了大半天，也沒看見這裡有其他玩家，如果不是系統出錯，那就是要來找她的。

系統出錯的機會應該是很低吧，瀟湘盯著那兩人看，確定不是自己的仇人，也不是熟人，男的穿著法袍，女的應該就是藥師了。

看著他們還到處在找她，瀟湘算了一下時間，也差不多了。紫蝴蝶谷雖然很好刷怪，但有一個特性，就是蝴蝶一刷新那是幾十隻一起重生，還有連鎖仇恨的系統，打了一隻會跑來一群的。

她是劍客當然可以擋著，但她不覺得一個法師、一個藥師，有辦法面對這種場面。

她走了出去，站在刷新點後方三十碼，朗聲喊：「兩位是來找我的嗎？」

三十碼，那是恰好比法師攻擊的最長距離還遠一些。

十秒後，紫蝴蝶谷不僅有滿谷的蝴蝶，還有兩具挺屍。

而瀟湘連手都沒抬，站在他們頭上，還很好心地替他們把紫蝴蝶都清光了，讓他們可以看清楚自己死後的樣子再復活。又看了他們一眼，瀟湘轉身走了，完全不理會他們在她身後叫嚷。

敢接殺人委託，就要有死的心理準備。何況，連事前功課都沒做，她實在也不知道要跟他們說些什麼才好。

她倒是沒懷疑過，都隱去了資料，他們怎麼知道她在這裡，八成是她從自家店鋪出來，就有人一路跟著她了，殺不了她，賣她的座標賺筆小錢也好。第一次沒注意，下次她就不會再犯了。

反正看青衣那樣子，是絕對不會放棄的。這次一組人失敗了，下次就會派兩組人過來，一直到成功殺了她為止。這是長期抗戰，而她還沒打算現在就投降。

只是她是不是應該再換件衣服啊？雖然ID隱掉了，不過衣服總是認得出來的吧？尤其她現在穿著法師法袍，平常在城裡走不會有人知道，但是一打怪就會顯得奇怪。

想了想，瀟湘當場就把衣服脫了下來。

她也不回去樹蕙城，只往紫蝴蝶谷北方的一個小城過去。那是工匠聚集的地方，很多特殊的木材在那裡都能找到。她本來就打算，在紫蝴蝶谷練到四十三級，就來木匠村練首飾技能。要打仗，後方經濟力還是很重要的。只是她本來還想做好了首飾，要拿回自己鋪子擺，這下只能郵寄給子不語，麻煩他替她上架。

要進城之前，瀟湘躲在樹後，確定沒人跟蹤，才換上了工匠的裝備。

她一直都很擅長讓自己隱身在眾人眼中。在工匠村裡，劍客才是顯眼的存在。

買了很多低階的木材，瀟湘手上的錢已經完全耗盡了，就算賣了舊裝備，也只得了五百銀。在付了客棧錢之後，瀟湘是真正的一貧如洗。可遊戲裡又不允許露天做首飾，要做至少也要找個屋子，於是在這木匠村，她也只能到客棧裡做首飾了。

瀟湘埋首從白天做到黑夜，做了五十枝十級木簪，十只二十五級的雕刻較為精美的戒指，連著一封信一起包好了放在桌子上。等她離開客棧時再郵寄給子不語就行了，現在她比較困擾現金不夠的問題。

等到兩個時辰過去，瀟湘已經睡了一覺又想出辦法了。

走出客棧，她先去寄了包裹，然後再跟村裡的NPC一一對話過，終於接到工匠NPC給的任務。

任務不難，不用出城打怪，也不用採集什麼東西，只要替他做道具或首飾就行了，只是酬勞很低，低得讓人淚目，又跟主線劇情沒有關係，因此玩家多半視而不見。

瀟湘原本還在猶豫不決，但等到工匠說出這任務供吃供住之後，瀟湘立刻就判斷，這絕對是現階段最適合她的任務，因此就接了。等到她被領到後院的柴房，看見一張疑似是床的蓆子，還有桌上不知道擺了幾天的硬饅頭後……

瀟湘淚目了，供食宿的真面目，竟然是……柴房跟硬饅頭。

她……忍了！

深深吸了一口氣，瀟湘開始了她的首飾製作大業，其實也不難，十枚十級的戒指，又提供木材跟工具，絕對不難。

但交給工匠NPC十枚戒指之後才發現，這竟然是個連環任務。

瀟湘再度淚目了。

那個工匠黑她啊！剛剛還跟她談報酬，為什麼沒有先跟她說清楚這是連環任務，這樣黑玩家真的可以嗎?!

「再去做十支十級木簪。」工匠大叔滿不在乎地道，「不做也行，剛剛的戒指就當我賺了。」

連環任務，該死的連環任務，不做完沒有獎勵的啊！

瀟湘含淚打開了任務介面，這才做了第一環，還有十四環。說多不多，說少也不少的數字。

「大叔，不會做到最後要做什麼五十級的項鍊吧？那個我不會啊。」瀟湘嘗試套點話來。

工匠大叔橫眉豎目：「我會這樣嗎？一定是讓妳做妳能做的東西啦，做不出來，我教妳得了。」

看到那硬饅頭跟柴房，再看看這精美得令人憤怒的連環任務，瀟湘早就不對這NPC抱著任何希望了。不過，NPC總不會騙人，他說能做就一定能做，瀟湘也只好硬著頭皮繼續做第二環了。

工匠大叔果真沒有騙人，瀟湘做到第十三環的時候，也只是叫她做三十級的耳環，這個她做得出來，但是數量就……竟然要五十副，這是要人命嗎?!

這才第十三環，等到了最後一環，是要怎麼折騰她啊？而且做了這麼多環，她都不知道吃了幾顆硬饅頭了，就不能端點能吃的東西嗎？就算是一碗蛋花湯也好啊！

實在是累極了，瀟湘躺在那塊髒兮兮的蓆子上，檢視著自己的操作介面。

子不語只回了一封飛鴿傳書給她，說沒問題，會替她上架。看他那潦草的筆跡，現在應該是在忙著帶新人吧？

又看了副職業的頁面，看見那飛升的各類首飾製作熟悉度，瀟湘苦笑了一下，她累得都要吐奶了，看來很快就能迎接首飾大師的稱號了。因為劍客沒有稱號的差別，因此稱號之間究竟有什麼實際的差異瀟湘也不太明白，印象中除了成功率之外，還可以多接一些相關任務的樣子。

躺了一會兒，疲憊度總算降低了不少，瀟湘又趕緊起來把剩下的二十副耳環給做出來。

到木匠大叔那裡領到第十四環任務，她仔細看了一下，立刻決定第十四環任務還是明天再做吧。開什麼玩笑，這真的要人命了，三十級的髮簪八十支。就算她不眠不休，花上一整天也做不了這麼多。

在後院晃了一圈，看了看這美好的世界，瀟湘又回到柴房裡頭，然後下線了。不下線不行，三個小時之後她要準備去上課。

隔天再上線，瀟湘繼續不眠不休地做了接下來的第十四跟十五環任務。

其中的悲慘辛酸，瀟湘已經說不出來了，只能說……不要問，很可怕。

她累得連交任務的時候雙手都在顫抖，頭一次看見遊戲裡的玩家，做任務做到手抖的。交了任務，瀟湘都對報酬不感興趣了，只想趕快離開這地方，她現在看見柴房跟硬饅頭就想吐。

「妳得了吧！不就做個幾副首飾，還沒讓妳做套裝呢，手抖成這樣。」工匠大叔斜睨她一眼，非常鄙夷的模樣。

瀟湘深深吸了一口氣，要忍耐，要忍耐，這遊戲裡的NPC都是老大，玩家是來找虐的。

……是不是要考慮回去跟青衣說，她不玩這遊戲了？

不不，冷靜一點！這只是遊戲，一切都是幻覺。

工匠大叔又嘖了瀟湘一聲，拿了一本書，還有一袋金幣跟一套工具給她：「酬勞，真是，我見過脆弱的，卻沒見過這麼脆弱的。不就做個首飾嗎？」說完，工匠大叔就嘟嘟嚷嚷地走了，但瀟湘沒注意他，看著那一堆酬勞，她眼睛都亮了。

雖然據說連環任務報酬豐厚，但看看上一個叫她去買晚餐的書庫老頭兒，也只給她一個藏經閣的閱讀許可。她早就對這遊戲絕望，以為這遊戲沒人性到了極點，頂多就是給她幾千金吧，沒想到竟然還有一本技能書。

瀟湘對著工匠大叔的背影道了個謝，急急地拿起書來看，裡頭是五十級跟六十級的首飾製作方式，她還沒升到五十級，沒注意過市價如何，不過在鍵盤時代，五十級的首飾已經非常少見，喊價都是幾千金起跳的，到了六十級的首飾，喊價就是幾萬金了。

那時候她也只有一個五十級的劍穗，還是賣光了身上值錢的東西跟某個工匠換來的。她跟無眠初相識時，做給他那個髮簪，還是個四十八級的。而看看這書裡，起碼有二十種特殊的首飾。

「哇，這下發了……」瀟湘眨了好幾下眼睛，又拿起一旁的金幣看了一眼。自然，比起這技能書，這幾百金已經不算什麼了。最後是那套工具：工匠專用，耐久度兩百，增加成功率二〇%，成品獲得天賜屬性機率增加一〇%。

「這絕對是極品中的極品！」瀟湘抽了一口氣，「拿到拍賣行，幾十萬金肯定跑不掉。」愈高級的道具製作失敗率愈高，能增加製作成功率已經很了不起了，竟然還能附加道具屬性攻擊！

呆坐在椅子上怔了很久，瀟湘一手拍在技能書的封面，先學了技能，然後把這工具的圖片飛鴿傳書給了子不語，問他要不要，有好東西還是要先跟自家人分享才是正道。

過了一會兒，左下方的智慧型對話視窗跳了出來，瀟湘記得這有個官方的名稱，只是後來大家都叫這東西通訊器。

瀟湘接通了，聽見子不語的聲音很著急地傳來：「我要，妳在哪裡？」

「工匠村裡。」她一愣，沒聽過這人這麼驚慌，像是火燒屁股。

「不要跑，不准跑，我立刻過去找妳。」

看他很有要掛掉通訊的意思，瀟湘急喊：「子不語，我缺錢，不接受賒帳。」

「好。妳別跑！也不可以賣別人！」

他喊完，通訊器果然被掛斷，瀟湘看著那還差一點點就能領到大師稱號的熟悉度，又買了一堆木材，窩回了客棧裡頭。

子不語不知人在哪兒，不過工匠村沒有傳送陣，離主城又遠，估計子不語就算是馬不停蹄地奔來，也要花掉不少時間吧。多做一點首飾，等一會兒順道讓他拿回商店裡擺著賣好了。

瀟湘一面想，手上也沒停。等到做完了二十組十級耳環，子不語都還沒出現，大師的稱號也還差了一點，大概還是太低階的首飾，增加不了太多熟悉度。拿出了剛剛買到的檜木，這東西差紫杉木一點，不過拿來做五十級首飾也不算太差。

點了剛剛才學到的技能，瀟湘也知道，她現在這首飾等級，雖然能做五十級的首飾，但失敗率還是很高，那跟她的綜合熟悉度有關。她也沒有工匠各式各樣的輔助技能，果然沒有意外的，她買來的三組檜木都爆掉了，只增加了三點熟悉。

喚來了小二，瀟湘點了一桌子高級菜，又交代小二直接把子不語領上來。她現在有點錢可以吃好東西了，她一定要好好彌補前些日子只吃硬饅頭的自己。

吃到一半，通訊器又響了，是子不語。

「我到了，妳在哪裡？」

「客棧，你來找我吧，我正在吃東西呢。」

「好。」

不一會兒，子不語就來了。

瀟湘嘴裡還含著菜，用筷子指了指門，含糊不清地說：「關門，坐。」

子不語興奮地坐下，瀟湘想，他八成也沒什麼心思吃飯，所以就把那道具遞給他，繼續埋頭苦吃。吃了一會兒，見子不語都沒有聲音，瀟湘放下筷子，好奇地看著沉思不語的他。

「怎麼了?這東西不好嗎？」擦了擦嘴，瀟湘喝了一口茶。

「不，這東西就是太好了，讓我手抖啊。」子不語深吸了一口氣，「妳要賣多少？」

「老規矩，你開價吧，自己人別讓我太虧就行了。」瀟湘托著臉頰，笑嘻嘻的，「不知道這東西拿去拍賣行能拍到多少？」

像是捧著寶貝，子不語一邊思索價錢，一邊還分神喊：「妳可別拿去拍賣了！這東西我要。」

「就是知道你要，所以才叫你來啊。」

「八十萬。」子不語謹慎地看著瀟湘，「如何？」

瀟湘想了想，「會不會太多，五十萬怎麼樣？」

五十萬夠她吃穿好些時候了，子不語也不會弄得一貧如洗，應該是個好價錢才對。

子不語困惑地看著她，這對話，是不是出了點錯啊……他才是應該砍價的那個人吧？

「不然，五十萬，加一把四十五級的火屬性劍，耐久一百，爆擊率三〇%，我那天看見，價錢也好就順手買了，想說先幫妳買下來，沒想到……」子不語搖搖頭，「妳找到更好的東西了。」

「好啊，那就這樣吧。」瀟湘笑了笑，「我只是運氣好而已。」要不是被青衣逼上，她還沒想到要來這裡呢。

要不是被青衣逼上……她才不會去做那個鬼任務……

「妳沒事跑來這裡做什麼？」子不語樂陶陶地收下了工具，也把錢交給了瀟湘。

這問題真是一針見血啊！瀟湘尷尬地笑了幾聲，把事情從頭到尾跟子不語說了。

「唔……妳需要我幫忙嗎？」子不語的臉色嚴肅起來，「還是……」

「等我需要幫忙的時候，我一定會開口的。」瀟湘早就想過這事情，所以神色非常輕鬆，「不過現在還不需要，你趕快把新人帶上來，我倒是暫時沒辦法幫你了。」

「好吧，那有什麼事情，妳就直接跟我說，大哥不在，我要是不把妳照顧好，等他回來，我就慘了！」子不語表面上說著胡話，但眉心卻一直都是蹙著。

「不用擔心，我可以。」瀟湘堅定地點點頭，把剛剛做好的首飾拿給子不語，「現在就有事情麻煩你啦，幫我上架吧。」

「這沒問題。」子不語想了一會兒，像是非常擔心的樣子，「那我先走，妳……保重。」

瀟湘淺淺笑了：「別擔心，我很小心的，你去吧。」

又嘆口氣，愁容滿面的子不語走出了包廂。

瀟湘稍微修整了一會兒，也跟著離開了客棧。

《舉世無雙》不缺練功刷怪的地方，但要找到沒有玩家，又能刷怪的地方就不太容易了。紫蝴蝶谷是其中之一，另外還要去哪裡，瀟湘一時之間卻想不出來了。

不過好在她是劍客，雖然好的練功地方難找，但是她血厚，最慘也不過就是去深山裡打老虎。雖然老虎又硬又凶，但是她多喝點水，也能扛得下來。

買好了消耗品，瀟湘便開始她的流浪之旅。

工匠村附近的樹林很多，到處都有不同的木材能夠採集，對工匠來說，這可是一個聖地，但是對瀟湘來說，這裡真是貧瘠得讓人流淚。愈往山裡走，玩家愈少，但是怪卻沒有增多的趨勢。瀟湘無可奈何，只能一路往西走，走著走著，景色從綠草如茵的山林變成了沉默的沙漠。

好吧，沙漠。那就打蠍子吧，雖然蠍子血厚了點，不過好在移動速度不快，通常這種怪都是法師要打，但是劍客要刷，只要不搶怪也不會有人說不行吧？

又走了一段路，終於沒見到任何玩家了。

瀟湘向來不做跟玩家搶點這種事情，更何況，沒有玩家的地方，只要有人來，她都能立刻發現，所以絕對是個好選擇。二話不說，她開始練功了。

沙漠也沒什麼不好，就是熱了點，讓她的疲勞度上升得很快，打蠍了沒損失多少血，卻非得坐下來吃顆包子、喝口茶，不然連動都動不了。

說起來，這疲勞度還是最近才開放的系統，為的是讓食物能增加一點額外的用處，讓玩家更願意掏錢買東西吃。其實也不錯啦，遊戲內容愈豐富，玩起來愈開心啊！

瀟湘吃完了東西，又起身繼續打蠍子，打得酣暢淋漓。她的身手不差，靈活度也很高，但打了一個小時也只上升二〇%的經驗值，實在是少了點，好在她一直以來都很能忍，只要經驗值不要差太多，她就能一直打下去。

而且蠍子身上雖沒什麼好東西，但蠍子屍體能採集毒液，那是做毒藥的重要材料。瀟湘雖然能蒐集，但就只有藥師能做成毒藥，她來這裡刷怪，自然也想著要順便替無眠帶一點毒液回去。

雖然他現在還不能製毒，不過日後肯定會需要。

殺了幾十隻蠍子，等著蠍子重生的時候，她彎下腰去，湊在蠍子的尾端蒐集毒液，只蒐集了一半，一支冰錐破空而來，貫穿了她的背心，也帶走了她三千多的血量。

【系統】玩家 櫻吹雪 惡意攻擊玩家 瀟湘。

那支冰錐打斷了瀟湘的採集動作，也讓她痛徹心扉。

可惡，來得好快！

瀟湘摀著胸口，顫抖著起身，回身沒看見任何法師的身影，深吸了一口氣，瀟湘朝嘴裡扔了一顆丹藥，每秒回血三百，一顆有三十秒的時間，而且不被戰鬥狀態打斷。雖然一顆一金貴了點，但她在離開樹蕙城前看到這丹藥，就覺得這東西遲早會派上用場，便大手筆買了三十顆。

她提著劍，把周身的五感都放到最大。蠍子身上的東西還沒被採光，屍體還會留在地面上五分鐘，她必須利用蠍子當遮蔽，快點把那法師找出來，否則，她對上遠攻法師，完全沒有勝算。

冰錐的攻擊距離是十五碼，這距離之內，唯一有遮蔽的地方就是左後方那石頭之後。

瀟湘回頭一看，果然又一支寒冰箭朝她射來。瀟湘往嘴裡又扔了一顆丹藥，這丹藥的功能可以疊加，她現在每秒回血六百，計算了法師的技能冷卻時間，她躲過那支箭，便急速往前衝刺。

櫻吹雪這時想跑，但放完法術的法師會有○．五秒的定身，這時間，已經足夠瀟湘衝到她的面前，給她當心一劍。法師本來就血薄，瀟湘又是對著要害攻擊，只一劍，櫻吹雪就已經陣亡。

她不會手下留情的，既然她不能走，那，就只能遇神殺神，遇佛殺佛了！

瀟湘的手還在抖，雖然說得很堅決，但這還是她第一次殺人，就算是在遊戲裡頭，一時之間還是忍不住激動跟害怕，深深吸了幾口氣，還是不能壓下身體裡的震撼。

顫顫地起身，瀟湘撿起剛剛櫻吹雪爆出來的法杖。

在遊戲裡，被玩家殺跟被怪殺是兩種截然不同的事情。

被怪殺了，頂多掉個二○%，再多也沒有了；但若是被玩家殺了，那經驗值一次是掉五○%，而且如果還是發動攻擊的那方，身上的裝備也會隨機噴出。如果殺人殺成了紅名，那不僅包袱裡的東西也有可能被爆出來，進城還會被守衛追殺。

瀟湘雖然殺了櫻吹雪，但好在不是她發動攻擊，所以也沒有紅名的疑慮。

櫻吹雪的法杖還握在瀟湘手中，瀟湘才剛剛站起身，還來不及收進包袱，迎頭就是一陣天火，燒掉了她四分之三的血量，她疼得連呼吸都忘了，下一秒，火球穿心，她成了這沙漠第二具屍體。

系統的通知還很刺目地留在她眼前。

【系統】玩家苦酒天惡意攻擊玩家瀟湘。

苦酒天走來，是個男人。

他站在她身邊，臉上笑得很燦爛地道：「我拔得頭籌了，一萬金入手。」

瀟湘哭笑不得，她現在應該跟這人說恭喜嗎？原來她的命值一萬金，比一家店鋪的租金還貴兩倍呢，也算值了。

「青衣有話要我轉告妳，」那個很強但是看起來有點脫線的苦酒天想了想，「她說，妳如果繼續玩下去，像這樣子的獵殺，只會多，不會少，請妳千萬要想明白。」

「謝謝你的轉告，我會記在心上。」瀟湘想笑，可惜，身為屍體真是笑不出來……

那法師先是驚訝地看著她，臉上流露出興味，帶著一點興奮地問：「妳不生氣嗎？」

「氣啊！但是對你生氣是沒用的，我很清楚自己的敵人是誰。」瀟湘口氣非常平靜，「至於你，也只是運氣好一點，我想你看到剛剛那個女法師了吧？雖然她比你確實是弱了一點，但是你如果趕在她前頭，那死的會是你。」

「嘿，妳這是空口說白話，隨妳吹噓的。」

「你偷襲我，也不是光明正大。」瀟湘口氣裡帶點笑意，「好了，我該復活去了。」

「嘿，瀟湘，妳好有趣，我們交個朋友吧？」苦酒天蹲在一邊，盯著她的屍體看了好一會兒，「交了朋友，我再也不接獵殺妳的任務。」

瀟湘笑了出來：「你上一秒殺了我，下一秒就要當我朋友，我個性再好，也無法同意。」

那男法師想了想，也覺得瀟湘說得有道理，換成是自己，不殺這人十次八次，怎麼能洩恨？

他還在原地轉著，瀟湘也沒等他反應，就回城復活了。這世界怪人很多，而怪人通常伴隨著怪事，她覺得不需要多認識幾個怪人，給自己找麻煩。

復活都是選離玩家最近的城市村莊，離沙漠最近的不是工匠村，而是個綠洲，是個瀟湘從前沒來過的村落，看來是最近才開放的。復活點旁邊有醫館，瀟湘就算把疼痛指數調得最低了，還是覺得這渾身的火燒傷疼得她想哭。走進醫館，老大夫只抬頭看了她一眼：「治傷？」

「對，能不能止疼啊？」她口氣頗為虛弱，法師的天火真是燒得她渾身都痛。

「行，治傷五十銀，止疼加五十銀。」老大夫口氣很平常，手上還繼續磨藥。

「那就都要。」治病跟止痛竟然一樣貴？真黑人。

付了錢之後，瀟湘虛弱地癱在椅子上，任憑老大夫跟醫館學徒把她包成木乃伊的模樣。

「行了，等個一刻鐘，妳就能活蹦亂跳的了。」老大夫甩甩手，又到一旁去忙他的事情了。

這一刻鐘，瀟湘也不知道做什麼好，只好無聊地戳開了仇人欄，現在裡頭已經有兩個人名了，一個被她殺了，一個殺了她，殺了她的那個，還說要跟她當朋友……

「果然很怪。」瀟湘低喃，通訊器卻閃個不停，瀟湘接通，是剛剛那個苦酒天。

「我想過了，我覺得妳說得有道理，既然我殺掉了妳三〇％，不然我帶妳練回來，然後還分妳五千金，妳覺得這提議怎麼樣？」苦酒天一看接通了，劈頭就喊。

瀟湘囧了囧，這不是這個問題吧？

「我覺得我們執著的點不太一樣……」

「不然妳是什麼問題？」苦酒天的聲音聽起來真的很誠懇，像是非常想弄清楚她的想法，但愈是這樣，顯得他愈詭異……

瀟湘決定換個方向跟他溝通：「你是法師，我是劍客，我們兩個組隊根本就沒有經驗優勢，也不能領悟新的招式。」

苦酒天的聲音可樂著：「這個我想過了，我們去打沙漠白蟻，妳引怪，我放天火，最後尾刀給妳，這樣很快就可以把三〇％練回來了。」

瀟湘再度囧了囧。這人樂天到腦子缺角了，他白花精神力就是要替她練經驗啊？

「苦酒天，我老實跟你說，追殺我的人絕對不止你，你跟我一起，最後只是跟我一起死。」

這話不說還好，苦酒天一聽見這話，顯得更加開心：「那不是正好嗎？我就是太無聊才來接獵殺任務。這樣吧，妳付我錢，我保護妳，這主意不錯吧？」

瀟湘無語問蒼天了。

「來吧來吧，雇我，我很便宜的，而且我很強，妳也看出來了吧？」見瀟湘沉默不語，苦酒天又繼續纏著，「而且我還能提供妳水跟毒藥……」

他還在那頭說得很樂，瀟湘卻想著其他事情。

沒錯，苦酒天是個操作很好的玩家。

她一開始拒絕子不語的幫忙，絕大部分的原因也是不想把他們扯下水。但是苦酒天不同，他就是無聊要找樂子，那倒是一個可以合夥的對象。

「苦酒天，雇你要多少錢？」她沒聽他在講些什麼，單刀直入地問。

「呃……」苦酒天愣住了，其實他壓根就沒想過，雇自己要多少錢。

「你剛剛不是說，要跟我分五千金嗎？那，你不用還我了，我就拿五千金雇你，如何？」

「呃……？」

苦酒天想了好一會兒，瀟湘還以為他要加價，卻聽見他應了一聲好。

「好，那我差不多要出去了，要不要幫你買什麼？」瀟湘心裡完全沒有坑害同胞的心理負擔，這人才剛殺了她，黑他一把也不算過分吧？

「雜貨店裡的食物，烤羊肉串跟綠洲水，各一百。」苦酒天一點都不糾結在這小事情上頭，報了自己的座標給瀟湘，「那我在外頭等妳。」

瀟湘掛掉通訊器，走到雜貨店去，看了看食物才知道自己之前疲勞度怎麼升得這麼快，原來綠洲雜貨店裡賣的食物還有抗沙漠熱氣的功能，難怪她之前吃包子沒用，仔細看過備註欄才知道，吃對食物可以降低疲勞提升的速度。

買了兩人份的食物跟水，花了一百金，瀟湘還買了沙漠女子專用的面紗，又套了一件防塵大衣在外頭，然後才慢慢走了出去。

「貴死了……」瀟湘低頭喃喃自語，「這遊戲黑玩家真是不眨眼的！」

在座標附近的陰涼處找到苦酒天，他見瀟湘又換了一套裝扮，露出了非常明顯的鄙夷表情。

「見過怕死的，沒見過這麼怕死的！」他罵道，「妳好歹是一個四十三級的劍客，這麼畏畏縮縮的到底算什麼？」

沒有回應那句話，她把食物跟水交易給苦酒天：「五十金幣，銘謝惠顧。」

「妳別斷絕我的樂趣。」他按下交易同意，抱怨道，「我就是想妳這裡有樂子才來的欸！」

「死了很痛。」她非常平靜，「殺得了我的人太多了，一整團的來，你殺得光嗎？走吧，不是要打白蟻，不要浪費時間了！」

兩人組隊之後，瀟湘才知道，為什麼苦酒天兩招就可以了結她，他竟然是個封頂的法師！

公會裡頭目前等級最高的是攻無不克，六十五級，現在不知道在哪座深山裡頭閉關，已經很久沒有他的消息了。

苦酒天這等級，絕對是在排行榜前十，說不定連排行前三都有。

「你一個封頂法師來陪我練功？」瀟湘站在一陣天火之中，等著法師的絢麗技巧放完，自己再出一招群攻，把這群白蟻給了結。

這方法確實比她一個人單練還要快多了，才練一個多小時，經驗值不賠還賺，比死之前硬是多了二〇%，搞到瀟湘心裡都暗暗愧疚，很想把錢還給苦酒天。

「我無聊啊。」苦酒天的神情非常悲憤，「等級封頂了，副職業也練完了，能解的任務都解了，我不知道要幹麼了。」

說這話，你也不怕天打雷劈！瀟湘瞪著他看。

「找人打副本，換一套好的裝備？」瀟湘本持著良善美好的心建議他。

誰想到苦酒天的臉一沉：「不要，我最討厭跟無趣的人打副本了。」

「那公會呢？去創個公會來玩？」

苦酒天施法完站在一邊，等著瀟湘群完怪，臉上很得意地說：「其實我有一個組織欸，不是公會喔，是祕密組織。」

祕密組織能讓你這樣拿出來說嘴的嗎？瀟湘無力地垂下肩，苦酒天腦子真是缺角缺得嚴重。她也不想阻止他了，幸好他們是用隊頻聊天，路過這裡的玩家也聽不見，就讓他說好了。

沒聽見瀟湘反問，苦酒天還是自顧自地開口了：「組織的名字是『默』。」

聽到這名字，瀟湘心驚了一下。

怎麼是「默」？她聽無眠提過這個組織，說是非常神祕，只知道這個組織只收法師，其他什麼也不知道，只有很少數的人知道有這個組織。

看著正說得滔滔不絕，頗有要把身家都交代出來的苦酒天，瀟湘的幻想破滅了。

「你不會是默的頭子吧？」

「我是啊！」他點點頭，不解瀟湘為什麼要懷疑，「我看起來不像嗎？可是我很強欸！我是第一個拿到『祕法』這個稱號的人喔！」

瀟湘頭有點痛，總覺得跟這人說話，智商會退化到幼兒時期。

「那你不用回去處理組織的事情，跟著我在這裡閒晃好嗎？」她決定不理他，直接問。

「組織沒事啊。」苦酒天攤手，「就算有事也不是我處理，我只負責讓人覺得我很強。」

「什麼啊……」瀟湘又跑到另一邊引怪，「你說那個稱號有什麼用？」

「我掛出來給妳看妳就知道了。」

苦酒天停了一下，不多久瀟湘就看見他頭上的顯示ID變成了「祕法．苦酒天」。他隨即放了一個天火，但這次瀟湘沒有出手的機會，身邊的白蟻一下就全都燒乾了。

「功用是，攻擊力增加二〇％。」他笑得無比光明美好，「妳看，這種攻擊力，根本就沒有劍客配得上我，哪個團能跟我啊？」

瀟湘瞠目，這種攻擊力，真的跟劍客有得拚。而後又聽聞他的自大發言，便乾笑了幾聲，「這……也是啦……」這個人真的很有自大的本錢。

「所以啊，瀟湘妳不要隱藏ID了，快把要殺妳的人都引過來吧！」苦酒天很無趣地在地上滾來滾去，等著白蟻重生。

「你去跟青衣回報了沒啊？」瀟湘真的很心平氣和，反正經驗值也回來了，就是武器耐久掉了一點，不過也還算是合理範圍內。

「回報啦，照片都發給她了。」苦酒天繼續打滾，「妳比青衣好玩多了。」

「謝謝喔。」或許是一開始就把苦酒天定位為怪人，所以不管苦酒天做出什麼脫軌的舉動，說出什麼奇怪的話，瀟湘都非常淡定了。

不淡定也不行，一個正常男人，會在沙漠裡打滾嗎……

「妳好冷淡。」苦酒天扁嘴抱怨，「殺妳的人哪時候要來啊？」

「我要是知道，還會認識你嗎？」她說到一半，飛鴿傳書撲撲飛來，她伸手接下，打開看了一下，「你差不多可以準備一下了。」

「要來了嗎？」苦酒天一躍而起，臉上非常興奮。

「還沒，不過快要來了。」瀟湘回信給青衣，「我要報座標給她了，等一下看你的了。」

「沒問題，妳看我的吧！」苦酒天笑嘻嘻的拍著自己胸膛，「妳死了找我！」

「我死了，你就把五千金還我吧。」瀟湘漫不經心地說。

「妳死了……」苦海天想了想，「我賠妳五萬金！」

瀟湘猛然轉頭看他，又默默地收回眼神。有錢人真多。

「你準備好，我要寄出了。」她道。

「行。」苦酒天把ID隱掉，嘿嘿笑道，「等一下就立刻把他們秒掉。」

「不過，殺一個人紅三小時，殺十個人要紅三天欸。」瀟湘在他身邊坐下，「你要怎麼回城？」

「為什麼要回城？我就在這裡下線就好啦。」苦酒天很困惑地反問，「我都封頂了，這裡又不是水裡，下線沒差吧？」

遊戲中是不允許玩家在水底離線的，無論如何要離開遊戲就一定要回到地面上，但至於要不要回城，就是玩家的自由選擇了。

瀟湘搖搖頭，左右張望了一會兒，算算時間，青衣的人也應該要來了，於是她把身上的面紗跟防塵大衣脫了，露出劍客原本的服飾，也露出她的體態。

苦酒天很歡樂地吹了個口哨：「妳身材真好欸！」

瀟湘抹了一把臉，沒有男性會這麼直接地對女伴說這句話吧？不過他是誰？他是苦酒天啊！這句話由他說來，竟沒半絲猥褻，也沒一點調情，他就像是在說沙漠天氣很熱那樣理直氣壯。

瀟湘也只能尷尬地說：「謝謝你喔，但是我有男朋友了，而且在這遊戲裡誰身材不好？」

苦酒天恍然大悟地彈指：「欸，妳說得有理，難怪我總覺得下線之後的現實生活好醜陋。」

瀟湘嘆了口氣，想笑，卻更想衝上去拍打他的腦子，看看能不能把他拍得正常一點。

13

殺一個四十三級的劍客需要多少人？瀟湘沒想過這個問題，但是苦酒天看見只來了三個劍客、兩個藥師的時候，臉上的表情，只能用大失所望形容。

「你動作要快點，我不想死。」瀟湘往嘴裡塞了顆丹藥，他們的結論是，讓來殺瀟湘的人先開紅，這樣同隊的苦酒天就算殺了他們也不會變成紅人。

「放心吧，就這麼幾隻小貓，救不了妳，我叫妳媽！」苦酒天笑嘻嘻地回話。

瞪他一眼，瀟湘就衝出去了。吃藥的時間太早，導致前頭一千多滴血都浪費掉了，不過很快，來人就發現了瀟湘。

主攻當然還是三名劍客，等級跟瀟湘不相上下，多虧瀟湘事前先吃了回血丹藥，這才能多撐上幾秒鐘，等到苦酒天來救她的時候，瀟湘都只剩下薄薄一層血皮了。要不是她是劍客天生血多，這會兒早就回到綠洲復活點了。

沒死，身上也就沒那麼疼，那一些傷口很快就康復了。

她躺在一邊喘著氣，看著苦酒天毒藥跟法術並上，沒多久就磨死了五個人，更堅定了瀟湘要把等級練高的決心。看看人家一個法師也能殺人殺得如此流利，她是劍客，雖然不跟怪人比較，但還是不能差得太遠。

「妳看，我贏了！」收拾完那五人身上噴出來的東西，苦酒天朝著瀟湘跑來，「舒坦！」他大喊一聲之後，躺在瀟湘身側。

「欸，苦酒天，你要不要加入我的公會啊？」瀟湘忽然問。

他轉過頭看著瀟湘：「妳的公會？好玩嗎？」

「好不好玩我不知道，不過每次下副本，我都覺得很有趣。」瀟湘想了想，「我想他們應該可以不讓你OT。」

一向爽快的苦酒天安靜了一會兒：「這個我不知道欸，我如果隨便加入別的公會，應該會被殺掉。」

瀟湘一愣，這人誰殺得了？

苦酒天又接著說：「我是說現實生活啦。」

「喔，我明白了，那要是哪天你決定了，再跟我說吧？」瀟湘正要坐起，卻看見苦酒天露出像小狗一樣的渴求眼神。

她皺眉，悄悄地後退了一些：「你……做什麼？」

「我不入妳的公會，能不能跟你們的團啊？」苦酒天揪著瀟湘的衣角，「我只單刷過副本，我也好想跟大家組團下副本……」

瀟湘頓時一囧，好想拍拍他的頭，說一聲：「小白，乖，去旁邊玩。」

但一時又覺得苦酒天好可憐，都這麼大人了，竟然只能單刷。但就算他很強，單刷畢竟是有極限的，而且法師天生血薄，沒有坦（注14），不可能擋得了多少怪。

「拜託妳啦！」苦酒天裝哭，「我一個人真的很孤單欸！」

瀟湘嘆了口氣：「好啦，我幫你問問看子不語，如果可以，下次就帶你。」

14坦：根據職業特性的不同，通常是指遊戲裡血量多、防禦高的職業角色，在推BOSS的時候會讓坦去擋BOSS，讓高攻擊低防禦的職業角色在後面安全輸出。

「好棒！瀟湘大好人！」苦酒天開心地在地上打滾，「子不語也是大好人！」

瀟湘默默地又離他遠了點。小白，乖，去旁邊玩，別弄得別人一身沙。

等到苦酒天滾夠了、樂夠了，兩人才繼續在這裡打白蟻，打到瀟湘能夠換上那把子不語給她的四十五級劍後，苦酒天也打膩了。

「瀟湘瀟湘，我們去打湖裡的水妖。」苦酒天蹲在地上吃羊肉串，「反正吃的也沒了，白蟻我也打膩了。」

「這裡有湖？」一般來說，瀟湘沒有這麼多意見，但是面對苦酒天，她不得不把自己全副的心神都應付上，誰曉得這人會不會帶她去死，他不太靠譜的。

「不在這裡，在更遠一點的北方。」苦酒天隨便指了個方向，「水妖和我們的屬性相剋，打起來很輕鬆。而且湖裡面有好多草藥，都是高級製藥用得上的。」

「到底是哪個湖啊？」瀟湘想了半天，也沒想到北方哪裡有湖。

「就是那個在火山口的……」苦酒天的眼神飄忽了一下，「妳知道全息之後開放了很多新地圖嗎？」

原來是全息之後才開放的地圖，難怪她沒印象，但是……那眼神……

「水妖的等級是……？」瀟湘瞇起眼追問。

「那個……五十。」苦酒天縮起脖子，「沒問題啦，我一個人都能打了，而且妳現在都四十五了……」

不要把我跟你相提並論，怪人！

瀟湘腹誹，不過也同意五十級的水妖和她不是太大的差距。

「去啦去啦去啦去啦……」苦酒天又在地上打滾，揚起了一堆塵土，「不然，妳要留在這裡打白蟻打到什麼時候？白蟻好無聊！」

瀟湘現在知道為什麼苦酒天時時有生命危險，好脾氣的人也會被他弄出氣來。

「好啦……」她嘆口氣，不太明白是苦酒天在保護她，還是她成了苦酒天脫離無聊的浮木。想來苦酒天這招從沒失誤過，一聽見瀟湘答應，他立刻從地上翻身站起，臉上是一派光明。

「耶！走吧！」他熱血沸騰地高舉右手。

「用走的過去？」瀟湘謹慎地問，她不記得沙漠的北方有火山啊？

「喔，不是不是，用飛的！」苦酒天叫出他的坐騎，是一隻非常大的鷲，「雙人坐騎，我們一起過去。」

他先爬上了坐騎，然後拉起瀟湘。這鷲真的夠大，兩個人都坐上了，還有很多空位可以放東西。鷲翅一張，鳥身就急速上升，瀟湘一時失去平衡，往後仰去，幸好苦酒天早有預備，伸手托住她的背心。

「嘿嘿，每個人都要後仰一次。」他很得意，「上次若若也是，不過她比你慘，她摔下去了。」

瀟湘笑了出來，原來慘的人還不只她一個。

這一飛，飛了老半天都還沒到，瀟湘都寫了好幾封飛鴿出去了，還沒到苦酒天說的火山口。

「欸，苦酒天，還要多久啊？」

「到了啊。」他伸手指著前頭，「妳看，那裡有灰灰的小點，是水人部落，我們要先去那裡買辟水珠才能下湖。」

「辟水珠？我有啊。」

「不一樣，火山口湖要有特殊的辟水珠才能下去。」苦酒天狀似認真地盯著前方的路。

瀟湘看著那個一路都在迴避她眼神的苦酒天，心裡覺得有些不對勁，又說不上來。

到了水人部落，買好了食糧跟辟水珠，在下水之前，苦酒天還塞給瀟湘一堆胖紅。

「帶著帶著，人生都是會有意外的。」他把一堆胖紅放在瀟湘懷中，嚥了嚥口水，

瀟湘沒仔細算，收下之後才發現竟然有一百瓶。胖紅不便宜，就算苦酒天副職業是藥師，出手也太大方了。

著實太不對勁，剛剛青衣的人來殺她，她先吃丹藥，他還在旁邊嘲笑她膽子小，現在卻主動給她這麼多胖紅。

苦酒天乾乾地笑了幾聲：「那個，下水之後，不太安全。」

由於他實在太支吾其詞，但瀟湘也問不出所以然，最後只好放棄了。她後來發現，這是今天第二個錯誤的決定。

第一個錯誤，是她不應該接受苦酒天的建議，雇他保護自己。

什麼叫自找麻煩，這就叫自找麻煩！

下了湖之後，湖底的水妖確實只有五十級，最特殊的地方或許是這些怪竟然是被動怪。五十級還是被動怪，這確實是不太對勁，但是為什麼苦酒天會這麼謹慎？

他領著瀟湘到了湖的深處，明顯這裡怪比較多了。

「那個，妳不要開，我來開。」苦酒天臉上的表情很是複雜。

「讓法師開怪，怎麼說都不對吧？」瀟湘疑惑地問。

「不不，等一下妳就知道了。」苦酒天沒有多解釋，立刻就放了一個高攻擊力的火球往一旁的水妖身上砸。

那一刻，瀟湘就知道有什麼不對勁了。

這個瘋子！

這裡的一堆水妖平均十隻裡就有一隻是會狂暴化的小BOSS啊！而這裡放眼望去，最少也有五十隻。更悲慘的是，有仇恨連鎖，打一隻，方圓三十碼的水妖都衝過來了。

娘的，苦酒天你這個坑爹貨！給胖紅能做什麼用，喝胖紅時不能中斷啊！

瀟湘悲憤了，看著那群密密麻麻的水妖圍著苦酒天打，還有在一邊顯示那宛如雲霄飛車般下降的血量，她也沒辦法多想什麼，只能提劍上去救人。

管不上精神力的問題了，瀟湘算準了技能冷卻的時間，一個又一個的群攻不停地放著。精神力用完了就用普攻打，打到精神力恢復得差不多了，再放技能。就這樣來來回回用了幾次，總算打完這區大約五十隻水妖，加上六頭狂暴化的水妖BOSS。

瀟湘累得癱坐在地，看見苦酒天走來，她連話都說不出來了。

他白目地笑嘻嘻問：「怎麼樣？很刺激吧？」

「我真應該讓水妖殺了你！」瀟湘還在喘氣，「救你這個瘋子做什麼？」

「不行啦，我死了，他們就攻擊妳了！」苦酒天毫無愧疚地搖著手指，「我要是死了，妳應該很快就會追著我而來了。」

「打這個太累了，不划算。」瀟湘冷靜下來，對付苦酒天，就應該用他能理解的語言，「這附近有沒有更好打的？」

苦酒天想了想：「有，不過這裡比較好玩……」看見瀟湘的眼神，苦酒天又立刻改口，「不過那裡比較適合妳打。」

瀟湘起身：「那我們走吧。」

唉，她好想念無眠啊。

跟在苦酒天背後，瀟湘忽然靈機一動：「欸，苦酒天，這裡有沒有六十五級左右的？」

「有啊有啊，湖下二樓，有六十八級的女王水妖，那個更凶了，我掛上稱號，一個人也打不贏！」苦酒天以為瀟湘忽然又想打水妖了，回頭就是一個燦爛的笑靨。

「那我找人來陪你玩好不好？」

「唔？」苦酒天有點猶豫，「他很強嗎？」

「是個劍客，跟你差不多強，不過等級還差你一點。」瀟湘據實以告，「是我們公會的主坦。」

想了想，他露出很欠揍的表情：「好吧，那試試看，可是如果他不夠強，我會趕他回去喔！」

瀟湘被他那個表情弄得嗆了一口氣，這年頭怪人都特別不講理：「不會的，他比我還強，不過你要先帶我去這附近的練功點才行。」

離開了水面，瀟湘馬上把這裡的資訊發了飛鴿傳書給攻無不克，他也答應了要來。

輪到苦酒天帶著瀟湘到一邊的火炎地上去刷怪。這裡地熱，瀟湘站上去就覺得滿身熱氣，覺得自己最近跟熱地特別有緣，不是跑進了沙漠，就是跑上了火山。

這裡的怪普遍是四十七級，是瀟湘能打的怪，但是仇恨連鎖的範圍很大，跟剛剛的水妖像是同一種類型的，不過好在其中沒有混著會狂暴化的BOSS，瀟湘也還算扛得住。

在攻無不克來之前，瀟湘跟苦酒天繼續刷怪。

苦酒天這次就提不起精神了，有一下沒一下地放著技能，倒是很認真地跟瀟湘聊天。幸虧瀟湘是個劍客，血厚得很，扛一下也是可以的，才沒有被苦酒天的這種態度害死。

沒多久，攻無不克到了部落裡，瀟湘跟苦酒天也回到水人部落，瀟湘引見了兩人之後，剛想要把身上的辟水珠給攻無不克，卻立刻被苦酒天阻止了。

「不能拿下來，剛剛那個刷怪點，系統判定是水底。」

「啊？」瀟湘困惑地看著他。

「妳別問我，我也不知道為什麼。」苦酒天聳聳肩，「我寫信給遊戲公司過，但是他們堅持這不是BUG，我猜大概是個特殊的任務吧。」

「那我就再去買個辟水珠就好了。」攻無不克不以為意，走到一邊買了東西，沒多久時間就回來了，跟苦酒天稍稍聊了一會兒，就準備出發去湖底了。

瀟湘目送兩人離開，直到身影完全看不見了，才嘆了口氣，慢慢往剛剛的刷怪點過去。

苦酒天是很有趣沒錯，但是她更想念跟無眠在一起的時候，那種平淡安穩的感覺。

坐在石塊上休息了一會兒，瀟湘又提起劍繼續刷怪。她也不知道青衣要做到什麼程度才會放棄，但是想來不會太容易。她還是快點封頂，免得來找麻煩的人連累了無眠。

這裡怪多，給的經驗值也多，瀟湘手上沒停，刷起怪來非常迅速，一下子就破四十七級了。

坐在剛剛的那塊石頭上略略休息，瀟湘一手拿著水人部落買來的烤魚吃著，一邊無聊地踢著石子玩，沒注意到很遠的邊上一直有人看著她。

這個地圖，瀟湘直到很久之後都還是不敢再踏上來。

心裡的陰影太大，就連再上遊戲，都是因為無眠在這裡，她真的捨不得放棄。一直覺得自己不算膽小，後來她才知道，原來是自己從沒見過黑暗。

這個火山附近的地圖，地面上有很多巨大的沉積石塊，無意間形成了一種像是障蔽的東西，加上瀟湘對這個地圖又不太熟悉，因此等到她察覺的時候，已經被團團包圍住了。

看見這麼多人，瀟湘心裡一顫。

殺一個四十七級的劍客需要多少人？

她從來沒想過這個問題，但顯然青衣是鐵了心要殺她。當瀟湘看見十名劍客、三名法師、三名藥師結隊而來，她立刻就知道這次怎樣都逃不掉了。

很多事情有了心理準備後，其實也沒有這麼恐懼，但她就是暗暗覺得既可怕又荒謬，十六個人！原來她竟然值得出動這麼多人，這幾乎是一個中型副本的人數！

不過有了心理準備，也不表示她就要束手就擒，這次沒等到他們開紅，瀟湘就先上去放了幾個群攻，殺了兩名藥師跟一名法師，劍客上來擋她，一旁的法師趁機朝她丟了定身藥水。

「真凶悍。」其中一名劍客顯然是被瀟湘的速度嚇到，「難怪青衣要用到這麼多人。」

「她是凶悍，可惜青衣是陰狠，我想這世界上沒有人敢跟她作對了。」另一個法師聲音中帶著一點顫抖。

「噓，別讓其他人聽見了。」一名女法師輕聲提醒，「也不知道其他人跟她有沒有關係。」

瀟湘眼不能閉，頭不能轉，只能用耳朵仔細聽著，祈禱他們多聊一點天，等到定身藥水的時間過去，她就能想辦法逃走，或是找人來幫忙。

現在看來是不可能了，只希望他們下手夠重，別折磨她。

她怕死，怕死了！但是要她對著青衣的人求饒，她做不到！所以只能眼睜睜看著那群人中的一名男劍客，慢慢地朝她走來。

他下手沒有留情，對著她的喉頭一刀、心口一刀，就帶走了瀟湘四分之三的血量，瀟湘疼得還來不及流眼淚，後背心又被另一人補上一刀，瀟湘就死了。

很快，果然很快。

喉頭還熱辣辣地疼，胸口上的傷更不用說了，但是死了也好，這樣就能回城裡復活，卻沒料到，有人比她更快一步地在她身上灑上復活水。

瀟湘困惑了，但立刻又被丟了一瓶定身藥水。

不祥的惡寒在她周身蔓延，她的指尖微微地顫抖著。身上的疼痛未消，胸口前又加了新的傷口，狠狠地刺進她的皮肉裡，直達心臟。她幾乎感覺到自己的肌膚在劍尖下被化開的過程，沒有汩汩的鮮血流出，卻有止也止不住的疼。

瀟湘吸了一口氣，咬緊了牙關。

這青衣，要殺她幾次才願意罷休?!

十次？

二十次？

那群來殺瀟湘的人，像在面對著一場葬禮，沒有人嬉鬧，這嚴肅的態度，讓瀟湘更加絕望，要怎麼樣才能讓殺人的人露出像是被殺的慘狀？

一個偌大的名詞忽然浮上瀟湘心頭。

輪白。

她明白了。青衣這是非讓她離開遊戲不可的手段。

被玩家殺一次會掉三〇%經驗值，若十級以下，死了就不會損失經驗了，這一直都是玩家的基本知識。

而輪白的意思就是，殺了玩家之後，復活玩家，再殺一次，一直殺到不會再掉經驗值為止。

太狠毒，難怪那人說青衣陰狠。

這時瀟湘已經死了第五次，她痛得忍不住大喊出聲，疼痛指數雖然已經關到了最低，但是會累加。雖然那劍客下手很快，可是還是很痛，非常痛。

像是把身體一次又一次劃開，又一次一次縫上。

她本想嘗試著直接下線，但失敗之後才發現，不行，這裡是水底，不能下線。

沒辦法飛鴿傳書，甚至也無法用公會頻道請人來救她。因為太痛了，痛得已經無法說話，也沒辦法操作系統。

身上的冷汗直流，瀟湘不停地顫抖，那沁入骨頭裡的疼痛，讓她漸漸失去意識，卻又在被復活的那刻清醒過來。

要輪白一個四十七級的劍客要花多少時間？

瀟湘不知道，她只知道，這時間像是永遠都過不完似的。不停地痛，不停地昏迷，又不停地清醒。她不會心疼那個持續下降的經驗值，她現在只想知道，這到底什麼時候才會結束？

疼得淚流不止，遊戲裡有疼痛指數，卻沒有麻木這個選項，所以她只能一次又一次的痛，感覺折磨永遠沒有盡頭……

瀟湘又哭又喊，她第一次見識到自己崩潰，再能忍也不可能忍得了這沒有止盡的疼痛。

看見自己等級降成十級的時候，瀟湘已經半個字也說不出口了，躺在地上，覺得身體的每一處都在痛，身上的裝備因為她開紅的關係，也早就噴光了，散落在她周身一地。

那景象，看起來不只是淒涼能夠形容的。

下手的那劍客，臉色很冷地走到一邊，然後一名法師從後頭走了出來，對著瀟湘道：「青衣說，你們的約定仍是永久有效，她希望妳能早點跟她聯絡。」殺人一次，或許很歡樂，或許很暢快。能殺仇人更或許是一件爽快的事情，但是短時間內，連續把人從四十七級殺到剩十級，那絕不是一件樂事。

何況他們只是拿錢辦事，整整殺了同一個人一百二十多次，對心靈的折磨絕對是超乎想像得大。因此這群人臉色都不甚好看地交代完青衣的話，也沒撿瀟湘噴出來的裝備，轉身就走了。

最後只剩下那名下手的劍客，他繃著一張臉，把瀟湘從這塊地上抬到離開水底的空地。

「下線吧，不要再來了，青衣那女人不會放過妳的。」他撂下這句話，轉身就離開，剩下不停喘著氣的瀟湘，看著灰濛的天空，眼淚流個不停，那不光是疼痛，還有一種被羞辱的悲憤，眼淚從眼角邊滑下。

瀟湘咬著牙，卻看見青衣朝自己走來，那張美麗的臉，還是掛著那麼好看的笑。

瀟湘克制不住渾身顫抖，她還不能動，否則她會提起劍刺穿那人的心臟，讓她知道，自己做的都是些什麼樣子的事情！

青衣扔了一瓶定身藥水在瀟湘身上，系統非常諷刺地出現了惡意攻擊的提示。

「姊姊，妳懂了嗎？」青衣溫聲地問。

瀟湘不想哭，哭了像是她對青衣投降一樣，但卻怎麼樣都止不了，因為痛和恨而流下的眼淚。

「姊姊別哭。」青衣蹲下身，輕輕抹掉瀟湘臉上的淚，「只要妳別再玩這個遊戲就好了。」

瀟湘被青衣的動作嚇得連呼吸都忘了，只能盯著她看，卻不知道該說些什麼才好。

青衣順開了瀟湘凌亂且沾了淚的髮絲：「這樣吧，姊姊妳好好想一想，我先走了。希望妳有決定的時候，一定要第一個通知我。」

看著青衣緩緩離去的背影，瀟湘覺得胸口好悶。

她從來沒有這麼憤恨過一個人，從來沒有這麼痛恨過另一個人的自私。

14

等到能夠操作的時候，蕭襄立刻就奔下線。

在感應艙裡睜開眼睛，剛剛那場人為事故，就像一場極度嚇人的噩夢，讓她淚流滿面。用手背擦掉滿臉的淚水，蕭襄又躺了好一會兒，才從感應艙裡起身。先去沖了個澡，看了看桌上的時間，早上五點。這不是打電話的好時間，雖然她真的好想好想打電話給墨白。

躺在床上，蕭襄想要再睡一會兒，但每每要沉入夢境時，卻又忽然醒來。最後蕭襄實在沒辦法，只好扭開檯燈，拿了一本書靠在床頭上看著，慢慢地才又睡著。

醒來時已經是中午了，她驚醒過來，抽過手機一看，才想起今天早上沒課。

換了件衣服，蕭襄去附近的便利商店買了點吃的，喝了一杯熱咖啡，這才慢慢回到了租屋處，想起昨天遊戲裡頭的事情，仍然驚魂未定。

太狠了。

她跟青衣沒有深仇大恨，青衣怎麼能做這種事情？那麼漂亮的人，做這種事情，難道不會良心不安嗎？

想到這裡，蕭襄嘲諷似地勾起唇角。

當然不會，如果青衣會良心不安，就不會做這種事情了。

現在的重點是，她還要繼續玩嗎？想到還要再躺進感應艙，蕭襄就忍不住一顫。

算了，還是過幾天再說吧……幸好墨白這兩三天也不會上線，她趕緊趁這段時間收拾好自己的心情，這才是當前最重要的事。

看了看時間，蕭襄背起背包。今天還有課，晚上還要去打工，雖然很不想去，但為了遊戲而荒廢正常生活也是不妥。她默默地垂下肩膀，發生這種事，真的讓人很提不起精神。

蕭襄隨意收拾了一下桌上的東西，拿起手機正要放進包包，卻看見上頭有顯示未接來電。她看了一眼，是墨白。已經是他出差的第三天了，也不知道他今天為什麼挑這個時間打來，他們平常都是晚上十點會通個電話。

蕭襄想了想，可能是墨白趁著午休時間抽空打電話給她，不過現在都一點多了，她要是回電給他，打擾他就不好了；而且他在香港欸……國際電話費很貴……還是傳封簡訊吧。

蕭襄迅速在手機上輸入幾個字，跟墨白說她很好，有什麼事就晚上再聊。然後就把手機放進包包裡，往學校去了。

蕭襄很少把情緒暴露在眾人之下，所以就算她心情十分低落，一起上課跟打工的艾艾也沒看出所以然，只覺得她今天好像比較疲憊。艾艾也知道蕭襄的忍功，還特地幫蕭襄做了不少工作，就是怕她累著了。

這種心意蕭襄很感動，但也只是簡單解釋了幾句，說是昨天在遊戲裡頭被人殺了幾次。艾艾沒玩遊戲，安慰起來也是很表面的言詞。好不容易等到了下班時間，蕭襄跟艾艾一起坐公車下山，一路上兩人說說笑笑，一直到下了公車之後，蕭襄才頹下肩膀。

一個人的時候，就會忍不住想起那件事，今晚，她還是多念點書，不要玩遊戲了。

慢慢走回家，遠遠地就看見巷口有人影在踱步，蕭襄皺了皺眉，昨天在遊戲裡的回憶太深刻，讓她現在一看到奇怪行跡的人，就一陣不安。

深深吸了一口氣，安撫了自己因為緊張而狂跳不止的心臟。不管怎麼說，總還是要回家的。走近了一點，那人就朝著她疾步走來，由於那人的身高太高，所以即便蕭襄沒看清楚他的臉，也認出來那是墨白。

眼眶泛紅，她現在真的很想見到他。

「蕭襄，妳好嗎？」站在她的眼前，墨白聲音裡的暖意滲入她的心裡。

「我很好。」她帶著一些些哽咽，「你怎麼這麼早就回來了？工作得順利嗎？你等很久嗎？怎麼不打電話給我？」

墨白沒有回答蕭襄所有的問題，只是定定地望著她：「工作很順利，但是妳沒有什麼話要跟我說嗎？」他一把抱住了蕭襄，「我看到影片了。」

蕭襄放任自己汲取墨白身上的安全感：「什麼……啊！影片……」

原來還有人看見啊，她深吸了一口氣。這也太慘了，她昨天又哭又喊，全被錄下來了，她還要不要見人啊？

「妳怎麼不跟我說？如果妳打電話給我，我會想辦法回來。」他語氣裡帶著一絲絲心疼，「為什麼自己忍著？」

蕭襄把頭埋在他胸前，沒有答腔，眼淚不停地掉。

「我明天放假，妳……」墨白臉上有著蕭襄沒看見的擔憂，「唉，算了，妳吃過了嗎？」

「我吃過了。」蕭襄沒有發現墨白口氣裡的一絲不自然，「你累嗎？如果累的話，先回去吧？或者到我屋子裡休息一下？我泡茶給你喝？」

「好，我們回妳的屋子裡吧。」他緊緊握著蕭襄的手，兩人慢慢地走著。

回到屋子裡，蕭襄攤開了折疊式的小桌，忙東忙西地燒了一壺水泡茶。

「房間很小，真的擺不下大桌子，所以……」她遞給墨白一張座墊，「只能席地而坐了。」

像這種學生套房，一向都只有四、五坪大，擺了一張床，一張書桌，還有一個衣櫃，小小的空間就已經幾乎塞滿了。

墨白不以為意地淺淺笑了：「倒有點像是魏晉時代，沒有椅子坐，只有小几跟座墊。」

蕭襄不懂他在說些什麼，只是專注泡茶。墨白看著她專注的側臉，深深地嘆了一口氣。

原本只是覺得這個女孩子，堅強得讓人想多關注一點，像是在牆角的小花，讓人經過的時候忍不住多看幾眼。到了某一日，擔心驕陽熱壞了小花，開始為那花澆水遮陽，看著它愈長愈好，心裡也有些欣喜，卻沒想到一回神，發現自己已經將這朵小花，當成自己親手護養的，誰若傷害了它，心裡居然有那麼大的痛感。

不知何時，小花的根，就這樣蔓延滋長到自己心上。

「蕭襄。」他喊。

「嗯？」她抬頭應聲。

「妳知道遊戲今天停機維修嗎？」

「啊？為什麼？今天不是例行的維修日啊？」她有些驚訝。

「修正程式，以後一天只能殺同一人三次。」

蕭襄撓撓頭，乾乾地笑了幾聲，垂下了眼簾。

墨白輕聲地開口：「我不會饒過青衣的。」

他的聲音仍然那樣溫柔低沉，但眼中卻無一絲笑意。

那話，猶如落葉飄落水面，濺出一圈圈漣漪。

她望著墨白，沉默了好一陣子之後才問：「你想怎麼做？」

「她怎麼對妳，我就怎麼對她，如此而已。」

蕭襄端著杯子的手微微一顫，些微的茶從杯子裡濺出，落在桌面上。墨白狀若無意地將手覆上蕭襄的手背，而後接過杯子，卻不多說些什麼。

過了好一會兒之後，蕭襄才乾乾地應了一聲。

慢慢喝光了手上的茶，墨白對著蕭襄溫柔地笑著：「不說這個，我們去逛夜市好嗎？我一下飛機就來了，現在有點餓。」

「咦？你還沒吃嗎？」蕭襄有點錯愕，隨後而湧上的卻是感動，「好，我們去夜市，我知道有一家小吃很不錯。」

那天晚上，墨白跟著蕭襄去附近很有名的觀光夜市晃了一圈，又開車帶她到北海岸。

把車停在路邊，海面還是一片黑暗，兩人聊了一夜，看見日陽慢慢升起，曙光把深藍色的海面全都染滿了跳躍的金色，撞擊在岩石上頭濺起的水花，像是雪白的水晶，灑在岩石上頭。

玩了一整夜，當然就……不小心蹺了課。

不過蕭襄一向極少蹺課，所以偶爾一天，還不至於影響到平時的成績。

回程兩人在北海岸看見一個行動咖啡廳，又坐下來吃了一點東西，喝了一點熱的飲品。雖然一晚沒睡，但兩人的精神卻非常亢奮，捧著咖啡，就這樣站在路邊，看著碧海藍天，不斷地聊著，墨白甚至唱起了歌。他低沉的嗓音，唱起英文老歌特別撩動人心。

這時間的海岸邊，鮮少見到來車。這種安靜的氣氛，讓蕭襄心滿意足地微笑起來。

海邊風大，吹得蕭襄長髮凌亂。

墨白唱完了一首歌，用著一夜未睡之後更顯磁性的嗓音問：「蕭襄，妳還想繼續玩那個遊戲嗎？」

她一愣，臉上有些遲疑。

「如果不要管其他的因素。」墨白又補充。

怎麼能不管其他的因素，那些事情就是讓她不想離開遊戲的原因啊！

「我想，只是……」她不知道該如何才能表達心裡的猶豫。

墨白攬了攬她的肩：「既然妳還想玩，那就讓我來處理吧。」

「你要怎麼處理？」蕭襄想起上次墨白處理萬年的方法，心裡略有些踏實，卻又覺得不安。

她雖不知道墨白要怎麼處理青衣，但……

「雖然這樣顯得我太膽小，但如果能夠息事寧人的話，我不想引起紛爭。」蕭襄低下頭。只是，如果說理說得通的話，她現在也不用這麼恐懼了。

「不要怕。」墨白握著蕭襄緊張到發冷的手，「等妳上線的時候，我已經在線上了。無論如何，不會再發生同樣的事情。」

她僵硬地點點頭，認真說服自己相信墨白。

「我知道這不是妳會做的事情，若是妳以前，肯定在青衣找妳談的時候就離開遊戲。雖然妳未必會拿她的錢，但妳不擅長解決這種瑣事，一定是轉身就走。」

蕭襄大感吃驚，心想：連這件事情你都知道啊？

看見她訝異的眼神，墨白的手緊了緊。

「而這次妳不但留下來了，現在還要再試一次，早已經不像是妳的個性。」他一頓，又把蕭襄擁進懷裡，「但是，我現在還不能離開這個遊戲，這個遊戲的劇本我也有參與，花了很多心血，實在捨不得還沒看到遊戲長大，就離開它。」

蕭襄回抱著墨白，心裡不但百感交集，且又暗暗吃了一驚。難怪墨白看起來這麼適合這個遊戲，原來他是製作團隊中的一員。

他的聲音傳入蕭襄的耳中：「做這種要求很不合理，但，請妳再試一次吧！如果這次還讓妳失望，我們就一起離開。」

蕭襄退出了墨白的懷抱，低著頭說：「好，再試一次。」如果再失望，不管墨白如何，她都是一定要走的。沒有什麼事情，值得讓人一再受傷。

談完了話，兩人也往回程走。

歸途中墨白換了張舒服的爵士CD，女歌手沙啞的嗓音輕訴低喃。蕭襄幾乎就要睡去，卻又像是想到了什麼事情，揉了揉眼睛愛睏地問：「你該不會是故意帶著我蹺課的吧？」

墨白沒有回答，反而伸出一隻手蓋在蕭襄眼睛上：「想睡就睡吧，到家我再叫妳起來。」

蕭襄實在是睏極了，墨白的手烘得她臉上暖暖的，爵士女歌手的聲音又那麼好聽，一不小心，她就陷入了夢裡。

進入市區時，有些塞車，墨白也不急，只是慢慢地駕駛，偶爾看著蕭襄的睡靨，想笑，但眼前隨即就浮現出那段影片，然後就像是讓人擰緊了心口，又酸又疼，沿著血液延展到四肢百骸，怎麼樣都止不住。

他很多事情都很好商量，只有家人，他絕對不會妥協。

墨白意味深遠地朝著蕭襄投去一眼：「才這麼幾個月，我就這樣自顧自地把妳當成了家人，若有天妳要離開了，該怎麼辦？」

車子慢慢開到了蕭襄的家門口，才剛熄火，蕭襄就醒了，她盯著墨白看了好一會兒，才想起這是什麼地方。但墨白一直看著她不說話，蕭襄也不知道該說什麼，兩人就這樣相視了好一會兒。

「晚上妳有事嗎？」還是墨白先開口問，蕭襄搖搖頭：「沒事。」

「那十點上線，我在水人部落等妳，這次我會帶足人馬，送妳回公會。剩下的事情，我們就線上再說。」

「……喔。」

「還是，妳今天仍不想上線？那沒關係，等妳想上去的時候，提前幾天跟我說，我一定安全讓妳回城。」見她臉上仍有些抗拒，墨白不自覺地放軟了聲調。

「……也不是。沒關係，就今天吧。上線一次，心裡也不會這麼害怕了。」蕭襄不想一直哭訴她覺得有多可怕，自己能處理的事情，不需要麻煩墨白，尤其是情緒，這是最沒必要的了。

「好，那我們就晚上見，回家再睡一會兒吧。」墨白拉過蕭襄的手，在她臉頰上落了一吻。

蕭襄的臉澀紅了起來：「那我先回家了，你開車小心點。」她下車，站在車邊。

「好，我到家就打手機給妳。」他淺淺一笑，卻是蕭襄今天頭一次看見他露出這樣好看的笑容。

原來自己讓墨白很擔心啊……原來他，擔心了一整個晚上？

這個念頭在蕭襄心裡浮現，她下意識伸手摸著剛剛讓墨白吻過的地方。

✿

登入了遊戲，瀟湘出現在空地上，離水人部落只有幾步之遙，但她卻覺得兩條腿都在發軟，走也走不動的感覺。她立刻把自己的ID隱掉，然後用私頻跟無眠說了她的座標。如果這麼短時間也遇上了青衣的人馬，那就算她倒楣好了。橫豎她也走不動了，索性不躲了，坐在一邊的大石頭上，沒多久，無眠就帶著大家找來。

呦呦跟小玫瑰看到瀟湘坐在石頭上，兩人一起跑了過來，一人一邊拉住瀟湘的手，呦呦甚至一見她就哭了。以她們三人為中心，外圍圈了一團人，臉色嚴肅得不得了，誰想多看一眼都會被驅趕，不知道的人路過還以為他們要幹麼呢。

「呃……別哭別哭。」瀟湘另外一隻手被小玫瑰抱著，所以沒辦法拍她的頭，只能用言語安慰，「我沒事了，只是等級現在很低而已，那也沒關係，再練就是了。」

這話一說連小玫瑰都落淚了，斗大的淚珠一顆兩顆墜在瀟湘手臂上。

呃……她雖然想過各式各樣的情況，但是沒想過別人會哭得比她還大聲。這是要讓她哭，還是要逗她笑啊？

「沒事沒事了。」她連連安慰，並朝無眠投去求救的眼神，只可惜無眠花了大部分的精神在跟一旁的子不語說話，瀟湘只好一邊安撫他們，一邊領著他們往水人部落走。他們走了沒多久，進了水人部落後，瀟湘還沒看清楚路，迎頭就看見一團黑影朝她撲來。

「瀟湘，嗚嗚嗚，都是我對不起妳！」苦酒天抱著瀟湘的腳大哭，「都是我不好，妳原諒我吧！」

瀟湘這下真的無言了。呦呦跟小玫瑰哭就算了，這苦酒天來湊什麼熱鬧？你一個男人，跟人家說哭就哭，到底是……

「好了，你們要哭等到回家再哭，有飛行坐騎的都拿出來，一起回蘭皋城。」無眠看著這些哭成一團的人，嘆了口氣，「瀟湘，妳還好嗎？」

不要一見她的臉就哭啊，不知道的人還以為他們是被她嚇哭的！

瀟湘真是太感激無眠這種態度了！

「那我呢？」苦酒天看著無眠問，「我可以跟你們一起嗎？」

苦酒天是世界排行榜第三，即使瀟湘沒有注意這種事情，不過無眠不會疏忽。他看著苦酒天，雖然不明白他怎麼會跟瀟湘扯上關係，但是有他幫助，一定會順利很多。

「當然可以，不過我們要回到公會的屋子裡，你可能進不去。」如果是從大門進來，那當然可以，但他們是要從空中降落在後院，苦酒天不是他們公會的人，可能會被擋在外面。

「那……」苦酒天還抱著瀟湘的腿，淚眼汪汪地看著無眠，一咬牙道，「那我就入你們公會！」

瀟湘一驚，踢了踢他：「苦酒天，你確定嗎？你不是會有生命的危險嗎？」

苦酒天眼淚還在掉：「嗚嗚嗚……妳被殺得這麼慘，我覺得妳好可憐喔……一定很痛對吧！」他吸了吸鼻子，「如果我不能一個人入你們公會，那我就把全部的人都帶進來！」

無眠當然不太明白他在說什麼，只是略略思考了一會兒，開口說：「不然你先入我們公會吧，如果不行的話，你再退掉就是了。」

這個提議太符合苦酒天的想法了，他一躍而起，對無眠笑得非常燦爛。

一行人浩浩蕩蕩地回城，瀟湘跟無眠同乘一匹大鳥。路途有些遙遠，但是前後左右都有人守著，瀟湘就算再緊張，也忍不住笑了出來，「弄得好像媽祖娘娘繞境。」

無眠揉了揉她的頭髮：「妳現在是全工會最小的孩子了，不保護妳保護誰？」

「唉，虧我還想說，過了四十級，玩起來就輕鬆了，這下要從頭再來了。」瀟湘搖搖頭，「人生的意外果然還是很多。」

無眠望著她平靜的表情，心裡五味雜陳。雖然知道她就是這樣子，很能忍，也很會忍，但是就連自己都不敢保證，如果是他碰上了這種事情，會不會像瀟湘這樣的平靜。

「妳脾氣這麼好，讓我很困擾。」無眠忍不住靠在她耳邊輕聲道。

瀟湘沒有準備，被他這舉動嚇了一跳，摀著耳朵驚嚇萬分地回頭看他：「困、困擾什麼？」

「我會想要猜妳心裡在想什麼。」無眠扶住她的肩，怕瀟湘一不注意摔了下去，雖然說她現在就算死了，經驗值也不會再掉了。

瀟湘笑了出來：「你不用猜啊，問我就好了，我很誠實的。」

「像這次的事情，我沒問，妳就不說。」他嘆了口氣，臉色很嚴肅，「這麼大的事情，妳連主動來跟我哭訴都沒有，要不是我看見那影片，恐怕到現在都不知道！」

他愈說語氣愈激動，到後來甚至帶著一點怒意了。他是不想跟瀟湘生氣，但不表示他不會發怒。看見影片的時候，他心裡又氣又急，卻什麼忙都幫不上。

瀟湘也自知理虧，其實也不是故意要瞞無眠，只是這事情發生的時間點太巧，她也沒辦法。

「那我保證，不管以後發生什麼事情，都會主動跟你說。」她頭垂得低低的，示弱的意味濃厚，「對不起，不要生氣。」

「我也不是生氣，就是覺得我把妳當家人，妳卻把我當外人，心裡有點失望。」無眠搖搖頭，「妳得再多相信我一點。」

瀟湘還想開口說話，但公會的屋子近在眼前，她心裡又想起另外一件事情，只得先暫時把這事情壓下。

「這個我們以後再說吧，」她捏捏無眠的手，「我有一件更重要的事情要說。」

「還有比這個更重要的事情？」

瀟湘想了想：「應該是更重要一點的，就是關於苦酒天跟『默』……」她知道的也不多，所以只能把她知道的都告訴無眠。

就算「默」不會進入公會，但經過這件事後，兩邊互相友好，那也很好，所以不能不說。不管以後如何，這件事情都要早點說清楚，依照無眠什麼事情都要是先準備的個性，先說了才不會讓他措手不及。

15

後來苦酒天真的帶著「默」加入了公會，瀟湘看見公會會員上頭忽然多了一堆等級都超過六十的法師，心裡默默一驚，練功狂也太多了！

不過她沒花多少時間關注這件事情，畢竟她現在很忙，忙著練回原本的等級。

她現在練功的時間少了很多，如果無眠不在，她基本上就是留在公會裡頭練飾品技能（為了這需求，現在公會倉庫裡塞滿了高級紫杉木）。這件事雖然是無眠要求，但說真的，她自己也有些怕。青衣的事情還沒有完全解決，她很怕痛的，要是再來一次……還是不要自找麻煩。

不過，她有點困惑，那個應該也很忙的苦酒天，整天都膩在她身邊做什麼？就連她在公會的屋子裡，他也要過來聊天？

無眠在，她能理解也很歡迎，苦酒天也在，那這是……哪招？

「苦酒天，你沒別的事情能做了？」瀟湘拿著二十級的武器在怪群裡猛砍，順口問了。

無眠在一邊採藥，輕笑了聲。任何人碰上苦酒天，都只有幼稚化的份。

苦酒天在蘭草上頭滾來滾去，聲音很歡樂：「我說要保護妳，結果害妳被殺成這樣，我心裡愧疚，所以我現在要天天跟著妳，要是有人再來殺妳，我也要把那人殺個十次八次！」

她瞥了他一眼，在草地上滾得這麼樂，這是愧疚的表現嗎？這人真的很怪，到處都要滾一滾，這是什麼習性啊？

「現在『默』都加入公會了，兩個組織整合，你難道沒有很多事情嗎？」

「沒有啊，我才不處理那種事情，」苦酒天繼續滾，聲音忽大忽小，「那都是若若的工作。」

瀟湘點頭，難怪這人這麼閒，原來是把工作都丟給別人了。

「若若是個很厲害的女生呢。」看她能把那麼大一個組織弄得井然有序，瀟湘就非常佩服。

苦酒天翻身坐起，先是笑著猛點頭，然後又苦下臉：「可是若若很兇。」

能夠跟你和顏悅色說話的人才是真神人，瀟湘看著他的臉心想。

「那你跟攻無不克玩得怎麼樣？」應該很合得來吧？苦酒天跟攻無不克，就跟兩個小孩子差不多。兩個很強的小孩子。

「他很強欸。」苦酒天跑到瀟湘面前蹲下，「還有沒有更好玩的，這裡有沒有很強的藥師啊？跟我一隊吧？我都沒有雙人技能欸。」

瀟湘揚劍戳穿了一邊的小怪：「那若若呢？」

「跟若若有什麼關係？」苦酒天一臉莫名，「她也是法師，我跟她組隊沒有雙人技能。」

「我的意思是，你跑去跟別的藥師組隊，若若不會生氣嗎？」瀟湘揮了揮痠疼的手臂，走回無眠身邊坐下，「我休息一下。」

無眠摸了摸她的頭：「累了？我吹個曲子給妳聽？」

「好啊。」幸好遊戲裡頭只是設定打完怪之後會發熱，沒設定成渾身都是臭汗，不然她可沒臉坐在無眠旁邊。

輕快的曲子悠揚響起，苦酒天這時候也走到瀟湘身邊坐下。

「妳還沒說完啊？」苦酒天用手肘推了推瀟湘的手臂，「跟若若有什麼關係？你們也要幫她找藥師嗎？但是若若個性很彆扭，我覺得她一定不會答應的。」

「你跟若若是什麼關係啊？」

瀟湘問了這句話，無眠也停下了笛音，轉頭過去看著他們的方向。

「她是我……的鄰居、學妹、我媽好友的女兒。」苦酒天扳著手指數給瀟湘聽，「然後，她現在會來煮晚餐給我吃。」

聽了半天聽不到期望之內的答案，瀟湘又追問：「那你喜歡她，或是她喜歡妳嗎？」

苦酒天大笑：「什麼喜歡不喜歡的啦，那種事情最無聊了。」他朝著瀟湘擠擠眼，「妳是不是跟無眠在一起啊？」

瀟湘一愣，下意識地看了無眠一眼，看見他笑意融融如春光。

「呃……對啊。」雖然這不是祕密，不過還是第一次有人這麼直接地問，也是第一次有人看不出來。這人神經的敏感度真不是普通的差，看來要是若若喜歡他，那應該會很慘。

「算了，不管你了。」瀟湘站起身，又繼續回去刷怪。

如果能做任務的話就會升得更快一點，但不是她不想做任務，而是二十到四十級的任務她都做完了，現在要升上去，就能用刷怪升級了。不過系統也妙，瀟湘被輪白了之後，反而給了她一個九十九環的連環任務，任務名稱還叫做「鳳凰浴火」，敢情還是要被輪白之後才有的？

瀟湘埋頭打了一會兒，再抬頭的時候卻只剩下無眠一個人了。

「苦酒天呢？」她站在原地問。

「跟攻無不克下副本了。」無眠朝著瀟湘招手，「六人小副本，順道讓他帶幾個藥師去，說不定真的有苦酒天喜歡的。」

她又怔。這……聽起來怎麼怪怪的？是要讓苦酒天挑菜嗎？

「為什麼要這樣？」

「他不是想認識藥師嗎?所以我就交代了攻無不克。」無眠笑得人畜無害，「而且他看起來很喜歡妳的樣子。」

瀟湘囧了囧，正想辯解，卻看見無眠點點頭笑著道：「嗯，我吃味了。」

她都還沒說話欸……

瀟湘又囧了囧：「為什麼？」

「妳對他就有話直說，有問題直接問。」無眠幽幽嘆口氣，「什麼時候妳才能這樣對我呢？」

那語氣裡有著明顯的失望。

瀟湘趕緊走到無眠眼前：「那是因為苦酒天是個小孩子，又是個怪人，不直接說的話，他根本就聽不懂啊。」

「原來是這樣。」無眠綻出了一個笑，「我也可以當個怪人，既然瀟湘喜歡跟怪人說實話，那我配合妳好了。」

不是！她的意思怎麼被歪曲成這樣，她還想解釋，卻看見無眠眼角的笑意，明擺著是在戲弄她。

「無眠！」她跺腳，「你又玩我！」

「又被妳看出來了。」無眠笑得很無害，「不過我說的是實話，我家瀟湘什麼時候對我能跟對苦酒天一樣有話直說，那我就心滿意足了。」

瀟湘摸摸頭髮，不知道該說什麼。

「好吧，」望著無眠的眼睛，瀟湘拍上了無眠的掌，「我保證，以後我會更相信你，有什麼話也都會直接跟你說。」拜託你不要再用那種控訴的眼神看人了。

「我家瀟湘果然很聰明。」無眠微笑，拉著瀟湘的手起身。

這時，一封飛鴿傳書飛停在瀟湘跟無眠的眼前。

瀟湘接了下來，是她的信，很快地讀了一遍，她臉色有點尷尬，把信紙遞給了無眠。

無眠看完之後，把信紙還給瀟湘：「去啊，綠羅裙找妳，我們就一起去吧。」

「你一點都不意外？」瀟湘狐疑地盯著無眠問。

「嗯。」他笑著，「有些事情，我還來不及告訴妳，不過等一下妳就知道了。約在蘭皋城的酒樓，也算她有誠意，走吧。」無眠握住瀟湘的手，笑盈盈地說。

一路上瀟湘都在猜，綠羅裙找她想要談什麼？除了上次的那次會談，她應該也沒什麼能跟綠羅裙談的話題了。瀟湘反覆想了一路，直到無眠領著她站在蘭皋城裡的酒樓時，她都還沒回過神。

無眠握著她的手緊了緊：「瀟湘，回神。」

她下意識地望進他的眼裡。

「要進去了，妳還一直分神想著其他事情，這樣不好。」他微笑，「給綠羅裙一點面子，等會兒聽見什麼都不要太驚訝。」

進了酒樓之後，小二很快就領著他們到了綠羅裙的包廂裡頭。

這次再見綠羅裙，瀟湘卻覺得她沒有上次的從容不迫，反倒是有些緊張的樣子。

瀟湘悄悄地往無眠望過去，他雖然臉色冷然，但也沒有到把綠羅裙嚇得這麼緊張的程度，左思右想沒有結果，瀟湘乾脆不猜了，按照無眠的指示坐了下來，眼前擺著幾道小茶點。

綠羅裙站起身，臉色鐵青地斟了兩杯茶給他們：「別客氣，上好的鐵觀音。」

瀟湘眼觀鼻、鼻觀心，端起杯子慢慢地輕啜。

綠羅裙的飛鴿傳書雖然是給她的，但是見到無眠也來了，不但沒有露出意外的樣子，反而像是理所當然。

那她自然也可以猜，其實綠羅裙要找的人根本就是無眠，至於為什麼要寫信給她，這個事後再追問無眠也沒關係。

「瀟湘，我替青衣向妳道歉，妳能原諒她嗎？」綠羅裙緊蹙著眉心，臉色很難看，瀟湘估計，這句話她應該是練習好久才能說出口的。

不過，為什麼綠羅裙要替青衣道歉？

瀟湘向無眠投去困惑的眼光，無眠嘴角微勾，對著綠羅裙道：「不行。」

咦？他知道發生了什麼事情？

瀟湘安靜地聽著他們討論，這才知道為什麼綠羅裙要替青衣道歉，原來青衣是綠羅裙公會裡的大老。那件事情發生之後，無眠讓子不語到處去斷綠羅裙的財路。而綠羅裙的手腕雖好，但要支撐一個公會本來就不是一件容易的事情，經過子不語一攪和，更是困難。

「你們都發出了江湖追緝令，永久追殺青衣，這樣還不夠嗎？」綠羅裙拍桌而起，「不要欺人太甚！」

不知道是綠羅裙的怒吼，或是她拍桌的聲音，又或是話裡的內容，總之瀟湘是被嚇到了。

「欺人太甚的不是我們。」無眠放下手中的杯子，冷漠的表情帶著一點瀟湘分辨不出來的情緒，「把一個女生輪白，是件很愉快的事情嗎？妳這個當會長的，怎麼會願意替青衣付錢買兇？」

綠羅裙一時啞口無言，幾度張口欲辯解，最後卻頹坐在椅子上頭。

「你們……」她臉上有著心虛，「怎麼知道？」

「『默』是我們公會的。妳該明白，那是一個怎麼樣的組織，妳都確定家裡的法師，沒有『默』的人嗎？」無眠悠悠地喝了口茶，「妳還想知道什麼嗎？我可以一次都回答清楚。」

綠羅裙臉色青了之後轉白，白了之後轉紅，想開口，又被無眠喝止。

「妳跟青衣之間有什麼約定，我不管。但是，事情都有能為跟不能，既然妳答應了青衣，必定是連後果都想過，那麼，別怨別人太狠，這是妳應該要擔負的。」無眠的口氣那麼稀鬆平常，但綠羅裙臉上的神情卻隱隱有絲絕望。

「這……只是個遊戲……」她無力地辯解，「她當初只是跟我……我不知道是瀟湘……」

「所以我只用遊戲跟妳玩。」他笑了笑，「身為會長，難道妳沒想過會有這種後果嗎？難道不是瀟湘就可以這麼做？」

看著綠羅裙刷白的表情，瀟湘沒有報仇的快感，只覺得身邊這人不太像是她認識的那個溫雅的無眠，她下意識地揪住了無眠的衣袖，喃喃輕喊：「無眠……」

他轉過臉，一如以往親暱地摸了摸瀟湘的頭，然後又對綠羅裙道：「妳再也不資助任何人做這種事情，再也不資助青衣，我就留妳一條生路。」

無眠面無表情地提出條件。

「好。」綠羅裙立刻就應了下來，「那青衣能留……」

「隨妳吧，想留她在公會就留，但是江湖追緝令，我不會撤掉。妳想怎麼做，那不關我的事。」無眠自顧自地斟了杯茶來喝。「或者，妳想要打公會戰，我們絕對奉陪。」

「不、不是。」綠羅裙稍頓，「真的把青衣留在公會也沒關係？」她神情不安，不太相信無眠費了這麼大力氣，只是為了提出這兩個條件。

「想留便留吧。」無眠撢撢衣袍，「我針對妳的經濟下手，只是因為妳提供了資金給青衣，至於她的去向，那是你們公會的事情，與我無干。」

後來綠羅裙再與無眠談了些什麼事情，瀟湘全然沒有注意，只是心裡不斷地想著這一連串的事情。等到綠羅裙離開了這包廂，瀟湘立刻抓著無眠的手，卻遲疑了一會兒。

無眠不急，只是等著。

最終瀟湘只是放開手，聲音有些悶：「我現在知道，你說不會放過青衣是什麼意思了。發出江湖追緝令，又斷她的經濟來源，做得好全面。」

「妳害怕嗎？」無眠仔細打量瀟湘臉上的表情。

「有一點。」她誠實道。

「別擔心，我有分寸的。做不到以牙還牙，至少不能讓她太好過。」要躲江湖追緝令也不算太難，她只要砍掉重練就行了。

「那綠羅裙……」

「她沒事了，妳不也看見了嗎？」

瀟湘略略遲疑：「我想問的是，對付綠羅裙的原因，真的是那個原因嗎？」

「是，當然。」無眠無奈地揉了揉她的髮，「對我有點信心，我是那麼濫殺無辜的人嗎？」

「那是因為你剛剛看起來……」她停了一會兒，怯怯地說：「很冷漠、很陌生。」

無眠笑嘆：「不然我應該擺出一副很好商量的模樣嗎？」

「也不是。」瀟湘吐了口氣，「算啦，我們叫一點東西來吃好不好？我餓了。」

他看著瀟湘，好半晌之後才答：「好啊。」

瀟湘吃著，卻不知道自己在吃些什麼。她好像還有很多事情搞不清楚緣由，想問無眠，卻又覺得……不需要問了。因為所有的答案都指向她，但她卻不知道該怎麼面對。

看著她的舉止，無眠知道瀟湘一定很不習慣這種事，所以，後來有關青衣的事情，他全然沒再跟瀟湘提過，包括那張江湖追緝令讓青衣好一陣子都不敢上線。

好在蕭襄這段日子也忙，畢業展的事情讓她弄得焦頭爛額，已經好幾週沒有上線，這件事情就慢慢被她拋到腦後了。

這些日子以來，墨白幾次跟蕭襄見面，都是約在蕭襄學校附近的餐廳，兩人一起吃一頓飯，聊一聊最近發生的事情，然後墨白陪著蕭襄一起散步回學校。

幾次下來，班上同學多半都知道蕭襄有個男朋友是社會人士，每次看見蕭襄接了手機就匆忙離開，大家就對她笑得很曖昧，調侃意味十足。不過因為蕭襄每次回來，都會記得帶一些甜點或是喝的，所以大家對於蕭襄的離開，沒有一絲氣惱，反而相當期待。

畢業展的準備工作已經接近尾聲，接下來就是一連兩週的展期。結束了這個活動，接下來就是畢業典禮了。

這日，蕭襄又接到了墨白的電話，說他已經在校門口了。她跟負責的同學說了一聲，打算要走。

「蕭襄，妳不用回來了啦，時間晚了，事情也差不多，我看我們就散了，剩下的明天再說。」

「好啊好啊。」蕭襄笑道，「那有什麼事情，你再打手機給我吧。」

「好，妳快去吧！看妳一副很急的模樣，該不會畢業就要結婚了吧？」負責的同學調侃道。

蕭襄臉上一紅：「我才沒有！我只是……不想讓他等太久。」

「對啊，所以要快點嫁了。不要讓人家『等、太、久』！」那人朝蕭襄擠眉弄眼，還特意強調了那三個字。

蕭襄一扭頭，乾脆當作沒聽見，半走半跑到校門口，墨白站在車邊，順手接過蕭襄的包包放進車裡。

「今天，沒事了。」她還在喘氣。

「嗯？意思是不用再回來了嗎？」墨白微笑著，把她散亂的髮絲順妥。

「對啊，事情都差不多了，大家也都要散了。」

因為奔跑，蕭襄的臉上泛出健康的紅暈，墨白傾身抽了幾張面紙給蕭襄。

「天熱，擦擦汗吧。」他替蕭襄拉開了車門，「既然沒事的話，我們上山吃飯好嗎？」

蕭襄接下面紙，拭著額角的汗珠：「好啊。」

墨白替蕭襄關好車門之後，回到駕駛座，讓車子慢慢地往山上駛去。

「還要忙多久？」下班時間，車道上車流量大，速度就慢了一些，幸好不趕時間，墨白也有興致跟蕭襄聊聊。

蕭襄想了想：「再兩個多星期吧。展出完之後，還要撤展，然後就是畢業典禮了。」

「畢業之後有什麼打算嗎？」

「繼續留在劉大哥那裡工作吧，那裡的工作我都挺熟悉的，艾艾也在那裡。」蕭襄停了停，笑嘻嘻地說，「而且劉大哥給我很不錯的薪水呢。」

墨白也感染了她的歡喜，語氣充滿笑意：「那倒不錯啊，畢業之前就找到了喜歡的工作。」

「對啊，我想多累積點工作經驗跟人脈，存點錢，說不定以後可以自己開一間工作室。有工作的時候工作，沒有工作的時候種花種樹，聽起來就很愉快。」蕭襄轉頭看著窗外的熟悉風景。

不知不覺認識墨白也好些日子，山上這間餐廳都去過好幾次了，就連窗外的風景都不再陌生。

「妳不想結婚嗎？」墨白忽然問了這個問題。

「啊？」蕭襄忽地轉過頭看他，「結婚？」

「嗯。」

蕭襄覺得臉上熱呼呼的：「沒有不想，只是覺得這事情好像不是我能決定的。」她搔搔頭，「而且總覺得結婚對現在的我來說，有點早。」

墨白點點頭：「也是，那我們就過兩三年再談這件事情吧。」

「呃……」蕭襄有些猶豫，手指扭得跟麻花一樣，「墨白，你……想結婚了嗎？」

他淺淺笑起，握著方向盤的手轉了個方向：「還好。只是聽妳的人生計畫，好像沒有我的存在，所以提醒妳一下。」

蕭襄睜大了眼睛，盯著他看。認識墨白有些日子，但她還是常常被墨白的驚人之語給嚇著。

「你的……你的意思是，要我把結婚這件事情也排進人生規畫裡嗎？」她不恥下問。

「如果可以，當然最好。」墨白笑得燦爛，光芒絲毫不輸天上的星子，「凡事都能有事先的完善準備，當然是最好不過。」

蕭襄眨了眨眼睛，讓他理所當然的表情逗樂：「那我要是決定了，又反悔了，怎麼辦？」

「有準備用不上，總比沒準備臨時要用好。」

車子慢慢堵了起來，墨白扭開了音響，還是那張聽慣的爵士CD。蕭襄覺得，墨白真的是個戀舊的人，舊的車、舊的CD、舊的餐廳……

那等她也舊了……不對不對，自己在想什麼啊？

「對了，妳的畢業展跟畢業典禮，我送花給妳好嗎？」見蕭襄搓了搓手臂，他把冷氣調小。

「不用啦。」蕭襄擺擺手，「抱著一束花，我光想都尷尬。你有空的話可以來看畢業典禮，但是花就不用了啦。」

「好啊，什麼時候？我有機會見到妳父母嗎？」他不經意地問。

「我的父母？啊，我沒跟你說過，我爸媽在我小時候就出車禍過世了。我是我外婆養大的，上大學時，外婆就過世了，所以我……」

看見墨白錯愕的表情，蕭襄忽然住口，然後笑了出來：「不要這樣，外婆很疼我，我爸媽過世的時候，也留了不少遺產，所以我雖然只有一個人，但不可憐。跟很多人比，我很幸運。」

只是，她沒有恣意妄為的權力，因為她再也沒有家人在身後當她的避風港，她只能小心翼翼地一步一步往前走。

墨白深深地望進蕭襄眼裡，嘆了一口氣，伸手揉了揉她的髮：「妳該早點告訴我的。」

「反正我現在也告訴你啦。」想起外婆，蕭襄的眼角有些濕潤，「其實外婆的身體不好，後來的幾年，她都躺在醫院裡，能夠早點解脫，未必不是一件好事。」

「沒關係，以後有我。妳如果不覺得冒犯，甚至可以搬來跟我一起住。」墨白握住她的手，這提議讓蕭襄微張小口，有些驚愕，不太明白這句話是什麼意思。

蕭襄一臉呆滯。

「妳不要誤會，不如等到吃完晚餐之後，妳去我家看看就知道了。」

聽了這句話，一整個晚上蕭襄都恍恍惚惚，墨白不管跟她說什麼，她都沒辦法立刻回應。她明白自己這樣真是太大驚小怪，現在的年輕人，交往一個月就立刻同居的多得是。但是，他們都不是她，她已經沒有家可以回去了，她只能小心翼翼地保護自己。

坐在車上，蕭襄一路心思胡亂轉著。

多說無益，墨白乾脆也不跟她說話，任由她一路胡思亂想。

車子開進地下室，兩人進了電梯，墨白開了房子的大門。蕭襄本來還有點抗拒，但客廳傳來了幾個女孩子的聲音，吸引了蕭襄的注意。

她不覺得墨白會這麼白目，屋裡有別的女人，還敢帶她來，那……那聊天的女生聲音是？

「晴晴、嵐嵐，」墨白喊出了她們的小名，「蕭襄來了。」

蕭襄看著兩個長得十分眼熟的女孩，還在腦海裡搜尋記憶，其中一個女孩已經跑到蕭襄面前。

「蕭襄，我是呦呦，」她的笑顏可愛動人，指著自己的鼻子，「我是天晴。」

另一個比較沉穩的女孩，隨後也走了過來：「我是小玫瑰，是天嵐。」

蕭襄困惑地看看她們，又看了看墨白：「怎麼回事？」

「晴晴，妳去把二哥三哥四哥都叫來。」墨白牽著蕭襄，走到客廳裡坐下，「嵐嵐，給蕭襄倒杯喝的來，好嗎？」

兩個看起來只有高中年紀的小女孩各自行動，蕭襄心裡雖然轉著很多疑問，卻又被墨白家裡的設計給吸走了目光。雖然看得出來這是很久之前的設計了，但是由於選用的素材本身較為復古，即便是經過了一些時間，也不會顯得不合時宜。

房子很大，但不知道是設計者的風格，或是主人的要求，沒有顯擺的粗俗，只有處處貼心的小設計。那種含著內韻的風度，不是每個人都有的。這設計師應該是個名家，就算當時不是，現在也應該是了。

在她看著這裝潢擺飾的時候，墨白口中的「二哥三哥四哥」也都出來了。

蕭襄看見他們，只有更大的吃驚，竟然是子不語、攻無不克，還有……

「嘿，全息之後我就很少上去了。我是橘子工房，蕭襄妳見過我幾次，應該還記得我吧？」他笑，說話的口氣跟攻無不克有點類似。

「墨白，他們該不會就是你口中的五個弟妹吧？」怎麼會有人把自己弟弟妹妹都弄進同一個線上遊戲，還開了公會？

而且，蕭襄又慢慢地看了他們一眼：「……我記得你們三個不同姓啊？」

「是不同姓啊。」墨白承認，「你們也坐下，站著幹麼？」

這時小玫瑰倒了一杯柳橙汁給蕭襄，墨白讓了個位置給小玫瑰，她跟呦呦就一左一右乖巧地在蕭襄身邊坐下。

「這是一連串的姻親關係造成的後果。」墨白無奈地笑，「其實妳不搞懂也沒關係，但我還是簡單說一下。」

他起身走到子不語跟橘子工房面前：「他們兩個是親兄弟，跟晴晴、嵐嵐同一個父親。」然後墨白再指著攻無不克解釋：「他跟晴晴嵐嵐是同個母親。」

說到這裡蕭襄能懂，總之就是晴晴、嵐嵐的母親，帶著攻無不克嫁給了子不語、橘子工房的父親，然後生下了晴晴、嵐嵐。

「那你呢？」她問。

墨白笑了笑：「我就有點複雜。我跟他們完全沒有血緣關係，我是晴晴、嵐嵐的母親第二次結婚時嫁的男人的孩子。」

蕭襄搞混了。什麼啊？怎麼這麼混亂？

墨白拍了拍她的腦袋：「總之，晴晴、嵐嵐的母親結過三次婚，第一次生下了攻無不克，第二次沒有生下孩子，但是多了一個兒子，就是我，第三次才嫁給了子不語的父親。」

「那你父親呢？」

「過世了。」

聽見這答案，蕭襄有些窘，只好轉了個話題：「你們該不會每次都要這樣介紹一次吧？」

攻無不克搶話：「才不是！那是大哥喜歡妳才解釋，不然他都直接擺出一副：『反正就是這樣，沒什麼好解釋』的冷屁股臉給人家看。」

墨白不置可否，繞回最原本的事情：「所以我說，妳來跟我一起住，其實是跟我們一起住，家裡還有空房間，妳如果願意的話，來跟我們當室友也沒關係啊！」

「蕭襄要來跟我們一起住嗎？」呦呦先樂了起來，握著蕭襄的手，「好啊好啊！這樣以後我們可以一起逛街。每次我跟嵐嵐吵架都沒人陪我逛街。」

「我才不跟妳吵架，是妳愛生氣。」小玫瑰冷冷地回話，也勾住了蕭襄的手。

「不如妳們倆帶蕭襄去看看空房間吧，如果蕭襄喜歡的話，說不定就會搬來了！」墨白建議。

呦呦跟小玫瑰立刻就帶著蕭襄離開客廳，一路吵吵鬧鬧地走到唯一的空房間去了。

攻無不克打了個呵欠，伸了伸懶腰：「好餓，有什麼東西能吃？」

「泡麵、泡麵跟泡麵。」橘子工房笑嘻嘻地答：「誰叫你愛玩遊戲，吃飯時間也不下線，乾脆搬到遊戲裡住好啦！」

「沒禮貌，我是在工作。」攻無不克站起身，「你們有人要吃泡麵的嗎？」

「給我一碗。」橘子工房舉手。

攻無不克瞪他一眼：「要吃自己煮！」他轉身往廚房去，橘子工房追著他也離開了客廳。

「大哥，你在玩什麼把戲啊？」子不語挪到墨白身邊坐下，「你們不結婚，卻找她來當室友？」

「先當室友不好嗎？」墨白笑盈盈地反問。

「也不是不好，只是你為了我們這幾個沒有血緣關係的弟妹浪費了這麼多青春，現在我們都大了，你如果有喜歡的人，當然要好好把握才是！」子不語的臉上有著擔憂。

墨白搖頭笑嘆：「青春這種東西就算不花在你們身上也會消逝，有什麼好在意的？」

「你不懂啦，我心裡真的對你很愧疚欸！」子不語撇開臉。

「好，」墨白拍了拍他，「很愧疚的話，就好好繼承你父親的產業，別讓我以後不敢見他。」

「大哥，有件事情，我一直都想問，如果我跟攻無不克一樣，興趣都不在念書上，你也會讓我去做一樣的事情嗎？高中畢業就到遊戲公司去實習？」

子不語的神情非常認真，墨白也收起笑意，嚴肅地答：「當然啊，小孩子當然都要往自己有興趣的方向走。」

「那我父親的公司……」

「只好我先扛一陣子，然後找專業經理人啦。」墨白不以為意地答，「幸好，你還算有興趣，不然我真沒辦法見你父親了。」

他花了好多時間在他們身上，每一個人，都很重要，所以他絕不允許其他人傷害他們。

這是他很久之前就下定的決心。

只是他沒想到，最先被傷害的是蕭襄。

耳邊還傳來女孩們的笑鬧聲，墨白滿足地嘆了口氣，若是蕭襄能搬來真好，在那件事情之後，他心裡一直都不太安定，總想時時看著她才放心。雖然他覺得自己這樣不太好，不過蕭襄容易對自己人心軟，肯定會在晴晴、嵐嵐的勸說下搬來的。

16

等到蕭襄再上遊戲的時候，都已經是六月底的事情了。

蕭襄思量再三，最後還是決定搬去跟墨白那一大家子住，一方面是盛情難卻，呦呦跟小玫瑰多次熱烈邀請她搬來，她實在很難狠下心拒絕。而真正的原因卻是她很懷念有家人的感覺。

她雖然不自憐自艾，但不表示她不寂寞……那種有著溫柔的黃光，一家人圍坐在餐桌上一起吃飯的景象，對蕭襄來說，在在都有著無法抗拒的香甜氣味。

她不想一個人。

蕭襄弄完了畢業展，參加了畢業典禮之後，便開始忙搬家，住了三年，她以為自己東西不多，卻沒想到一眼就能望盡的房間，整理起來竟然有這麼多東西，光是打包就花了很多時間。

搬進新家之後，還要整理房間，墨白還陪著她去了好幾次的家具行跟跳蚤市場，才總算買齊了她心目中的家具。

這一來一往的，蕭襄算了算，她竟然快一個月沒上線。

這天跟墨白一起吃過晚飯，兩人各自回房登入遊戲、躺進感應艙的時候，蕭襄還暗暗覺得他們兩人這行徑有點好笑，下一秒，她已經登入遊戲。

睽違了這麼多日子再上遊戲，瀟湘出現在公會房裡的時候，心裡五味雜陳。雖然發生過很多事情，但她還是這麼喜歡這個遊戲，喜歡到一上線就有一種很滿足的感覺。

自從公會積分衝高了之後，公會房間裡的擺設也變得非常華美，不像一開始的時候只有最簡單的家具，現在窗子上有薄紗、床上有厚褥，普通的木桌也變成雕花精美的高級桌子。

這個家，愈來愈好。

東摸西摸一陣，瀟湘才走出房門，這時無眠已經坐在走廊的欄杆上等她了。

「妳要先去店鋪看看，還是要先刷怪？」他轉過臉望著她，「或者解任務？」

月色輕透，清清淡淡地灑在無眠身後。

瀟湘不懂，怎麼她上線的時候，多半都是晚上。遊戲裡的無眠比真實的他，更多了幾分俊美跟氣質，每次站在月光之下，總讓她看得捨不得挪開眼。

「怎麼傻傻看著我？」無眠微笑，「天天見面，還看不夠啊？」

她臉上一紅，抬頭道：「我是在看月亮。」

無眠拉著她的手，也跟著她抬頭，笑吟吟地問：「好看嗎？」

那聲音裡頭包含太多言外之意了。瀟湘一瞬間有個錯覺，他是在問她，自己好不好看。

她目不轉睛地盯著月兒：「當然好看。遊戲裡哪有不好看的東西？」

「那我們就等妳賞夠了再出發吧。」說完這句話，無眠又靠上一旁的柱子，徐徐地吹起簫來。月下吹簫，確實是有一番情致，雖然簫聲嗚咽，有些悲悽。

瀟湘也坐在欄杆上，托著臉，看著無眠專注的模樣。

她，真愛這個人。

也不是說原本是抱持著要玩玩的心情，只是猛然回頭，竟然已經這麼、這麼愛他了。原來愛，累積得這麼無聲無息，累積得這麼快。

在生活中的點點滴滴，在遊戲裡一起刷怪的時光，在……他那些似笑非笑的眼角跟唇邊。想到這，瀟湘低下臉，淺淺地勾起唇角。

簫聲漸止，無眠凝視瀟湘微揚的嘴角，低聲問：「怎麼笑了？」

瀟湘故意學他，摸著嘴角：「被你發現了嗎？」

無眠一愣，隨即笑瞇了眼，把她攬進懷裡。「學我！」

「這樣你才會明白我的心情。」她嬌嗔。

「是，我現在明白妳的心情了。」他話裡帶笑，「那妳現在打算要去哪？」

略略想了想，她道：「先去刷怪吧，這幾天我還不用上班，白天的時候也能上來做飾品。」

「那等會兒我去多鋸些木頭給妳。」他拉著瀟湘的手，兩人徐步往門外走。

「對了，苦酒天呢？」難得上線他沒黏過來，讓瀟湘有點不太習慣。

「跟攻無不克下副本了，他們現在天天都出團，帶了幾個公會裡的新人，還有『默』的法師去刷裝備。」

走到了門外，無眠叫出小紅馬，先扶著瀟湘上馬，然後自己坐在瀟湘身後，馬蹄一撒開，兩人揚塵而去。

「那你怎麼不去？」瀟湘這麼久時間沒上線，無眠已經升到六十三級了，副職業也練得不錯，領悟了好幾種特殊的毒藥配方，雖然是個樂師，但無眠現在就算沒人保護也不會輕易陣亡了。

「大家都走了，誰陪妳？」無眠從後頭拍了拍瀟湘的腦袋，「而且我想找妳去解任務呢。」

瀟湘讓無眠的話勾起了興趣：「任務？」

「遊戲出了七夕任務，要兩個人一起報名才可以。據說獎賞滿豐富的，但是任務很長，是個五十環的連環任務。」

瀟湘喔了聲，想了想，又問：「可是我們兩個還沒成親欸，這樣也能解七夕任務嗎？」

「可以，只要是一對男女就可以了。」無眠停下馬，「在這裡刷怪吧，我替妳看著。」

無眠找的刷怪點，多半都是能採草藥的，附近雖有幾個玩家，但聽見有人來這附近也只是抬頭望了他們一眼，又繼續自己的動作。

瀟湘走到一邊，拔出劍開始刷怪。

「那我們什麼時候去解任務？」瀟湘用隊伍頻道問著。

無眠一邊採草，答：「等妳二十五級。論壇上的討論串說，一開始的任務簡單，但是會愈解愈難。還是有點等級再去比較好。」

「說到這個，你不是也是遊戲團隊的製作人之一嗎？怎麼好像很不熟的樣子？」

「喔。」

「我負責主線的劇本，至於其他部分，像技能、還有這種節日任務，就不是我負責了。」

「怎麼忽然問起這個？」

「沒有，我在想，你的職業到底是廣播主持人，還是創作遊戲劇本？」

「廣播主持人。」無眠揚起嘴角，輕輕搖頭，「創作遊戲副本是個意外，那時候攻無不克想不出遊戲企畫，我順口跟他提了幾句，也不知怎麼的，最後就被他們總負責人找去寫遊戲劇本了。」

瀟湘笑了：「原來是這樣，說破了也沒什麼，害我想了好久。」一邊說著，手卻沒停下，不多久，附近的小怪都被她清光了，彎下腰去剝皮，耳邊響起一陣悠揚樂音，她淺淺微笑。

很多人終其一生都在追尋一個最美好的人，但那個最美好的人，卻不見得適合自己。

而她，何其有幸，她覺得最好的，便是最適合她的。

那個任務，解了整整一個星期都還沒結束，瀟湘都從二十八級升成三十五級了。

花了一個星期解任務，也就表示瀟湘的假期結束了，準備開始正式上班。

「無眠，我明天就要去上班了喔！」瀟湘正蹲在湖底採珍珠，第四十九環任務要求是拿五百顆珍珠回去做織女的嫁衣。

「這麼快？那要不要我送妳？」無眠站在石臺上，守著四周，上回青衣就是利用水底不能下線的系統設定，這次還是得看好才行。據說青衣也非常久沒上線了，他是不是該找些人去查查，青衣是不是真的砍掉重練了？

採完一顆珍珠，就換下一顆。瀟湘臉沒抬：「不用啦。兩邊不順路，我坐公車就行了。」

無眠揚手扔了一瓶毒藥在小怪身上，關心地問：「這裡有公車上去嗎？」

「有，雖然有點遠，不過不用轉車。」瀟湘站起身，吁了口氣，「還差兩百多顆。」

「那妳先來休息一下吧。」無眠在石臺上坐下，朝她招手。

瀟湘過去，躍上了石臺，劍橫放在膝上，像是隨時都要跟人拚命的模樣，顯然也是在擔心上次的那件事。

「下班要不要我去接妳？」

「我不知道什麼時候下班欸。第一天上班，時間可能抓不太準。」瀟湘有點苦惱。「我看還是不用了，我自己回去就好。」

「好，那我等妳吃晚餐。」無眠習慣性地把大手覆在瀟湘手上，「想吃什麼？我來煮。」

「清蒸螃蟹！」瀟湘毫不猶豫地速答。

實在是這珍珠太難採了，平均五隻螃蟹才出一顆珍珠，任務一口氣要五百顆，這不是要她採到天荒地老嗎？變異螃蟹出珍珠就幾乎是每隻都有，普通螃蟹的機率跟牠一比也低了太多，簡直就是欺負等級低的玩家嘛！

無眠聽了瀟湘的答案，一連串低笑從喉頭溢出。

「清蒸螃蟹我不會做，不如等到妳有空時，再去山上吃吧，而且現在也不是螃蟹的季節啊！」

「嗯，也是。那我沒有什麼想吃的了，你煮什麼我都愛吃。」看見螃蟹又重生得差不多了，瀟湘舉起劍又跳進螃蟹群裡奮力斯殺。

無眠在一旁施放了幾個輔助技能，讓瀟湘身手更加俐落。就算兩人合作無間，還是一直等到三個小時之後才集滿了五百顆珍珠。這時候瀟湘也已經三十六級了。

「還好是最後一關了，如果中間就來這麼麻煩的任務，不如放棄算了。」兩人往岸上走，無眠隨口說著。

「我現在只擔心，還有最後一環，不知道還要找什麼麻煩呢？」瀟湘苦著臉。

「等等去交了任務之後，今天就到此為止吧？妳明天還要上班，還是早點睡才好。」

「我也是這麼想的。」瀟湘率先一步走到岸上，無眠隨後也離開水中。

湖水邊，柳樹依依，小草青青，春光明媚的好景色。

交任務的NPC就在不遠處的石頭上坐著釣魚。

他們沿著湖邊往那兒走，柳枝低垂著，不時擦過他們的肩上。走到NPC身邊，交了五百顆珍珠，瀟湘看了一下任務欄裡最後一環的任務，她卻呆住了。

最後一環，竟然只是要刷桃之夭夭這個副本？

但問題是……瀟湘跟無眠相視一眼。

「我還差四級……」瀟湘現在才三十六，要解四十級的副本，不是難度的問題，而是她根本就進不去！

「那明天我們去刷怪，距離任務結束的時間，還有兩個星期，足夠把妳升到四十了！」

「好。」兩人聊到這兒，湖邊不遠處有一間獨棟的酒樓，裡頭忽然傳來歡聲笑晏的歌舞聲音。

瀟湘微微回過頭看了一眼，眉頭淺蹙。

「無眠，你彈個曲子吧？」瀟湘矮下身子，把鞋襪都脫了浸在湖水之中。

「好啊。」無眠挨著柳樹幹坐下，從包袱裡頭拿出了古琴，琴音悠悠，跟遠處的熱鬧形成了極強的對比。這景色，八成是仿造江南的風景吧。

她也不是不喜歡那種歡愉的聲音，只是，這麼中國的景色傳出電音舞曲實在不太對吧？

一曲盡，晚風起。

無眠收起古琴，看著瀟湘把腳丫上的水擦乾，兩人在清涼的晚風之中，一起回到公會裡下線。

從感應艙裡起身，蕭襄看了看桌上的電子鐘，十二點四十八分。

伸了伸懶腰，蕭襄覺得口有些渴，便打算去廚房裡喝點水，推開房門的那一刻，卻看見墨白也從另一間房裡走了出來。照面時，兩人先是有些錯愕，卻又同時笑了出來。

「我出來喝水。」蕭襄先說了。

他笑了聲：「我也是。」

墨白往廚房走，蕭襄跟在後頭。他先倒了一杯水給她，又倒了一杯水給自己。

「天氣不錯，要不要去外頭坐坐？」他問。

廚房後有個小陽台，仰頭就能看見天幕。在蕭襄的巧手布置下，陽台擺了一張桌子、兩張椅子，又種了一些茉莉，現在正是開花時期，花香隨風飄散，讓屋裡布滿清雅香氣。

兩人閒聊了一會兒，蕭襄有點遲疑地問了有關青衣的事。

墨白神情一哂：「不知道，後來就沒再聽見她的消息了，好像也好久沒上線了。」

呃……這樣不是換她把青衣逼得不玩這遊戲了嗎？

「這樣好嗎？」她有點擔憂地問。

「沒有什麼不好。」墨白面無表情，「她若不動妳，我也不動她。但她下手這麼狠絕，我要是留情面，不等於是告訴別人，以後可以盡量欺到我頭上來嗎？」

蕭襄一直不太明白，墨白怎麼會有這麼跟他不搭的一面，似乎是一個溫和的好人硬在自己原本個性上加上狠戾。像是看穿了蕭襄心裡的疑惑，墨白又說：「伯伯、阿姨剛去世的那段時間，日子很不好過。」

蕭襄知道，墨白口中的伯伯阿姨是指晴晴、嵐嵐的父母。

「伯伯的公司年收益很高，子不語又太小，就算很聰明，但還是不夠支撐起公司。」墨白揚了揚嘴角，「就像那些常見的情節一樣，一堆有血緣的親戚跟沒血緣的人都跑出來了。我花了很多心力，才總算保住公司跟這些孩子。」

蕭襄很認真地聽著。

「經過這些事情，我學到了千萬別對找麻煩的人留情，否則，他們只會一而再、再而三地想出愈來愈狠毒的招式對付你。」

原來如此。「可是，你為什麼要對這群弟妹這麼好？」蕭襄一頓，又急急辯解，「不是，我的意思是……你們也沒有血緣關係……」

墨白笑了笑：「因為阿姨跟伯伯也對我很好，我只是想，如果他們還在，絕對不會允許自己的孩子跟公司受人欺負。」他聳聳肩，「不過或許這是我自己觀念的投射吧。」

「什麼意思？」

「我自己知道，我很多事情都好商量，只有一件事情。」

啊，這件事情她知道。

我絕不允許別人欺負我家人。

「我也算是你家人嗎？」蕭襄撐著頭，側著臉笑問。

「妳想當嗎？」

聽著墨白嘻笑又帶點認真的口氣，頓時有些手足無措，她真是白痴，怎麼自己扯開了這話題。

看見她這種表情，墨白無可奈何地笑嘆：「我開玩笑的。妳雖然不是我實質上的家人，不過卻是意義上的自己人。」他站起身，朝著蕭襄伸出手，「走吧，該睡了。」

把自己的小手交到墨白掌心，蕭襄吸了一口氣，笑道：「那就請你多指教了，自己人。」

聽了這話，墨白微怔，也笑了：「妹妹不用客氣，哥哥自然會盡心照料妳的。」

瀟湘到了這等級，就又能回紫蝴蝶谷了，雖然對無眠來說，實在是危險了點，但幸好，這個地區瀟湘就算一個人單刷也能吃得下來，所以只要無眠照顧好自己，瀟湘就沒有後顧之憂了。

這兩三天，兩人就一直待在紫蝴蝶谷刷怪，沒多久瀟湘就衝上了四十。在瀟湘專心練等的時候，子不語早就替她收好了火族劍客專用的套裝，只等著瀟湘回到四十就要交給她。

「瀟湘，等一下我們先回公會拿子不語替妳找來的套裝吧？」無眠站在一旁的樹下，看著瀟湘不停矮身採集蝴蝶翅膀上頭的蝴蝶鱗粉，「為什麼要採鱗粉？」

藥師有幾樣特殊的藥方會用到鱗粉，但瀟湘又不是藥師，若是替他採的，他也沒有打算要做那幾種藥方啊。

「我不是有個九十九環的任務嗎？」瀟湘眼沒抬，隨口答道，「這些日子，我東跑西練的時候，有時候會剛好遇到要解任務的道具，就順手收集起來解了，現在也解到第三十八環了。」

「妳怎麼沒說？」無眠負著手走到她身邊，「妳要是說了，我們一起解不是也很快嗎？」

瀟湘拍掉手上一些閃亮的紫色鱗粉：「這些任務也不難，就是要的數量多了一點，像是一百個螃蟹腳、一百組蝴蝶鱗粉。專門去打太浪費時間了，還不如像這樣，有遇見的話就多打一些。」

「妳這樣說也有道理。」無眠環顧了一眼地上的蝴蝶屍體，「那……都好了？」

「都好了。」瀟湘點頭，把手上一大包蝴蝶鱗粉收進懷中，仰起頭望著無眠問，「我們是今天打桃之夭夭，還是改天？」

看著瀟湘白皙的臉頰上也沾了鱗粉，無眠伸手用拇指抹去，「先回公會再說吧！妳休息一會兒，要是不累的話，我們就接著打。」

「也好。」

無眠喚出小紅馬，扶著瀟湘上去，而後一躍，坐在瀟湘身後。

等到小紅馬邁開馬蹄向前奔馳之時，瀟湘這時才興奮地回頭望著無眠：「是小紅馬！你又把牠找回來了！」

「我喜歡舊的東西。」他笑說，「但是妳也太慢發現了，小紅馬都回來好一陣子了！」

這次再共轡，瀟湘就不如頭一次坐上小紅馬那樣的不自在，她輕鬆地偎在無眠懷中，而無眠攬著她的腰身。

四周的風景變換，從谷地那種低矮的灌木叢變成了高大的林木，玩家也漸漸多了起來。

「瀟湘，妳沒有跟我們說妳要解九十九環的任務，是不是怕最後解出來的東西很差，讓大家失望？」

小紅馬速度適中地跑著，這裡離蘭皋城還有好一段距離。

「呃？」瀟湘錯愕地抬頭望他。

「果然是。」無眠笑嘆，「好吧，那我們不特別去解，就是順便刷怪的時候挑會給任務道具的怪刷就是了。」

瀟湘隨口應了一聲，卻沒再說話，只是低頭又想了好一會兒。

「無眠，你怎麼知道我心裡在想什麼？」她臉上有些懊惱。

「我猜的。」順了順她在風中凌亂的髮，「別擔心，妳沒露出端倪。」

鬆了口氣，瀟湘笑了笑。無眠懂她，她真的很開心，只是這樣猛然讓人看透，她還是覺得有股不自在的感覺。忽地她腦子裡浮現出另外一件事。

「無眠，我忽然想到，如果從今而後遊戲裡再也不能把人輪白的話，那不是表示只有我有這個連環任務嗎？」

「這也未必。系統只是修改成一天之內，同一人不能被殺超過三次，但要是分了好幾天呢？」

瀟湘的臉色變了幾變，一時之間也不知道該說些什麼話，「……那，還真是折磨啊。」

「不過現在全系統應該也只有妳有這任務，所以我們一起把這任務解出來吧！」他真是覺得瀟湘這種個性很可愛，明明心裡不太舒服，卻繃著臉不肯投降。

「呃，好啊。」搞不懂他又在笑什麼，瀟湘索性不想了。

蘭臯城近在眼前，城裡沒有不能騎乘坐騎的規定，無眠乾脆就讓小紅馬跑到了公會外頭，才牽著瀟湘下馬。

「瀟湘，妳終於回來了！我好無聊啊！」才一進公會，苦酒天就飛奔過來，拉著瀟湘的手。

「你怎麼會無聊？最近不是都跟攻無不克到處玩得很開心嗎？」瀟湘打從心底就不相信苦酒天的話。這人不靠譜到極致了，話只聽三分之一都算太多。

「我說要保護妳的嘛！」苦酒天耍起番來，「妳不讓我保護，我就無聊了，都是妳不好！」

「好好，都我的錯。」真是誰遇上苦酒天都要認錯，瀟湘拍了拍他的頭，「先讓我回房去弄個東西，等一下我們要去打桃之夭夭，你去不去？」

「等等、等等！」子不語喊住了瀟湘，「我先給妳套裝，妳換上再出來吧，剛好我要跟大哥商量一點事情，等一下我們在門口等妳。」

瀟湘眨眨眼：「子不語，你也要去？」

「去啊，大家都要去玩，怎麼可以沒有我。」看見瀟湘困惑的神情，子不語攤手，指了指後頭，「看，真是大家都要去啊！」

她有點不明白，於是順著子不語的手勢往後望去，看見的是在鍵盤時代的眾人。

原來，不是只有一葉知秋很懷念舊公會時代。

原來喜歡舊東西的人還真不少……

她還愣著，卻讓苦酒天拉了一把，「妳快點去弄東西吧，我迫不及待了！」

等到瀟湘弄好東西，又換上了子不語給她的套裝，拎著苦酒天回到前門的時候，子不語還在跟無眠說話。說了什麼瀟湘在這頭也聽不太清楚，只聽見無眠說了句：「隨他們吧。」子不語似乎又多說了些什麼，瀟湘還沒聽見，苦酒天就吵鬧了起來，要大家快點出發。

「你吵什麼，我們要走啦！」攻無不克走到苦酒天旁邊，揚手揍了他一拳。他現在非常知道怎麼控制力道，才不會被系統判定是惡意攻擊。

「瀟湘，妳看臭猴子欺負我！」苦酒天嗚嗚假哭，握住瀟湘的臂膀，「他人超不友善的！」

「你才他娘的不友善！」攻無不克拍掉苦酒天的手，「我家大嫂你別碰，碰壞了你賠啊？」

「為什麼瀟湘是你大嫂？那我也要當瀟湘的大嫂！」

苦酒天衝口而出喊了這句話，在場所有人都停格了，眼神灼灼地定在他身上。

風靜、月明、人靜默。

「你……」攻無不克還想說些什麼，卻忍不住大笑起來：「哈哈哈，哈哈哈，瀟、瀟湘有哥、哥哥嗎？有人、有人想嫁了！」

本來大家都還傻著，一聽了這話，所有人都笑得上氣不接下氣了，只有苦酒天急得跳腳：「我只是一時口誤！你們不要笑啦！」

他像隻無頭蒼蠅一樣在人群中打轉，可愈喊眾人笑得愈樂，最後呦呦甚至倒在小玫瑰的懷裡，揉著肚子喊疼。笑了一陣子，眾人才有慢慢停歇下來的趨勢。

「好了，該出發了。」無眠神情正經，眼角微微彎起，帶著一些晶瑩，「苦酒天，我記得瀟湘沒有哥哥，如果你，咳，真想當她大嫂，我個人是建議先去泰國一趟，解決一下……嗯，原罪。」

偌大的門庭，十幾人的呼吸聲忽然都凝住了。

苦酒天一愣，哇的一聲癱坐在地上似真非真地哭了起來：「你們都是大壞蛋！」

不哭還好，一哭，本來已經停下的大家笑得更厲害了。折騰了大半天，終於這裡笑停了，苦酒天也哭完了，一夥人總算可以出發去打桃之夭夭的副本。

一路上大家三三兩兩聊得十分愉快，只有苦酒天賭氣似地攬著瀟湘的手不放，露出誰來就要咬誰的惡犬模樣。

走入桃花林，這由天而降的滿天桃花瓣仍舊沒變，還是給人一種世外桃源的悠閒感覺。

無眠站在入口前，做著舊時的動作，檢查眾人的裝備。大家都有種懷念的感覺，只有苦酒天不知道這是在幹麼，不過他這次乖了不少，只有小小聲地湊在瀟湘耳邊問。

一切準備就緒之後，一群人當去自家後院郊遊烤肉似的，開開心心地出發了。

桃之夭夭這副本的風景很好，大家又都是五、六十級的高級玩家了，來這副本還真的跟戶外郊遊沒有兩樣。

這頭一邊聊天，揚手刺穿了花妖；那邊一面打鬧，漫不經心地又燒死了幾隻不長眼的樹精。這歡樂過頭的氣氛很快就感染了耍彆扭的苦酒天，沒多久，他就又跟大家一起玩開了。

瀟湘慢慢地落在了眾人之後，而無眠此時走到瀟湘身邊。

「還記得我們第一次認識那天嗎？」無眠負手，淺淺笑道，「妳就坐在那林子裡，一個人，引得我多看了妳好幾眼，妳一定沒有注意到吧？」

瀟湘也笑了，搖了搖頭。奇怪，其實也沒多久之前發生的事情，但她怎麼覺得那些事情都像是前塵往事了。無眠不提，她都差點忘了。

「我不記得了。」她挽著無眠的手臂，臉上有著幸福洋溢的光彩，口氣帶著一點撒嬌。

「忘了也好。」無眠領著她繼續往前走，「以後記得我就行了。」

瀟湘笑了起來：「遇見你之後，發生了很多好事，那些不好的事情，早就被我拋到腦後了！」

「很多好事嗎？」無眠重複著這幾個字，握著她的手緊了緊，「聽見妳這麼說，我真開心！」

他們兩個主要來解任務的人，至今都還沒有動半下武器，前頭那群玩瘋了的人，像是替他們開道似的，一路上讓他們連隻小妖的影子都沒見著。兩人一邊聊著，一邊悠哉地往前走。

直到要打桃妖BOSS之前，大家習慣先休息一下再繼續往前推，這才停下了腳步，等著無眠跟瀟湘過來。

無眠環視了眾人一眼：「呦呦，妳跟著瀟湘補血。其他人，除了不能推王之外，自由活動。」

這命令一發布，眾人都哀號了。

「老大，為什麼啊？」攻無不克扁嘴，「我們一路都到最後了，不能推王是什麼道理？」

無眠嘆了一口氣，指了苦酒天：「我們這裡有一個傷害輸出比劍客高的法師……」又指了一葉知秋，「一個六十級的術士。」最後再指向攻無不克，「還有封頂的劍客。」

「我跟瀟湘是來解任務的，你們一動，說不定瀟湘連碰都沒碰到，王就倒了。為了避免系統判定任務失敗，所以乾脆所有人都不准動，你們想做什麼就做什麼去吧。」

話說得有理。

苦酒天怔了怔：「……我太強，怪我嘍？」

子不語噗哧一聲笑了：「怪你啊！要是當初你有保護好瀟湘，現在還推什麼桃妖，直接就推鳳凰了啊！」

「唔？這樣說也對啦……」苦酒天想了想，又跳起來，「那我們打完桃妖，再去打什麼？」

眾人剛玩到興頭上，沒能推王多少都有些掃興，一聽苦酒天說了這話，紛紛興致勃勃地湊上來，開始提議等會兒去打打哪個副本好。

這時無眠走到瀟湘身邊：「妳打就對了，呦呦替妳補血，我身上也有毒藥，不會失敗的。」

瀟湘點頭，她不怕，她現在有一身數值極好的套裝，再加上這副本前前後後她也打過不少次了，對桃妖還算了解，又有藥師補血，怎麼算她也應該不至於會死在這裡。

無眠握住了瀟湘的臂肘，微微一笑：「溫的。」

這表示瀟湘是真的不緊張，她真的不怕。

而且……還有這人在，她相信他。

只要是他說的，她都信。

準備了一會兒，讓無眠施放了幾個輔助法術，而後扔了一瓶定身藥水出去，瀟湘就舉起劍往前攻擊了。

單打桃妖BOSS對瀟湘來說是真的有些吃力，但是幸虧無眠毒藥的傷害輸出並不算少，而且定身藥水幾乎是從未中斷，所以她只是需要打久一點，並沒有生命上的疑慮。不過她是個劍客，能用的技能實在不多，因此大部分的時間也都是普攻。普攻到最後，她都有點睏了。

瀟湘……

誰在喊她？

瀟湘眨了眨眼，回過了神，張望了四周，

如今妳可幸福？

那聲音聽起來非常中性，卻有著一些女性特有的嬌柔。

瀟湘從來也沒聽過這個聲音，手上的攻擊沒停，她想了想，答：「是的，我很幸福。」

說不定這就是桃妖的設定，所以七夕任務的最後一環才會是要來刷這個副本，只是她從來不知道而已。

他對妳好嗎？

「好，很好。」

真奇怪，一個BOSS跟人家問這麼多做什麼？瀟湘心裡疑惑，但還是乖乖回答了。說不定答得慢了一點，這任務就要失敗了，不謹慎不行。

如此甚佳。

那嬌柔的聲音非常平板，可瀟湘是個跟無眠相處極久的人啊，聲音裡有沒有笑意她是一聽就知道的。也因此，她察覺那毫無起伏的聲音中帶著一些幾不可聞的笑意時，瀟湘默默地感到驚悚。

BOSS也會笑嗎?!

為何至今仍不成親？

這實在是問得深了點吧？哪個住海邊的人來了？

瀟湘剛剛才浮起的驚怕，又被壓下了。

「要等創角三百天後，無眠領悟了『高山流水』，我們才會成親。大約再半年吧！」

瀟湘恭恭敬敬地答著。她大開眼界了，原來高級人工智慧可以高到這種程度，那聲音裡藏笑的層次，還比無眠還高上那麼一些，都要讓她誤會那是真人了。

成親之時，再回來宴客吧。

……啊？這意思是，還要再刷一次才算是結束任務？

瀟湘這頭還在錯愕呢，那頭桃妖BOSS卻倒地了。

那個問題，瀟湘問了出口，卻再也沒有聲音回答她了。瀟湘一愣，立刻查詢了任務欄，發現任務上頭顯示的是「任務完成」，這才鬆了一口氣。

「怎麼了？」無眠看著站在原地不動的瀟湘關心地問著。

瀟湘抬起頭，想了想，把剛剛的事情都告訴了無眠，他略略尋思了一會兒。

「可能又是另一個什麼任務吧？沒關係，這事情我記下了，等到我們成親之時，再組隊回來刷一次，或許就能知道答案了。」他揉揉瀟湘的髮，「現在我們先回去交任務吧？大夥兒說要去打麒麟，妳要不要跟去湊湊熱鬧？」

「麒麟?!他們瘋了吧？……」

兩人的聲音還迴盪著，卻慢慢地離開了這撒著粉色花瓣的天地。

這片終年不謝的桃花林裡，曾經發生過很多事情。

有些事情，乍看像是終點，但走過那段時間，再回頭望，卻忽然明白，那一刻，只是為了下一件事情而存在。

有些人注定就是自己生命中的過客，如此哀愁卻又必須的存在。

隱去ID的火族封頂女劍客懷中抱著一隻小黑耳兔，安靜地坐在桃花林中，仰頭看著落英繽紛的花瓣，唇邊淺淺漾起了笑。

一年前也是這樣的場景。

卻沒想到這些日子，可以發生這麼多事情。

解完了七夕任務，瀟湘一邊練等，一邊也開始專心解那個高達九十九環的連環任務。

本來也只是覺得有趣，想知道最後會給她什麼，出人意料的，任務完成的獎賞是一塊建國令。

無眠拿著那塊建國令，領著公會的成員，成為了《舉世無雙》中第一個成功建國的公會。

而後，有建國令的公會愈來愈多，但瀟湘就不敢去深思他們是怎麼拿到建國令的了。

不要問，很血腥！

如今三百天已過，無眠跟她約好了成親隔日要再刷一次桃之夭夭這個副本，不僅僅是解任務，也算是當成一個有始有終的紀念。

他們在這裡認識的，成親自然也是這裡最好。

等到刷完了副本，還要在桃花林中大宴賓客，就當成是他們的婚宴。為了要做送給來祝賀的玩家的禮物，無眠還忙了好一陣子。

「等很久了嗎？」

白衣樂師從小紅馬上頭躍下：「實在不好意思，國事繁忙，那些東西不立即弄好，會影響下個月國內資源的出產量，讓妳久候，實在不好意思。」

「國主陛下，您辛苦了。」瀟湘笑著起身朝他拱手，「我只等了一下子，沒關係的！」見她裝模作樣地拱手，無眠笑著回禮。

「能得妳一皇后，我也是得償所願了。」無眠握住她的手，慢悠悠地往副本裡走。「我們走吧，這次還不知道有什麼東西呢。」

那日，據說桃花林開得異常燦爛。

也據說，去參加婚宴的賓客，除了新人送的禮物之外，都領到了一罈桃花酒，入口甘純芬芳，令人飲時含笑，醉時亦有美夢。凡是嚐過之人，終生難以忘其滋味。

而時間，仍會一直一直往前，這片桃花林中，總有著令人期待的開始。

（全文完）

番外之一 一葉知秋天

苦酒天第一次對一葉知秋留下印象，是在桃之夭夭的副本裡，她是一個很強的女術士。

他之所以強，是因為他宅，不論是動畫、漫畫、電玩，無所不宅。會來玩《舉世無雙》純粹因為那一季的動畫，每一部他都看不上眼，閒來無事，他決定開拓新戰土，成為舉世無雙的王！

第二次對她留下印象，是因為他們去推麒麟副本的時候，她一個術士的傷害輸出，竟然比掛上稱號的他還強。

麒麟的難推，一向眾所皆知，原因在於不管是哪個屬性的攻擊，都會被麒麟減半，而且毒藥對麒麟完全沒有作用。雖然那是上古聖獸，聽起來很合理，但這招依然有舞弊嫌疑。

打到最後眾人實在有些焦頭爛額，卻聽見一葉知秋的聲音不慍不火地從旁傳來：「我需要六個人配合我，誰能挪出手？」

這是苦酒天第一次覺得原來略低的女聲也有一種魔力，會讓人生出錯覺，好像什麼事情都闖得過。他可一向都是釘宮派（注15）的，女人聲音甜一點，就算傲嬌也只有更萌啊！他微怔了幾秒後，心裡忽然產生了一種微妙的情緒。他不想輸給這個人。

無眠指揮了幾個人到她身邊，他一邊放技能，一邊注意著她。

15 釘宮派：ACG（Animations、Comics and Games）用語，釘宮是日本女聲優釘宮理惠，因為常配個性傲嬌的女主角，因此有傲嬌女王的別稱。

她放的那個陣法，是連環陣式，從易經乾卦的初九潛龍勿用開始，這時需要一個人配合。到乾卦上九為止，最後需要六個人。若是都能完整吟唱完畢，傷害輸出則是翻倍再翻倍。

連環陣式的難用原因在所需的時間太多，再加上如果術士本身的穩定性不足，陣法就無法施放到最強，是個非常考驗玩家心理素質的技能。

但苦酒天驚訝的是，最後麒麟還有四分之一的血條，竟然就被連環陣法的最後一招打到見底了。如果把她的等級也考慮進去，那他肯定她的心理素質一定比他高，才會讓傷害輸出的數字變得這麼驚人！

輸給瀟湘，他覺得還可以，畢竟瀟湘是劍客。

輸給術士，還是一個只有六十多級而已的術士，他完全不能接受！

一葉知秋第一次認真地把苦酒天記在腦子裡，是在離開了麒麟副本後，一群人站在洞口，心滿意足地打算去酒樓吃點東西填填肚子的時候，他忽然神經卡錯線地大喊：「一葉知秋，PK！」

攻無不克搶著回話：「沒打夠也要等吃飽再打，而且你一個封頂法師跟人家術士打什麼打？」

「猴子走開，我又沒問你！」苦酒天走了過來，「一葉知秋，妳要吃飽PK，還是要現在？」

全場的人都傻了。從來沒見過瘋子也有人樣的，苦酒天臉上那嚴肅的表情，就算是瀟湘讓人殺了的那時候，她也沒見過。

「都不要！我為什麼要跟法師PK？」她退了幾步帶著一點戒備地盯著他看。

「妳放心，我不會把妳打死的！」苦酒天又擠過來，「這樣吧，遊戲規則是，如果五分鐘內，我打不掉妳一半的血量，就算我輸！」

「……我不要。贏你有什麼好處？」

大概是沒料想到會被拒絕，苦酒天呆了一會兒，癱坐在原地說哭就哭，哭得煞有其事，活像是死了爹娘。

這招瀟湘見識過，覺得這樣下去不妥，於是慢慢走到一葉知秋身邊，附耳輕聲說了幾句話。

一葉知秋臉色變了變，最後只能皺著眉頭說：「好吧，PK。」

眼淚控制自如的苦酒天，立刻反問：「好！什麼時候？」

「現在，不過你讓我準備一下。」

苦酒天雖然不明白她要準備什麼，不過還是很有君子風度地背過身去。PK嘛，說不定她還有什麼裝備要換。

「好了，你開場吧。」過了一會兒，她出聲喊他。

如果不是要死鬥，其實遊戲裡哪裡都能PK，只是進入演武場PK的話，會獲得額外的經驗值。

想來苦酒天不缺那一點經驗值，她也就客隨主便了。

發出了PK信，等到一葉知秋同意之後，兩人的周遭隔出了一圈直徑三公尺的半圓形透明薄膜，宛如一個倒扣的碗，由上而下罩住他們。

「妳先吧。」畢竟是良性切磋，苦酒天笑嘻嘻地說。

「好。」她揚手就扔出了一張符咒。

讓符咒沾上了身，苦酒天就一動也動不了了，他的表情說有多錯愕就有多錯愕。

「一張定身符只有一分鐘，就委屈你站個五分鐘吧。」她淺淺地說，「你一定是忘了，術士的技能除了陣法，還有方術，方術裡頭包含符咒。」

那一次PK之後，苦酒天清楚而深刻地理解，一葉知秋的心理素質真的比他高，就算她只扔了他五張定身符。

他默默地有點憤怒，這什麼世道？女人一個個都強成這樣，可以嗎？

他走在靈傴城中，周遭灰藍色的景色，看起來真有點鬼城的氣氛，腳下的石板，也讓這氣氛染成深黑的顏色。

「苦酒天，苦酒天……」

他回頭一看，黑暗的角落裡有一隻小手正在對他招手。

「誰啊？」他走了過去，讓那隻小手猛力一拉跌進了黑暗之中。

「是我！一葉知秋！」她的聲音很急，但音量很小。

他懷疑這個一葉知秋平時的興趣是看警匪片吧？從躲在角落到拉他跌進來，然後迅速而確實地摀住他的口鼻，一切都是這麼順理成章，一氣呵成。

「我要鬆手了，你別叫，我有事跟你商量。」

在這種地方商量？他是不是被鄙視了？

大概是看出苦酒天眼中的困惑，一葉知秋手沒放下，總覺得這人不太按照常規做事。

她用另一隻手指著前方一群人：「那裡面有青衣跟綠羅裙，你有沒有興趣……玩玩？」

苦酒天猛點頭。

「那我要鬆手了，你不要出聲。」一葉知秋試探性地放鬆力道，看苦酒天果然很安分，她才把手放下。

「大哥跟瀟湘的個性都好，但我嚥不下那口氣，今天來靈傴城解任務，剛好碰上她們，怎麼樣我也無法當成沒看見！」一葉知秋的眼神緊緊盯著綠羅裙跟青衣的背影。

「妳現在想幹麼？」

「第一：我要搞清楚她們結成一夥，到底是要做什麼？第二：我要殺青衣。」

她的言詞簡潔，卻頗得苦酒天的意。

「我也要玩我也要玩，讓我也幫忙！」苦酒天樂了，聲音漸漸大了起來。

「噓！」一葉知秋低聲要他安靜，「配合我！」

酒樓的包廂已經滿了，於是綠羅裙與青衣只能坐在一樓大廳的位子。

一葉知秋看了一眼，臉上露出喜色：「天助我也。」

「什麼啊？」

「我剛剛一直在想，城裡既然不能殺人，那我要怎麼對青衣下手？現在倒好，她們就坐在大廳的開放式桌邊，那要下毒就方便多了。」

「下毒？」苦酒天露出一個大大的笑，「好主意，我還沒試過要在飯菜裡下毒。」

有些驚訝苦酒天這麼快就能理解她的想法，一葉知秋又看了苦酒天一眼，「那我們就走吧。」

她拉著苦酒天的衣袍，狀似親密地走進酒樓，沒理會小二的招呼，一葉知秋直直地走到了離青衣他們最近的桌邊。

「俠女、大俠，兩位要點什麼？」小二的臉色鐵青，站在他們桌邊口氣不佳地問。

「隨便來個三道菜、一壺茶。」一葉知秋點完菜正要打發小二，卻看見苦酒天很認真地看著菜單，而後拉住了小二。

「小二等等，剛剛那三道菜不用了，改點蔥燉牛肉、玉芙蓉、川燙龍蝦，還要兩碗橙花羹。茶要白毫龍井，另外……」

「你是來吃飯的嗎？」一葉知秋咬著牙，隱忍地問。

苦酒天眨了眨眼睛，笑得光明美好：「嗯，我餓了。」

「你……」

「我要吃！」

他剛剛的笑臉漸漸沉下，一葉知秋有種不祥的預感，果然那雙眼睛裡浮上了水氣。

「好！」她忽然喊，「吃！小二，麻煩你快點，這人餓得慌會吃人的。」嚇死她了，沒見過男人說哭就哭的！

這音量大得引人注目，不少人都朝他們投來目光。一葉知秋悲慘地摀住臉，她錯了，她應該當做沒看見苦酒天，這樣說不定成功的機會還高一點。

「妳幹麼這樣？我還多點了一碗橙花羹給妳耶，那是個好吃的東西妳懂不懂？只有靈偃城的酒樓才有得吃欸！」

「……」

「啊，忘了點這裡的名酒『魂醉千里』了！」

算了，放棄吧，今天能搞清楚青衣跟綠羅裙來幹麼的就夠了……果然一步錯步步錯……她一開始就不應該……

「妳怎麼不說話？妳不開心嗎？『魂醉千里』別人有錢還喝不到耶！」

「……謝主隆恩。」

「嗯，這樣還差不多。」苦酒天很得意的樣子，「我跟妳說，『魂醉千里』是真的很好喝，我喝了一次，從那次之後一整個月都想著這酒。可惜限量，一個人一天只能買兩壺……」

一葉知秋有點疲憊，這人的腦子裡，是不是沒有「禮貌客套」這幾個字？他們雖然同公會，但也沒很熟吧？他怎麼可以對著一個不熟的人，滔滔不絕地說著那任務多難解、那酒又多好喝？

一葉知秋投降似地把臉埋在掌心中，覺得這世界好沉重。

「喂喂，那你能不能賣我們一壺？我們用兩倍的價跟你買？」一道沒聽過的男聲傳來，「我們那桌也有人想喝喝看你口中的『魂醉千里』的味道。」

她抬起頭，眼眸因為驚訝而睜大了。

這人是跟在綠羅裙身後的跟班，要是能把毒下在酒裡，那就……

「不行，那是我辛苦解任務解到的特別招待，不分你們。」苦酒天立馬就拒絕了。

……這人腦子缺角嗎？

一葉知秋忍著想掐他脖子的衝動，勉強擠出了個笑：「喂，兩倍的價錢，你賣了啊！」

「不賣，這是原則問題。」他像小孩子一樣把頭撇到一邊去，看也不看一葉知秋跟那名來買酒的男子。

原則……青筋浮上了一葉知秋的額角。這人有臉跟人家提原則?!他到底還記不記得，今天是來幹麼的啊？

深呼吸……深呼吸……

這時小二端著他們點的菜上來了，自然還有成為眾人焦點的兩壺「魂醉千里」。

「妳快吃吃看，這裡的廚師手藝很好。」菜一上來，苦酒天馬上熱心地推薦，「先吃橙花羹，酒要最後喝，才不會糟蹋那酒香。」

幾乎全酒樓的人都把目光聚集在他們這桌，等著聽她喝完的感想。

她緩緩拿起筷子，臉色沉重得像是要去赴死。

但其實她只是悲憤！好你個苦酒天，其實你根本就是青衣派來的臥底吧?!

一葉知秋食不知味地吃完了一碗橙花羹，拿過苦酒天遞過來的酒壺正要喝。

「姊姊等等，」用薄紗遮臉的青衣款款走了過來，「既然那位大哥不賣，那我們就買姊姊手上的這壺。」

看著青衣站在眼前，一葉知秋心裡有氣卻沒地方發，口氣也不好：「那妳要問他！」

都是苦酒天不好！她手上這壺酒根本就還沒機會下毒，就算要賣給青衣，也一點用都沒有，既然這樣，她幹麼要賣？

青衣臉上的紗，薄如蟬翼，雖遮得住部分的臉龐，但仍然一看就是個大美人。

「哇喔，正妹耶！」苦酒天笑了起來，「妳早點過來，我就把酒賣你們了嘛。喂喂，把酒給她，那是我買的，現在不給妳喝了！」

一葉知秋倒抽了一口氣，不可置信地看著對面那人：「你是認真的？」

「我是認真的啊，她那麼正，聲音又好聽，佳人配美酒，那當然是給她喝比給妳喝好啊！」苦酒天的玩笑話，讓整個酒樓的人都笑了。

一葉知秋覺得臉上一片熱辣辣的，有一種當面讓人羞辱後的不甘心，深深吸了口氣，她把酒壺遞給了青衣，起身就離開了酒樓。

她承認，青衣真的很好看，她也知道苦酒天說話就是這樣直來直往，但需要如此嗎？

她默默地走了一段路，想把剛剛那情節拋在身後。

「欸，妳等一下！」

抿緊了唇，一葉知秋當成沒聽見後頭有人在喊她。

「喂！」苦酒天一把拉住她的手腕，「喂！」

「有何指教？」她想掙脫，卻無法抽動半分，「鬆開。」她冷冷地命令他。

「不要。」苦酒天一邊握著她的手腕，一邊俐落地喚出坐騎，「上去我再跟妳說，快點，NPC

要來了！」

她正想發脾氣，卻漸漸覺得這事情有不對勁的地方，只得一語不發地先上了苦酒天的雙人坐騎。才剛飛上天，底下就圍了一圈NPC，還有圍觀的群眾。

「妳看，我成功了。」苦酒天掛出紅得發亮的ID，「我在酒裡下了毒，把他們一群人全都毒死了！」

一葉知秋眉頭皺了起來：「你是說你在要給我的酒裡下毒？」

「那不是要給妳喝的，妳的我有幫妳留下來啦。」苦酒天得意洋洋地從懷中掏出一壺酒，塞進一葉知秋懷中，「這才是妳的，剛剛那壺是我故意騙他們上鉤的，怎麼樣？我很會演戲吧？妳覺得我像不像是最後才大展神威的動畫男主角？」

她嘴角抽了幾下：「你怎麼不先說？讓我好配合你啊。」

「看妳的個性，就是一演戲就會臉部表情僵硬的那種，幹麼先跟妳說？」

「要是我剛剛不幸喝了毒酒，你要怎麼處理？」她笑咪咪地又問。

「呃……」苦酒天眼神閃爍，「我不會讓妳喝的啦，而且妳也沒喝到啊！我們不想這些假設性問題……」

「對了，我問你，我看剛剛起步滿危險的，像這個雙人坐騎，如果一不小心主人摔下去了，坐騎會救你嗎？還是就會被系統自動收起來？」一葉知秋唇邊微微勾起。

「嗯……我是沒有摔下去過啦，不過坐騎應該是會跟著主人跑，可是要收坐騎還要再多一個動作……嗯……」苦酒天忽然被這個問題考倒，「老實說我不知道欸！」

「那你想知道嗎？」

「好啊，妳知道啊？」

一葉知秋笑咪咪的，趁苦酒天毫無防備的時候，用力一推，把他從坐騎上推了下去。

幸虧已經出了城，飛得也不算高，苦酒天只摔掉了四分之三的血量，沒有摔死，也沒摔進NPC手中。而經過測試結果，飛行坐騎只會安安穩穩地降落在主人身邊，不會去救人。

「我現在知道了。」一葉知秋喝了口酒，盤腿坐在摔得哼哼唧唧、一時半刻起不了身的苦酒天身邊，「坐騎會讓主人去死。」

苦酒天眼角含淚。

「我現在也知道了，女人都是蠻橫、不講道理又愛記仇的生物！」

「怎麼會？看在你這壺酒的份上，我願意坐在這裡保護你，直到你能起身為止。」

「……」

番外之二　那些沒說的

半山腰的一間山產店，傍晚時分，店口的鐵門半拉，燈光暗著，看樣子是不準備要迎接今晚的任何訪客。

落地窗外雲氣繚繞，觸目所及俱是朦朧，山嵐從窗外吹進屋裡，帶來一絲清冷和樹林的氣味。

「你今天幹嘛不營業？」墨白坐在窗邊，撐著額角，偏頭看著楊禹中。

「難得你有空，想想我們也很久沒聊聊了。」楊禹中端著幾盤菜出來，「隨便吃吧。」

墨白好笑的看著那一桌子的菜：「你這叫隨便吃吃？你讓那些吃便當的人都怎麼活？」

楊禹中大笑：「臨時決定不營業，食材都準備好了，青菜還能放幾天，魚肉放了就不新鮮了，所以才全部都下了，吃不完的話等一下你就包回去吧，反正這幾天你家也只有你一個人，夠了。」

「好。」墨白帶笑應了。

楊禹中脫下身上的圍裙，在墨白的對桌坐了下來：「啊，我們小酌兩杯吧？好久沒喝了。」

「不了，我開車。」

「這樣啊，那喝酒不好。」楊禹中又站了起來，「既然你開車的話，那送我回去。」

墨白看他走向櫃檯，頗為困惑：「好是好，不過……」看見他拿出了一小壇酒，頓時明白了他想做什麼。

「知道了。」他笑，「我喝茶，你喝酒。」

楊禹中用一種「你懂我」的欣慰眼神看著他說：「好兄弟。」

兩人從大學認識到現在，也已經十餘年。楊禹中跟他都不是一帆風順的過來，要說有誰最知道自己的痛腳在哪，那絕對非眼前這個雀躍著去拿酒的男人莫屬。

初春，夜幕一旦降下，山上就冷涼起來。

楊禹中回到位置上，墨白看著他喜孜孜的替自己倒了杯酒，佳醇入喉，他滿足喟嘆。

「好了，你總算能說了吧，今天找我來幹嘛？」墨白當然不會以為他只是想要閒著沒事聊聊天，「你想八卦什麼？」

楊禹中用筷子指了指面前的菜，笑著斜睨他：「邊吃邊說吧，真沒什麼大事，只是剛好你家小妻子去日本玩，想找你這個見色忘友的傢伙來吃個飯。」

墨白吃了幾口飯菜，忽然想起他們剛認識的那一年，這人也是在網上學了什麼新的菜色就立刻做給他吃，一轉眼，兩人都從那個青澀的少年成熟了。

「你這道鹹豬肉炒的不錯。」墨白給了評論：「不過這菜色搭配的不好，吃了鹹豬肉，顯得其他的菜太淡了。」

「哎，我今天是來找你閒聊的，不是來讓你論菜的。」楊禹中揮著筷子，「我也知道這菜色配不好，不過我就喜歡吃鹹豬肉，你覺得鹹那你別吃。」

墨白笑瞪他一眼：「鬧小孩子脾氣啊？」

楊禹中很親暱無禮地用筷子打了墨白手背：「別把我說的像是你家弟妹。」

「我家弟妹要是敢拿筷子打我手，看要被我怎麼罰。」墨白失笑，「也就你這個孩子氣的傢伙才不嫌髒。」

「髒什麼，不乾不淨吃了沒病。」楊禹中故意這樣說。

「你一個廚師跟人家說這種話，也不怕明天衛生署官員就來了。」

「就是只有我們我才敢說。」楊禹中端出有恃無恐的表情，「不然你去檢舉我啊。」

墨白沒輒地搖頭：「你無賴，你贏了。」

他轉頭看向窗外的燈火闌珊。萬家燈火，有人喜有人悲，夜半人靜時，他常感謝老天，讓他的人生能先苦後甘，能讓他在對的時間遇上那個人的時候，已經知道自己想要的是什麼。

「我一直想問你，你怎麼會跟蕭裏在一起？」楊禹中問，停了幾秒鐘的時間，「我一直以為你會更喜歡成熟一點，老一點的女人。」

墨白回過頭來看著他，問：「難道你覺得蕭裏不夠成熟嗎？」

「不是這個意思。」楊禹中的臉上少了玩笑的味道，多了幾分嚴肅，「只是蕭裏的年紀幾乎跟你弟妹差不多大，難道你不會錯認自己只是把她當妹妹嗎？」

他對好友這種猜測很無奈，搖頭笑道：「我可沒有戀妹情結。」

「那你當初到底為什麼會去找人家搭訕？」楊禹中喝了點酒，眼睛裡更加明亮，「我想來想去，都不覺得那是你會做的事情。」

「我也不覺得那會是我做的事情。」他望向窗外，「但有時候事情就是這樣發生了。進去打副本之前就看到她坐在外頭，打完副本，就看見世界頻道上刷出她的消息。我覺得好奇，幾乎大家都在談論她，她卻文風不動，好像那根本就跟她沒有關係。」

「就這樣你就動心了？」楊禹中挑眉，「這樣的人並不算太特別。」

「誰會因為這樣就動心啊？」墨白笑著反問，「這只是一個契機，人跟人之間不就是這樣嗎？一開始，只需要一個契機。」

「對啦，就像我跟你也是一個契機，只是我們的契機不是太好而已。」楊禹中大笑，「我永遠不會忘記我在夜店吐了你一身的那天。」

「如果你可以更有羞恥心一點，我會更開心。」墨白回嘴。

「我有還你一套新衣的。」楊禹中又喝了杯酒，「不說我，然後呢？你到底是喜歡蕭襄哪裡？我真的想不懂。」

「其實也沒有然後，就是日久生情而已。」說起蕭襄，他心頭就柔軟了下來。

他喜歡她的隱忍堅強，喜歡她害羞的時候耳根子會發紅，喜歡她笑，更喜歡她用期待的眼神看著自己。即使她什麼也不說，但她的眼神很誠實，也很乾淨。

他不需要很成熟的女子，只想要一個相處起來很舒服，不用費盡心思去猜測的人。

「說是日久生情，那你怎麼不跟那個誰啊……喔，外文系那個學妹日久生情？」楊禹中顯然不肯放過墨白，「想拿這個來唬爛我，我第一天認識你啊？」

「誰？」墨白想了一會兒，總算依稀想起有這麼一號人，「都那麼久以前的事情了，你還記得她啊？」

「記得啊！」楊禹中有些怨恨，「我很喜歡她欸。」

墨白失笑：「我又沒跟她在一起，你瞪我幹嘛？」

「就是這樣才不爽啦，你都說得這麼清楚了，我還沒得到她。」楊禹中恨恨地扒了口飯，「啊，誰准你轉移話題了，繼續說你家蕭襄。」

「就這樣啊。」墨白聳肩，「我喜歡簡單的人。」

「繼續。」楊禹中夾了幾口魚肉，「我覺得那小學妹也很簡單。」

「你今天就是對我的感情生活徹底起了興趣就是了？」墨白挑眉反問。

「對！」

墨白嘆了口大氣：「那我老實跟你說吧，我一開始根本就沒想要跟蕭襄結婚，只是喜歡她。」

楊禹中勾起嘴角，嘿嘿笑了兩聲：「總算被我勾出真心話了吧，你這奸詐小人。」

墨白開始後悔自己怎麼就交了這麼一個損友。

「大部分人都是這樣的吧？先試著交往看看，合則來，不合則散。」他想了想又補充，「如果以結婚為前提的交往，我並不覺得這樣就會幸福，或是有多真心。」

他一頓，喝了口茶：「可是有的人就是跟自己有這樣的緣份，你就是喜歡她，捨不得她受傷，更捨不得有一天醒來的時候，她已經不在自己的生命裡。」

墨白沉默了一會兒，下意識地揚起嘴角，澀然地說：「我這輩子有太多來不及好好告別就已經消失的人，我不想讓蕭襄也這樣離開我的生命。」

「所以你就用結婚來綁住她？」

墨白搖頭：「不是綁住，而是一種儀式。」

「什麼儀式？」

「我是一個很悲觀的人。」墨白垂下眼簾，讓人看不清楚他的目光，「如果不管是誰，最後都一定要離開我，我希望蕭襄離開之前，我可以先知道。」

楊禹中偏著頭想了一會兒：「你是說離婚？」

墨白苦笑：「我不願意這麼想，但，是的。」

「你結婚是為了要跟她離婚？」楊禹中錯愕地問。

「當然不是。我結婚是為了要一輩子跟她在一起，想要保護她，給她一個遮風避雨的地方。」

「我完全搞不懂你的意思。」楊禹中又喝了杯酒，「請問大師願意解釋清楚一點嗎？」

「我的意思是，我已經他媽的恨透了漸行漸遠漸無書這件事情了。」墨白無奈地翻了白眼，「蕭襄要走，我也不會阻止她，但是有婚約的話，至少她一定要跟我說一聲吧？這樣我可以好好地、盛重地跟她告別。」

楊禹中想了許久，下了個結論：「你真是一個怪人。」

「我不否認。」他說得很輕巧，但只有他自己知道，不是這樣的。

他比他表現出來的、說出來的更愛她。

只是這是一件多私密的事情，他不願意告訴任何人。

他也不會說，光是用想的，他心裡就隱隱發酸。

他沒有這麼堅強，不是什麼都不怕；他不是神，能夠把什麼事情都處理好，他只是一個很普通的人，想要把自己心愛的女人留在自己身邊，希望她能夠一輩子都好好地過。

至於那些其他的，只是附加條件，有也好，沒有也罷。最好蕭襄一生都能留在自己身邊，跟他一起看過春花夏雨秋菊冬梅，跟他一起到兩人都想去的地方。不管那個地方是在現實中，還是在遊戲裡，只要有她在，那就是個值得去的地方。

後記

扣掉曾經印成POD的經驗，這是我的第一本書。

寫這個故事的起因，是因為看了顧漫的《微微一笑很傾城》，被裡頭的男主角——一笑奈何，萌的亂七八糟。

起筆的時候只是想要自娛，所以也想寫大神。寫的過程很歡樂，想都沒想過最後能夠出書。

感謝的話說太多就矯情了，只是仍舊要說，這次真的感謝POPO願意跟我一起冒險一次，試試看這種在市場上並不算主流，甚至讀者門檻很高的作品。

聽到要出書的時候，我腦子裡空白了一會兒，回過神來的第一個念頭是，真的假的啊？但是感謝編輯們的協助，慢慢處理出書的諸多事項，我總算是找回了真實感。

煙波這個名字跟書，終於要出現在書店的架子上了。這是我現在正在寫後記的感想。

寫作已經好幾年了，有時候看到別人出書，心裡也會很受影響，很想知道，什麼時候會輪到我呢？

總算，這一切也算有個開始了。

從前看書的時候，看到作者在後記感謝很多人，我那時候老想，寫作是一個人的事情，為什麼要感謝別人？

現在輪到自己才發現，原來真的會，會想要好好謝謝在這過程中幫助這本書順利誕生的每個人，可能只要其中的一個環節出錯，這本書就會胎死腹中。感謝編輯、繪者、出版社，更重要的是要感謝在網站上一直支持我的讀者們。

這是一個對作者很好的時代，也是很壞的時代。好的是，在出書之前，我們已經有很多機會能夠累積讀者，就算沒有出書的故事，也能讓人看見，也會有人喜歡；壞的是，在這段過程中，我們也很容易感覺到自己付出沒有回報。是不是要堅持下去，都是看自己的選擇。

而我能夠堅持到出書，只是因為很喜歡寫文，很喜歡寫小說這件事情。

我在這個過程中已經得到了很多快樂，我很幸運，選了一個很好的文學網，讓我在網路連載的時候，曾經得到過很多讀者的鼓勵。

每次看到那些新的舊的讀者留言跟我分享看完故事的心得，我就會覺得充滿了可以繼續下去的動力。完全不相識的人們，能夠為了自己的故事發笑，或是被自己的故事感動，這比起完稿的成就感，又是另外一種不同的感受了。

我很感謝大家，願意跟我共行共走。關於寫故事，我想永遠都有可以進步的地方，也感謝大家可以陪我一起前進。

日後，還是會繼續在POPO上創作，我一向是個任性的作者，很多故事不適合出版，但是我還是想寫，而且無法遏止我想寫的慾望，這時候就會放在網路上，所以，歡迎大家來這裡找我，也歡迎直接留言給我。

更歡迎大家也來一起創作。

煙波寫于府城家中

國家圖書館出版品預行編目資料

大神給我愛／煙波著. -- 初版. -- 臺北市；城邦原創, 民 102.06
296面；14.8×21公分—（戀小說；6）

ISBN 978-986-89052-4-5（平裝）

857.7 102006636

大神給我愛

作　　者／煙　波
企畫選書／楊馥蔓
責任編輯／楊馥蔓

行銷業務／林政杰
總 編 輯／楊馥蔓
總 經 理／伍文翠
發 行 人／何飛鵬
法律顧問／元禾法律事務所　王子文律師
出　　版／城邦原創股份有限公司
台北市中山區民生東路二段 141 號 6 樓
電話：(02) 2509-5506　傳真：(02) 2500-1933
E-mail：service@popo.tw
發　　行／英屬蓋曼群島商家庭傳媒股份有限公司城邦分公司
聯絡地址：台北市中山區民生東路二段 141 號 11 樓
書虫客服服務專線：(02) 25007718．(02) 25007719
24小時傳真服務：(02) 25001990．(02) 25001991
服務時間：週一至週五09:30-12:00．13:30-17:00
郵撥帳號：19863813　戶名：書虫股份有限公司
讀者服務信箱 email：service@readingclub.com.tw
城邦讀書花園網址：www.cite.com.tw
香港發行所／城邦（香港）出版集團有限公司
地址：香港灣仔駱克道 193 號東超商業中心 1 樓
email：hkcite@biznetvigator.com
電話：(852)25086231　傳真：(852) 25789337
馬新發行所／城邦（馬新）出版集團 Cité(M)Sdn. Bhd.
41, Jalan Radin Anum, Bandar Baru Sri Petaling,
57000 Kuala Lumpur, Malaysia.
電話：(603) 90578822　傳真：(603) 90576622
email:cite@cite.com.my

封面插畫／重花
封面設計／黃聖文
電腦排版／浩瀚電腦排版股份有限公司
印　　刷／漾格科技股份有限公司
經 銷 商／聯合發行股份有限公司
客服專線：(02)2917-8022　傳真：(02)2911-0053

■ 2013 年（民 102）6月初版　Printed in Taiwan
■ 2019 年（民 108）2月初版9刷

定價／230元

ISBN　978-986-89052-4-5

廣　告　回　函
北區郵政管理登記證
台北廣字第000791號
郵資已付，免貼郵票

104台北市民生東路二段 141 號 2 樓

英屬蓋曼群島商家庭傳媒股份有限公司

城邦分公司

請沿虛線對摺，謝謝！

填完本回函後請撕下對折，並在下方張貼膠帶或膠水，不必用釘書機或貼郵票，直接投入郵筒即可，感謝！

自由創作，追逐夢想，實現寫作所有可能

城邦原創：http://www.popo.tw

POPO原創FB分享團：https://www.facebook.com/wwwpopotw

書號：3PL006　書名：大神給我愛　作者：煙波

請於此處用膠水黏貼

讀者回函卡

謝謝您購買我們出版的書籍！
請費心填寫此回函卡，我們將不定期寄上城邦集團最新的出版訊息。

姓名：________ 性別：□男 □女 聯絡電話：________

生日：西元______年______月______日 傳真：________

地址：________

E-mail：________

學歷：□小學 □國中 □高中 □大學 □碩士 □博士

職業：□學生 □上班族 □服務業 □自由業 □退休 □其它________

年齡：□12歲以下 □12～18歲 □18歲～25歲 □25歲～35歲
□35歲～45歲 □45歲～55歲 □55歲以上

您從何種方式得知本書消息：□POPO網 □書店 □網路 □報章媒體
□廣播電視 □親友推薦 □其它________

您喜歡本書的什麼地方：□封面 □整體設計 □作者 □內容
□宣傳文案 □贈品 □其它________

您常透過哪些管道購書：□書店 □網路 □便利商店 □量販店
□劃撥郵購 □其它________

一個月花費多少錢購書：□1000元以下 □1000～1500元 □1500元以上

一個月平均看多少小說：□三本以下 □三～五本 □五本以上______本

最喜歡哪位作家：________

喜歡的作品類型：□校園純愛小說 □都會愛情小說 □奇幻冒險小說
□恐怖驚悚小說 □懸疑小說 □大陸原創小說
□圖文書 □生活風格 □休閒旅遊 □其它________

每天上網閱讀小說的時間：□無 □一小時內 □一～三小時
□三小時～五小時 □五小時以上

對我們的建議：________

【為提供訂購、行銷、客戶管理或其他合於營業登記項目或章程所定業務之目的，家庭傳媒集團（即英屬蓋曼群島商家庭傳媒（股）公司城邦分公司、城邦文化事業（股）公司、城邦原創（股）公司），於本集團之營運期間及地區內，將以電郵、傳真、電話、簡訊、郵寄或其他公告方式利用您提供之資料（資料類別：C001、C002、C003、C011等）。利用對象除本集團外，亦可能包括相關服務的協力機構。如您有依個資法第三條或其他需服務之處，得致電本公司客服中心電話 02-25007718；25007719 請求協助。相關資料如為非必要項目，不提供亦不影響您的權益。】

請於此處用膠水黏貼